講談社文庫

烙印(上)

パトリシア・コーンウェル | 池田真紀子 訳

講談社

ステイシーに捧ぐ
――トラムの思い出に

●目　次

烙印（上）

●主な登場人物〈烙印・上巻〉

ケイ・スカーペッタ　CFC（ケンブリッジ法病理学センター）局長。法医学者

ベントン・ウェズリー　ケイの夫。法精神医学者でFBI犯罪情報アナリスト

ルーシー・ファリネリ　ケイの姪。CFC職員

ピート・マリーノ　ケンブリッジ市警刑事

ドロシー　ケイの妹

ジャネット　ルーシーのパートナー。弁護士

デジ　ジャネットの養子

ジョン・アンダースン・ブリッグス　米軍監察医務局長。ケイのメンター

ブライス・クラーク　ケイの個人アシスタント

トム・バークレイ　ケンブリッジ市警重大犯罪捜査課刑事

エリサ・ヴァンダースティール　殺人事件被害者

ハロルド　CFC職員

ラスティ　CFC職員

N・E・フランダーズ　ケンブリッジ市警巡査

アニヤ&エニヤ・ルーメージ　双子の姉妹。遺体発見者

キャリー・グレセン　元FBI職員。有能なサイコパス。シリアルキラー

俺の内側には誰も見たことがないような愛がある。俺の内側には決して解き放ってはいけない怒りがある。

――『フランケンシュタイン』

CHAOS

古代ギリシャ語（χάος, kháos）が語源

大きな裂け目、何もない空間

無秩序

予測不能性に関する科学

プロローグ

九月七日水曜日
黄昏時

ハーヴァード・ヤードを囲んでめぐらされた煉瓦壁の向こう側、広葉樹の木立の合間から、高くそびえる煙突四本と、白枠のドーマー窓が並んだ灰色のスレート屋根がこちらを見下ろしている。

直線距離で徒歩十五分ほどのジョージ王朝様式の建物は、堂々として美しい。しかし、そこまで徒歩で行くのは賢明とは言いがたい。車で送ってもらうのを断った私は愚か者だ。こうして木陰から木陰へとたどるように歩いていても、まるでオーブンの中にいるようだった。大気はよどんでいる。熱く湿り気を帯びた空気を揺り動かすものは何もない。

車の行き交う音がかすかに聞こえていなかったら、ときおり歩行者とすれ違わなかったら、湿った雲が頭上を流れていなかったら、自分は終末の時を迎えた地球に残った最後の人類になったかと心配になりそうだ。これほど閑散としたハーヴァード大学のキャンパスは、爆弾をしかけたという脅迫電話があったときくらいしか見たことがない。それに、この地方でここまでの異常気象を経験するのも初めてだった。ブリザードや大寒波など比較にならない。

ニューイングランド地方出身者は寒さには慣れっこだが、人の体温を上回るような気温には慣れていない。太陽は、熱気に炙られて白茶けた骨のような色に変わった空から溶け出してくる溶岩のようだ。温室効果。地球温暖化。神罰。悪魔のしわざ。彗星の逆行。エルニーニョ。苦難の時代の幕開き。

マサチューセッツ州史上最悪の熱波を説明するキーワードをいくつか挙げるなら、そんなところだろう。私の仕事場、ケンブリッジ法病理学センター（CFC）は大忙しだ。それが私の職業のパラドックスでもある。よくないことだらけの状態が私たちの〝ふつう〟だ。世の中が大嵐に見舞われると、CFCは繁盛する。この不完全な世界で仕事にあぶれる心配がないのは天から与えられた恵みであり、同時に呪《のろ》いでもあるのだろう。息が詰まりそうな熱気のなか、私はキャンパスを横断する近道をたどりながら、明日の夜、ハーヴァード大学ケネディ・スクールで行う予定の講演の原稿を頭の中で推敲した。

才気のひらめき、言葉遊び、現実的かつ前向きな経験談。妹のドロシーは、これまで私が考えていたほど常識を欠いた人間ではなかったということかもしれない。明日、客席を埋めるのは、名門大学出身の知識層や政界の重鎮だ。彼らはさまざまな講演を聞き慣れている。よほどおもしろいスピーチでなければ誰も聞いてくれないわよとドロシーは言う。暗黒の領域、業界の裏側、誰も下りていってみたいと思わない、できれば知らずにすませたいおそろしげな地下室のような側面を明かしてみたら、検屍官という仕事をいくらか理解してもらうことさえできるかもしれない。

もちろん、悪趣味なジョーク、ことに警察の人たちが私のいる場でしじゅう披露する類いのジョーク、Tシャツやコーヒーカップにプリントされるような低俗なスローガンを持ち出すのは控えたほうがいい。たとえそれが真実であろうと、〝あなたの一日が終わるのと入れ違いに、私たちの一日は始まる〟などと言ってはいけない。ただ、大きな災害であるほど、私が必要とされるという軽口くらいは許されるのではないかと私は思う。惨事こそ私の商売だ。おそろしいニュースが、ベッドで寝ている私を叩き起こす。悲劇は私の生活の糧であり、そして生と死のサイクルは、ＩＱの高低に関係なくすべての人を巻きこんで続く。

明日の夜、各方面に大きな影響力を持つ学生や教員、政治家、世界のリーダー数百人の前で、そんなふうに自己紹介すべきだというのが、私の妹の意見だ。私自身は、説明を加える必要などまったくないだろうと考えているが、昨夜の電話のドロシーの話を聞くかぎり、それは思い違いのようだ。電話の背景で、高齢の母が南アメリカ出身のハウスキーパーを泥棒となじる声が聞こえていて、それは私が妹と話しているあいだずっと続いていた。ハウスキーパーの名前はよりによって〝オネスティ（正直）〟という。オネスティは、性懲りもなく宝石類や現金を盗み、母の薬を隠し、食料品を勝手に食べ、母がつまずいて腰の骨を折るのを期待して、家具の配置を換えたりしているらしい。

ハウスキーパーのオネスティはそんなことはしていないし、過去にしたこともない。この先もしないだろう。私には、自分の記憶力の正確さを恨めしく思うことがある。昨晩、電話の向こうで延々と続いていたドラマ、一部がスペイン語で行われたやりとりの一部始終がいま、私の頭の中で再現されていた。スピーチのコツを私にアドバイスするドロシーの自信満々の早口の声、私の好きにやらせておいたら、聴衆の興味を最後まで引きつけておくのは絶対に無理だと決めつける声も、やはりはっきりと蘇ってきた。

——まっすぐ演台まで歩いたら、まじめな顔で聴衆を見渡してこう言うの。「ようこそ。私はドクター・ケイ・スカーペッタです。私の診察を受けるのに事前の予約は必要ありません。この時代にあって、往診もしています。いまここでどなたか死んでみていただけませんか。私のこの手で体のすみずみまで触診してさしあげますよ……この場で！」ここでウィンクするの。

——絶対に受けるから。ね、そのくらいのことは言うべきよ、ケイ！　セクシーで、政治的に正しくないジョーク。それだけで聴衆は完全にとりこになるの。こういうときくらい、妹のアドバイスに耳を貸したらどう？　私にだって、パブリシティやマーケティングの知識くらいはあるんだから。そのおかげでいまのこの地位を築いたんだもの。——葬儀屋やモルグみたいな〝死人ビジネス〟の一番いけないところは、プロモーションや宣伝のノウハウがないってことね。必要ないでしょうけど。でもはっきり言って、モルグより葬儀屋のほうが多少は宣伝上手じゃない？　死んだ人にお化粧や何かして見た目を整えるとか、棺を豪華にするとか、本来は要らないものをうまく売りこんでるでしょう。だけど、姉さんの仕事は、葬儀ビジネスの不都合な要素はひととおりそろってる反面、売ってお金に換えられるものは何一つないし、誰からも感謝されないのよね。

私は社会に出て以来ずっと法病理学者としてキャリアを積んできたが、たった一人の妹であるドロシーはなぜか、それは葬儀ディレクターのようなもの、誰も手を触れたがらない汚れ物を処理するような仕事だと思いこんでいる。

子供のころ、死の床にあった父の世話を私が引き受けていたのだから、それは当然の結果と妹は解釈しているらしい。痛ましいもの、目を背けたくなるようなものが出現し、誰かがその世話をしたり片づけをしたりする必要が生じたとき、頼るべきは私だという固定観念ができている。車に轢かれた動物、窓にぶつかった小鳥を見つけると、妹は悲鳴を上げながら私を呼びに来た。父がまたも鼻血を出したときも、そうだった。それはいまも変わらず、何か必要になれば、まず私に頼ろうとする。私の都合やスケジュールなどおかまいなしだ。

しかし人生におけるこの段階で、妹との関係における私の基本スタンスは、〝時の流れは巻き戻せない〟だ。妹は私が知りえた誰より身勝手な人間かもしれないが、私は広い心で接しようと真剣に努力を重ねてきた。妹は頭がよく、才能に恵まれている。一方の私は、聖人のごとく寛大な人間とは言いがたく、妹の真価を認めることを頑として拒み続けてきた。それは妹に対して公平を欠いている。

というのも、妹のアドバイスはもしかしたら正しいのかもしれないからだ。妹の言うとおり、明日の講演では、法律文書や化学分析報告書のような話しぶりは控え、学者や詩人のように話すべきなのだろう。明度や彩度を高めた聞き取りやすい声で話さなくてはならない。それを頭の片隅において、強調すべきフレーズ、笑い声が静まるのを待つべき箇所にアンダーラインを引いたりしながら、スピーチ原稿の冒頭部分の推敲を進めた。

そのままお茶が淹れられそうなくらい熱くなったボトル入りの水を一口飲む。何度押し上げても汗で濡れた鼻をすべり落ちてくるサングラスを、またしても押し上げた。太陽は働き者の鍛冶屋といった風情で、黄昏の色に染まった熱気を叩きつけてくる。髪の毛まで熱を持っていた。煉瓦敷きの道を踏むローヒールの靴音をかちり、かちりと鳴らしながら、私は歩き続けた。目的地まではまだ徒歩十分くらいの距離があった。頭の中でスピーチの予行演習を始めた。

――こんばんは、ハーヴァード大学教職員、学生のみなさん、私の同僚たる医師、科学者のみなさん、そしてそれ以外の分野で活躍中のゲストのみなさん。

――今夜、こうして会場を見渡してみると、ピューリッツァー賞やノーベル賞を受賞された方たち、研究のかたわら作家や画家、ミュージシャンとして活躍している数学者、天体物理学者のお顔が見えます。

――世界の頭脳と呼ぶべき錚々《そうそう》たる方々に加え、州知事や州司法長官、連邦上院議員や下院議員、記者、経済界のリーダーといった方々がお集まりくださったことを、たいへん光栄に存じます。私のよき友人であり、恩師でもあるジョン・ブリッグス大将が、後ろのほうの席で身を縮めているのも見えます。この演台に立った私がどんな失言をするかと、いまからびくびくしているのかもしれません。〔笑い声が静まるのを待つ〕

――ご存じない方のために付け加えておきますと、ブリッグス大将は、米軍監察医務局、略称ＡＦＭＥの局長です。つまりアメリカ合衆国の軍医総監とでもいう立場にある人物です。のちほど質疑応答のコーナーでブリッグス大将も壇上に立ち、二〇〇三年のスペースシャトル・コロンビア号空中分解事故についてみなさんと一緒に検討する予定です。

――この事故の検討を通じて、最先端の材質科学と航空科学をご紹介します。また、テキサス州の数千平方キロメートルを超える広大な地域に散乱した七名の宇宙飛行士の遺体の回収と分析から学び取った事実について……

ドロシーを賞賛するしかない。

妹はドラマチックで変化に富んだ人間だ。私の講演を聴くためにフロリダからわざわざ来てくれるというのだから、私は少なからず感激している。それにしても、なぜ来る気になったのだろう。明日の夜の講演を聞き逃す手はないからだと本人は言うが、怪しいものだと思う。私がCFC局長に任じられて八年がたつが、妹はまだ一度たりともケンブリッジに来たことがない。それは母も同じだ。しかし、母はもともと旅行嫌いで、今後もそれは変わらないだろう。ドロシーの主張が事実かどうか、私には何とも言えない。

今回のことがあるまで、こちらに来る気がまったくなかったことだけは確かだろうし、よりによって今日の夜の飛行機でボストンに到着するというのだから、ありがた迷惑でもある。何か緊急事態が発生した場合は別として、毎月第一水曜日はハーヴァード大学の教職員専用会員制クラブ、ファカルティ・クラブで夕食を楽しむのが、夫のベントンと私の習慣になっている。私はファカルティ・クラブの会員ではない。ベントンは会員だが、ＦＢＩ捜査官だからではない。ハーヴァード大学をはじめとするアイヴィー・リーグの大学やマサチューセッツ工科大学（ＭＩＴ）では、どんな立場の人間であろうと特別扱いされることはない。

ＦＢＩの犯罪情報アナリストである私の夫は、近郊の街ベルモントにあるハーヴァード大学付属マクリーン病院に勤務する精神医学者としての資格で、ハーヴァード大学のすばらしい図書館や博物館の利用を許され、世界中の研究者と連絡を取り合うことができる。ファカルティ・クラブへの出入りも同じだ。

クラブ上階にあるゲストハウスを予約することもできる。食事の席で、ウィスキーやワインをもうけっこうと言いたくなるくらい飲んだ夜は、過去に何度もあった。しかしドロシーが来るとなると、それは無理だろう。今夜遅く、ボストンの空港まで迎えに来てほしい、娘のルーシーの家まで送ってもらいたいと頼まれたとき、即座に断るべきだった。送迎していたら、ベントンと私が帰宅するのは、きっと日付が変わってからになるだろう。

ドロシーが私を指名したのがなぜか、それも私には謎だ。二人きりで過ごす時間を少しでも確保したいと考えたのだろうか。喜んで空港まで迎えに行くけれど、ベントンも一緒に行くことになるわと答えたときの妹の反応は、「やっぱりそうよね。別に私はかまわないけど」だった。その声を聞いて、本当は〝かまう〟のだろうと直感した。きっと何か私だけに相談したいことがあるのだ。しかし、今夜は二人きりになるチャンスがなくても、時間はまだたっぷりある。

ドロシーは飛行機の往復チケットを購入したが、帰りの便はまだ予約しておらず、いつまでこちらにいるのかわからない。妹に関する私の予想がことごとく誤っているのだったら、どんなにいいだろう。東北部ニューイングランドまではるばるやってくるのは、私と同じ気持ちでいるからなのだろうか。私と友人になりたいとついに思い始めているからなのか。

母もすっかり年を取った。姉妹で手を組んで今後のことを考えていけたら、どれほどすばらしいことだろう。ルーシーや、ルーシーのパートナーのジャネット、九歳の養子デジもいる。最近、ルーシーたちが保護施設から引き取ったばかりのブルドッグの仔犬、テスラもいる。といっても、テスラは当面、ベントンと私がケンブリッジの自宅で預かることになっていた。誰かがテスラのしつけをしなくてはならないし、私たちが飼っているグレイハウンドのソックは年老いて、話し相手を求めているからだ。

1

熱く乾いた芝を踏んで、かさかさと音を立てながら歩く。服の下、胸のあいだや背中を、汗が伝い落ちた。日陰を探しながら歩き続ける。夕日が地平線に近づくにつれて、光の角度が変わっていった。

日陰に入ってその熱から逃れても、すぐにまた追いつかれてしまう。ハーヴァード大学キャンパスの中心部は、たくさんの方庭や中庭を小道や通路で結んだ、植栽や芝生から成る迷路のようだ。ツタがからむ煉瓦と石の荘厳な建物は、いかにも歴史ある大学の校舎といった趣だ。十五歳で初めてこのキャンパスの見学ツアーに参加したときの印象が鮮明に蘇ってくる。一歩足を踏み出すごとに歳月を遡っているような気がして、甘く切ない心地になった。

高校の最終学年を迎え、進路を考えて各地の大学の見学を始めたころ、フロリダ州外にも何度か旅行したが、ハーヴァード大学もそういった行き先の一つだった。いままさに私がいるこの場所を初めて歩いたときのことは生涯忘れないだろう。自分が場違いな存在であることを意識しながらも、言葉では言い表しがたい胸の高鳴りを覚えたものだ。しかしその記憶はまもなく唐突に追い払われた。巨大な昆虫が羽を震わせているような音と感覚がどこからともなく伝わってきたからだ。

焼けるように熱い歩道の上で足を止め、前後左右を見回した。ハーヴァード・ヤード上空をドローンが飛んでいた。しかし、ぶーんという低い音の発生源はそれではなかった。熱気と日射しから守ろうと考えてスーツのジャケットのポケットに入れていた、私の携帯電話のバイブレーションだ。発信者を確認した。ケンブリッジ市警のピート・マリーノ刑事だ。私は応答した。

「何か俺の知らねえことが起きてるのか?」マリーノは挨拶もなくいきなりそう言った。電波の状態はよくなかった。

「いいえ、何もないと思うけど」私は煉瓦敷きの遊歩道の上でじりじり焼かれながら、困惑ぎみに答えた。

「なんで歩いてんだよ? この暑いのに歩くなんてどうかしてるぜ」マリーノの声は素っ気なく、苛立っている。その調子からすると、単におしゃべりのためにかけてきたのではないだろう。「いったい何考えてんだよ?」

「ちょっと用事があって」なぜか守勢に立たされているように感じた。マリーノの口調にむっとしてもいた。「いまベントンとの待ち合わせ場所に向かってるところ」

「何の用があって待ち合わせてるんだよ?」マリーノが言った。電波の状況は、よくなったり、途切れがちになったり、また改善されたかと思うと切れかけたり、ふたたび持ち直したりを繰り返しながら、全体としてはじょじょに悪化している。

「私が自分の夫と待ち合わせてるのは、一緒に食事をするためよ」私はいくらか皮肉を込めて答えた。今日、またも誰かと衝突するなんてごめんだ。「何かあったの？」

「それはこっちが聞きたいね」マリーノの声がふいに大きく聞こえて私の右耳を痛めつける。「なんでブライスと一緒じゃねえんだよ？」

そうか、私のおしゃべり好きのパーソナルアシスタントがマリーノに連絡し、私がハーヴァード・スクエアで車を降りたこと、規則に違反し、安全を軽視する無謀な行動に出たことを伝えたのだろう。

マリーノは私の返事を待たず、事件の容疑者を取り調べるような調子で続けた。「いまから三十分くらい前、あんたは車を降りて、大学生協に入ったな」マリーノは言った。「二十分くらいなかにいて、マサチューセッツ・アヴェニュー側に出た。そのあとどうした？」

「アロー・ストリートに用事があったの」ハーヴァード・ヤードの遊歩道はクモの巣のように入り組んでいる。できるだけ短く、できるだけ涼しい道筋で行きたくて、私はしじゅうルートを修正していた。

「どんな用事だ？」マリーノは訊いた。自分には当然、知る権利があると言わんばかりの調子だった。

「ローブ・センターに寄って、『ウェイトレス』のチケットを受け取ったのよ。サラ・バレリスのミュージカルのチケット」私は努めて穏やかに答えたが、冷静さは揺らぎかけていた。「ドロシーが喜ぶかと思って」

「挙動不審だったらしいな。混乱して怯えてるみたいだったそうじゃねえか」

「え?」私は立ち止まった。

「そういう証言があるんだよ」

「誰の証言? ブライス?」

「いや。九一一に通報があったんだよ。あんたのことで」マリーノが言い、私は驚いて言葉を失った。

マリーノの説明によると、〝若い男と年配の女の二人連れ〟が午後四時四十五分ごろ、ハーヴァード・スクエアで口論をしていたという通報が署にあったのだという。若い男は二十代後半で、髪は暗めの金色。服装は青いカプリパンツに白いTシャツ、スニーカー、ブランドもののサングラス。マリファナの葉のタトゥーを入れている。タトゥーは何かの間違いだが、ほかはすべて当たっていた。

通報した善意の市民は、ニュースで見て私の顔を知っていたらしい。また、気がかりなことに、私の服装を正確に伝えていた。カーキのスカートスーツ、白いブラウス、ベージュの革のパンプス。加えて、悔しいことに、ストッキングが伝線しているという証言も当たっていた。目的地に着いたらすぐに脱いでくず入れに放りこもう。

「私の名前を言ったわけ？」信じがたい話だ。

「通報してきた人物の言葉を要約するとだな、ドクター・ケイ・スカーペッタはマリファナ中毒のボーイフレンドと口論して、車から飛び出していった」マリーノが怒りの燃料をまたもや投下した。

「飛び出したりしてないわよ。まだしゃべり続けてるプライスを運転席に残して、ふつうに車を降りただけ」

「ブライスは車を降りて、あんたの側のドアを開けてやったんじゃねえのか？」

「彼がドアを開けてくれたことなんて一度もないし、私もそんなことは頼まない。目撃したという人は、ブライスがドアを開けずに運転席でじっとしてるのを見て、腹を立ててると勘違いしたんじゃないかしら。ブライスは運転席側のウィンドウを開けたわ。私と話の続きをするために。それだけよ」

するとマリーノは、車を降りた私は逆上して暴力的になり、開いたウィンドウ越しにブライスを平手打ちしたあと、人差し指で何度もブライスの胸を突いたのではないかと言った。ブライスは痛がり、怯えた様子で悲鳴を上げたという。ひとことで言うなら、そんなのはどれもでたらめだ。しかし、私は反論しなかった。ただ不安になって、口をつぐんでいた。胸の底に何かうつろで硬いものがたまり始めていた。私にとって、それは警告の赤い旗と同じ意味を持っていた。

マリーノは市警の人間だ。彼とは長いつきあいではあるが、ここケンブリッジはいわばマリーノの縄張りだ。その気になれば、好きなだけ私を締め上げることができる。それはこれまでなかった考え、ばかげた考えだ。マリーノが私を逮捕したことなどない。逮捕する理由ができたこともない。駐車違反の切符一枚、横断歩道のないところを歩いて渡ったという警告一つ、マリーノから受け取ったことはなかった。同業者の厚意というのは一方通行ではなく、双方向の道路のようなものだ。しかし油断すると突然、行き止まりに変更されることがある。

「ちょっと腹を立ててたのは事実かもしれないけど、誰かを平手打ちするなんて──」

私は言いかけた。

「あんたの供述を頭から順番に確認しようじゃねえか」刑事マリーノがさえぎった。

「〝ちょっと〟ってのはどのくらいのことだ？」

「これは取り調べ？　もしそうなら、その前に被疑者の権利を読み聞かせるべきじゃない？　私は弁護士を呼んだほうがよさそう？」

「弁護士の資格は持ってるだろ」

「冗談で言ってるんじゃないのよ、マリーノ」

「俺だって冗談なんか言ってねえよ。〝ちょっと〟腹を立てたって？　あんたはわめき散らしてたって話だ。だからこうして確かめてるんだよ」

「それはブライスを平手打ちする前？　それともあと？」

「そうやって八つ当たりしたって何の役にも立たねえぜ、先生」

「八つ当たりなんかしてないわよ。あなたにその話をしたのは誰かってところからはっきりさせましょう。まずはそこからよ。だって、ブライスの話が大げさじゃなかったことなんて一度だってある？」

「俺が知ってるのはな、あんたとブライスが口論して治安を妨害したらしいってことだけだ」

「ブライスがそう言ったの？」

「言ったのは目撃者だ」

「目撃者って？」

「九一一に通報してきた人物」

「その目撃者と、あなたは直接話したわけ？」

「同じ場面を見たって人間は見つからなかった」

「ということは、捜すことは捜したわけね」私は指摘した。

「通報を受けて、ハーヴァード・スクエア周辺を訊いて回った。しかし、例に漏れずってやつだな。見たって人間は一人も見つからなかったよ」

「そうでしょうよ。いるわけがない」

「あんたをはめようとしてる奴がいるんじゃねえかって、俺はそれを心配してるんだ」マリーノは言った。ここ何年か繰り返し議論してきたことだ。

私に何かおそろしいことが起きるのではないか。マリーノはまるで恐怖症のようにそう怯えながら日々を過ごしている。しかし本当に心配しているのは私ではなく彼自身のことだ。元妻のドリスは車の営業マンと不倫して彼を捨てたが、結婚しているあいだ、彼はドリスのことを同じように心配していた。マリーノは、愛情を求めることと愛との区別が理解できていない。彼の感覚ではその二つは同じものなのだ。

「税金を無駄にする覚悟があるなら、スクエア周辺の街頭カメラの録画でも確かめるといいわ。とりわけ大学生協の入り口のカメラ」私は提案した。「私がブライスであれ誰であれ、叩いたりなんかしてないとわかるはずよ」

「明日の夜、あんたがケネディ・スクールで講演することと何か関係があるんじゃないかと思ってな」マリーノは言った。「テレビでさんざんやってるだろ？　物議を醸してるから。スペースシャトルの空中分解事故を取り上げようって話になったとき、あんたもブリッグス大将も、妙な考えを持った奴らがぞろぞろ出てくるだろうって覚悟はしとくべきだった。世の中にはな、コロンビア号はＵＦＯに撃ち落とされたって思ってる連中もいるんだよ。スペースシャトル計画が中止されたのはそのせいだってな」

「九一一に嘘の通報をした目撃者とやらの名前をまだ教えてもらってない」陰謀論だの、それを支持している人たちが明日開催されるケネディ・スクールでのイベントでトラブルを起こしそうだという観測だのには興味がない。

「匿名の電話だった。通信指令員も名前を聞いてねえ」マリーノは言った。「コンビニで売ってるプリペイド携帯か何かを使ってかけたんだろう。追跡しても誰のものかわからない番号からかかってきたんだ。まだそういう結論が出たわけじゃないが、おそらくそんなとこだろうな。最近じゃそんな通報ばっかりだ」

大きなカシの老木が作る日陰を通り抜けた。低く垂れ下がるように張り出した枝は、九月にしては緑の濃い葉が多すぎる。夕暮れ前の熱気は、炎の手のように上からのしかかってきて、地上のあらゆるものから生命を押し出そうとしていた。私は買い物袋を反対の手に持ち替えた。ノートパソコンや書類、私物を詰めこんだメッセンジャーバッグ風のブリーフケースがひどく重く感じられた。幅広のストラップが肩にぐいぐいと食いこんでくる。

「いまどこだよ？」マリーノの声が途切れがちに聞こえた。

「近道を歩いてるところ」正確な場所をマリーノに伝えるのに抵抗を感じた。「あなたは？　声がくぐもったり、樽の中で話してるみたいにやけに反響したりしてるけど。車を運転中？」

「どういうルートを通った？　ジョンストン・ゲートから入ってハーヴァード・ヤードを突っ切ったか？　それでクインシー・ストリートに抜けるんだな？」

「ほかにどんなルートがあるの？」私ははぐらかすように答えた。暑さで足が重く、軽く息が切れていた。

「教会の近くにいるわけだな」マリーノが言った。

「どうして知りたいの？　私を逮捕しに来たいから？」

「そうさ、行方不明の手錠が見つかり次第な。あんた、俺の手錠を見なかったか」

「いまつきあってる相手が知ってるんじゃない？」

「美術館の向かいのゲートからヤードを出るだろう。ほら、出るとすぐ、道をはさんで美術館になってるゲートな。そこから左に行ったとこの信号」推測や質問というより、指図と聞こえた。

「あなたはいまどこ？」私の疑念はふくらんだ。

「いま俺が言ったとおりの道筋が一番近いぜ」マリーノは言った。「教会の前から中庭を通るルートだ」

2

ハーヴァード・ヤードを囲む煉瓦塀に設けられた黒い錬鉄のゲートを抜け、クインシー・ストリートに出たところで、私は左右を確かめた。

真向かいには、最近改装がすんだばかりの、煉瓦とコンクリートでできたハーヴァード大学美術館がある。ピラミッド型のガラス屋根を頂く五階建ての美術館だ。私は歩道際に駐まった車の列のそばで待った。西に傾いて少しずつ衰え始めているとはいえ、車のガラスをぎらつかせている夕日の光はあいかわらず強烈だ。携帯電話で時刻と天気を確かめた。

午後六時四十分だというのに、気温はまだ三十三度もある。歩こうなどと考えた自分が恨めしい。しかし、ブライスのノンストップのおしゃべりに我慢できなくなった。ブライスが運転する車は川沿いに走りながらアンダーソン・メモリアル・ブリッジに向かっていた。赤い屋根のウェルド・ボートハウスの手前で右に折れ、ジョン・F・ケネディ・ストリートからマサチューセッツ・アヴェニューに入るルートだ。

あとひとことでも聞かされたら、本当に爆発してしまいそうだった。だから、私を待っていなくていいからと言い置いて、大学生協の前でSUVを降りた。大学の店や地下鉄レッド・ラインの駅が集まるハーヴァード・スクエアは、このどうしようもない暑さのなかでもいつもどおり込み合っていた。曜日を問わず、一日二十四時間、大勢の歩行者と、彼らを呼び止めて小銭をねだる人々の姿が消えることはない。

あんな場所で車のウィンドウをわざわざ下ろし、若い男を好む成熟世代の女と誤解されかねない年ごろの女性上司に、若いツバメよろしく反論するなんて、ブライスはいったい何を考えていたのか。私の話を聞こうとせず、かといって私をそこに残して車を出すでもなく、聞きようによってはいくぶん病的に興奮した声で――あいにく、ブライスはふだんから興奮しやすいたちだ――喋り始めた。なぜ自分をもう雇っておきたくないのか、その理由を〝今後のために〟教えてほしい、〝自分が何かした〟からなのだとしたら〝具体的に〟何をしたのか話してくれとブライスは迫った。私が何度否定しても、〝自分が何かした〟せいなのはわかっているとしつこかった。

通りすがりの好奇心旺盛な人たちのタカのような視線が集まっていた。コンビニエンスストアの前の歩道に座っていたホームレスの男性は、段ボールの切れ端で日射しをさえぎりながら、カササギを思わせる小さな目でじっとこちらを見つめていた。左右のドアに〈州検屍局〉という文字と、正義のはかりとヘルメスの杖が描かれたＣＦＣの青い紋章が入った車輌を停めておくのに最適な場所とは言いがたかった。ＳＵＶの後ろ半分のウィンドウはいずれもスモークガラスになっている。ＣＦＣの紋章入りの車が来て停まったのを見たら、誰だって衝撃を受けるだろう。

ようやくブライスを追い払うと、私は大学生協に入って母や妹のための贈り物を買った。かなりの時間、生協で過ごしたあと、エアコンの効いた店から容赦ない熱気のなかにふたたび出ていく前に、しつこいブライスが本当にいなくなっているかどうか通りの様子を確かめた。それからブラットル・ストリートを歩き始めた。

ローブ・センターのアメリカン・レパートリー劇場（ART）に寄って、『ウェイトレス』のチケット六枚を受け取った。劇場内で一番いい席――舞台正面、最前列の席をあらかじめ予約してあった。そのあとマサチューセッツ・アヴェニューを来た方角に戻り、ハーヴァード・ヤードを横切って、クインシー・ストリートのいまいる場所まで来た。

左手にカーペンター視覚芸術センターを見ながら歩く。私はきっとひどい有り様をしているだろう。いまとなっては乗るべきではなかった車に乗る前、オフィスでシャワーを浴び、スーツに着替えたが、そのスーツはもはや皺と汗染みだらけだった。ベントンがイタリアから取り寄せてくれるお気に入りの香水アモールヴェロを仕上げにつけてきた。彼からプロポーズされた場所、ローマのホテル・ハスラーでしか販売されていない香りだ。しかし、交差点で信号が変わるのを待つあいだに、手首を鼻先に持ち上げてみたが、あの独特の香りはもうしない。タールのにおいのする歩道から立ち上った熱気が揺らめいた。マリーノの姿が見えるより先に、大きな声が聞こえた。

「暑いなか外を歩くのは、イカレたイギリス人と犬だけって言うよな」

その間違った引用が聞こえてきたほうを振り返ると（本来は「（インドで）昼日中に散歩するのは狂犬とイギリス人くらいのもの」）、マリーノのミッドナイトブルーの無印のSUVが信号で停止していた。運転席側のウィンドウが開いている。電波状況が悪かった理由がわかった。思っていたとおりだ。ハーヴァード・スクエアを車で移動して私を捜しながら、通りがかりの人々に聞き込みを続けていたのだ。マリーノは回転灯をオンにし、サイレンを一瞬だけ鳴らすと、反対車線の車のあいだを強引にすり抜けて私に近づいてきた。

そのまま二重駐車して降りてきた。スーツにネクタイという出で立ちのマリーノを見慣れるということは今後もきっとないだろう。こざっぱりとした服は、彼のような体格の人物を念頭にデザインされてはいない。マリーノの体にサイズがぴたりと合うのは、おそらく本人の皮膚だけだ。

身長は百八十センチを軽く超え、体重は十キロ程度の誤差はあるにせよ、百十キロくらい。きれいに剃り上げた小麦色の頭は磨き抜いた石材のようにつるりとして、手や足はボートくらいの大きさがある。肩幅はドアほどもあり、私なら五人くらい、ベンチプレスで一度に持ち上げられるとよく自慢している。

大きな赤ら顔は、野性的な印象でそれなりに整っている。眉は太く、鼻が大きい。がっしりとした顎に大きな白い歯が並ぶ。超人ハルクみたいに、ビジネススーツを内側から破って飛び出してきそうな気配を感じさせる。ドレッシーな服、吊しの服が似合ったためしがない。一人でショッピングに行かせると——そういう機会はあまりなく、あるとしても緊急事態に直面したときだけ——ろくなことにならない。たまにクローゼットとガレージのものを全部出して要らないものを処分したほうがいいのではと思うが、おそらくそんなことは一度もしたことがないだろう。

歩道に降り立ったマリーノの紺色のスーツのジャケットの袖は、手首の上までしか届いていない。パンツの長さも足りておらず、裾から灰色のチューブソックスがのぞいていた。黒いレザーのスニーカーの紐は、一番上まできちんと通していない。ネクタイの色はスーツに合わせたようだが、黒と赤のストライプの幅広のネクタイはいかにも時代遅れだ。あれはきっと、ポリエステルのベルボトムのズボン、アースシューズ、レジャースーツが一世を風靡した一九八〇年代の遺物だろう。

マリーノの服選びにはいつもかならず理由がある。あのネクタイもおそらく、何か特別な思い出と結びついているものに違いない。銃で撃たれたのにぎりぎりでよけて助かったとか、ボウリングでパーフェクトゲームを達成したとか、人生で一番大きな魚を釣り上げたとか、初めての相手ととりわけ満足のいくデートをしたとか。マリーノは思い入れの強い品物を絶対に捨てずにとっておく。現在より過去を好み、リサイクルショップや中古品店を見つけると、つい吸い寄せられる。皮肉なものだ。粗野な男と見えて、実はひどくセンチメンタルなのだから。

「乗れって。降ろしてやるから」マリーノの目は、数年前の誕生日に私がプレゼントした、ヴィンテージもののレイバンのアビエーターサングラスで隠されていた。

「車に乗る必要なんてないわ」コンクリート敷きの歩道からファカルティ・クラブに続く煉瓦の小道の入り口は、もうすぐそこだ。歩いて一分とかからない。

しかしマリーノは聞く耳を持たなかった。私を歩道から道路に誘導し、ミットみたいな大きな手を持ち上げて近づいてきた車を停めると、通りの反対側に渡った。腕をつかまれているわけではないが、マリーノを振り切ることができず、押しこまれるようにして警察車輛の助手席に乗った。バッグの扱いにもたもたしていると、パンティストッキングの伝線《ラン》が膝からかかとまで一気に広がった。まるでマリーノの乱行から逃げ《ラン》ようとしているかのようだった。

またか——そう思わずにいられなかった。またしても通りで注目を集めてしまった。これではまるで取り調べのために警察署に連行されようとしているみたいではないか。今度はどんな目撃証言を聞かされることになるだろう。

「わざわざ車でうろうろして私を捜したのはどうして？　だって、そういうことでしょう？」私は尋ねた。マリーノが助手席側のドアを閉めた。「ちゃんと答えて、マリーノ」しかし彼に私の声は聞こえていない。

マリーノは車の反対側に回って運転席に乗りこんだ。車内は汚れ一つない。サイレン、回転灯、ツールボックス、収納ボックス、それにありとあらゆる鑑識用具が積まれている。黒っぽいビニールの内装はつるつるしていた。艶出し剤のアーマオールのにおいがする。ファブリック地のシートは、まだ誰も座ったことがないかのように見えた。ダッシュボードも新品のようにきれいで、ガラスもきらきらと透き通っている。まるで納車されたばかりのようだ。マリーノは車に関しては几帳面だった。ただし、家やオフィスや服となると話はまるきり変わってくる。

「携帯電話ってもんを俺がどれだけ嫌ってるかって話は前にもしたよな」低い音を立ててドアを閉めるなり、文句を並べ始めた。「ワイヤレスの装置を使ってしゃべらねえほうがいい物事もある。その装置を介してどんな情報が漏れるかわからねえ」

「どうしてそんなにめかしこんでるの？」

「通夜に出たんだよ。あんたは知らない奴の通夜だ」

「そう」その答えで納得したわけではないが、そう答えておいた。

マリーノがお通夜のためにスーツとネクタイを身につけるとは思えない。葬儀や結婚式に参列するときでさえスーツを着ないのだ。それにこの猛暑だ。よほどの理由があるのだろうが、私に話すつもりはないようだ。

「すてきよ。それにいい匂いね。シナモン、サンダルウッド、それにシトラスとムスクが少し。ブリティッシュ・スターリングかしら。この香りを嗅ぐと高校時代を思い出すわ」

「話をそらすなって」

「あら、何か話をしてたとは知らなかったわ」

「盗聴の話をしてた。昔なら、盗聴器を車に積んでうろついてる奴だけ警戒すりゃ、それですんだ」マリーノが言った。「他人《ひと》んちの固定電話を盗聴しようとしてる奴らだけ気をつければよかった。それに、どこにでもカメラがある時代でもなかった。しかし今日なんか、ハーヴァード・スクエアの奴らの顔をちょいと見ておくかと思って車で寄ったら、生意気な学生が携帯電話でこっちを撮影しやがった」

「どうして大学生だってわかったわけ？」

「いかにも過保護に育てられたガキって顔してるからだよ。サンダルにゆるゆるの短パン穿いて、ロレックスの腕時計なんぞして」

「あなたは何しに行ったの？」

「何か見た奴がいないか、訊いて回っただけだよ。いつ行っても大学生協やコンビニの前でたむろしてる連中がいる。まあ、この暑さだから、いつもより数は少なかったが、雨風しのげる清潔なシェルターより、自由気ままで不潔な屋外のほうが気楽だって連中だ。そしたら、若造が携帯電話をこっちに向けた。俺が訳もなく銃をぶっ放して誰かを殺すんじゃねえかと思って、その一部始終を動画に撮れたらラッキーって期待してるみたいにさ。ついでにドローンも飛んでたな。俺はテクノロジーってやつが大嫌いだ」マリーノは不機嫌そうに付け加えた。

「私がいまここに座ってる理由を教えてもらえない？　もう目的地についたも同然なのよ。車で送ってもらうまでもないわ」

「だな、いまさら乗せていくこともないよな。いまさら救いようがねえ」マリーノは私の全身を眺め回した。サングラス越しの視線は、ストッキングに開いた穴の上に必要以上に長い時間とどまった。

「ひどい有り様だって教えてくれるために車に乗せたわけじゃないわよね」

「違うさ。ブライスと何でもめたのか知りたい」レイバンのサングラスの圧力でシートに釘付けにされているように思えた。

「別にもめてなんかいないわ——ふだん以上に興奮してるのが腹立たしいだけで」

「そこだよ、俺が言いたいのは。あいつは何であんなにとっちらかってる？　考えてみろよ」

「いいわ、考えてみる。もしかしたらこの暑さのせいで、ものすごく忙しかったせいかもしれないわね。あなたもよく知ってると思うけれど、私たちの仕事量は天候に左右されるところがあるから。それにブライスとイーサンは、自己中心的な隣人とのあいだにトラブルを抱えてる。ほかには……たしか先週、ブライスのおばあさんが胆嚢《たんのう》の摘出手術を受けたはず。要約すれば、ストレス源がいろいろあったということ。でも、ブライスに限らず、誰にどんな変化が起きてるのかなんて、傍から見ていたってわからないものでしょう、マリーノ」

「なあ、ブライスを信用しちゃいけねえ理由が何かあるなら、いまがぶちまけるチャンスだぜ、先生」

「この話はもう充分だと思うの」最強にセットされたエアコンの風に負けない大きな声で、私は言った。服は汗でぐっしょり湿っている。こんな冷たい風に吹かれていたら、骨の髄まで冷え切ってしまう。「あなたとドライブしてる時間はないわ。食事の前に、少しでも見てくれを整えておかなくちゃ」

私は車を降りようとした。しかしマリーノが腕に手を置いて私を引き留めた。

3

「待て」マリーノは、ジャーマンシェパードのクインシーに命じるような口調で言った。今日は荷台のケージは空っぽで、クインシーは乗っていない。クインシーは一人前の死体捜索犬になれなかったばかりか、まさかのときにまるで頼りにならない友人でもある。長寿テレビドラマの監察医にあやかってクインシーと名づけられた犬は、天候がよくないと、犯罪の現場に出てくるのを拒む。マリーノの毛皮をまとった相棒はいまごろ、エアコンが効いた書斎で低反発マットレスのベッドに横たわって、犬専用チャンネルの番組をのんびり眺めているに違いない。

「二十メートルぽっちだが、送ってやる。安心して涼しい風に当たってろよ」マリーノが言った。

私は手を動かした。ごく軽くであろうと、腕をつかまれているのはいやだった。

「俺の話を最後まで聞いたほうがいい」マリーノはシフトレバーを操作してDレンジに入れた。「さっきも言ったが、電話じゃしたくねえ話なんだよ。いまどき誰に聞かれてるかわかったもんじゃねえからな。だろ？　それにもしブライスがＣＦＣの機密やあんたのプライバシーを漏らしてるんなら、手遅れになる前にその事実を把握しておきたい」

私はマリーノに指摘した。ＣＦＣでは各人専用のスマートフォンを使用しているし、暗号化やファイアウォールなど特殊で高度なセキュリティアプリも導入している。通話やメールの内容を傍受される危険はまず考えられない。私の姪でＣＦＣのサイバー犯罪の専門家でもあるルーシーはコンピューターの天才だ。そのルーシーがセキュリティ対策を万全に整えている。

「その話、ルーシーにしてみた？」私は尋ねた。「誰かにスパイされてるんじゃないかってそんなに心配なら、ルーシーに確認してみればいいのに。だって、それがルーシーの仕事なのよ」

ちょうどそう言ったとき、私の携帯電話が鳴り出した。見ると、ルーシーからだった。ビデオ通話のリクエストだ。お互いに顔を見ながら話したいということだろう。

「すごいタイミング」携帯電話のディスプレイにルーシーのシャープな印象の美しい顔が大写しになったとたん、私は言った。「ちょうどあなたの話をしてたところよ」

「あまり時間がないの」ルーシーの瞳は緑色のレーザー光のようだ。「用件は三つ。一つは、ママからたったいま電話があった。飛行機の到着が少しだけ遅れそうだって。少しっていうのは間違いかも。ママは少しって言ってたけど。どのくらい遅れるか、この時点ではまだ何とも言えない感じね。航空管制の情報が百パーセント信用できるとも思えないし。ただ、全航空機の離陸許可が保留になってるのは確かよ」

「ドロシーはどう聞いてるって？」私は浮かない気持ちで尋ねた。

「ゲートが変更になったとか何とかって説明されてるみたい。ママとゆっくり話せたわけじゃないんだけど、こっちに着くのは十時半とか十一時とかになるかもしれないって」

なぜ私にきちんと知らせてくれないのかと思った。ベントンや私のように忙しい人間を、たとえ真夜中過ぎまで空港で待たせることになったとしても、妹は何とも思わないのだろう。

「二つ目は、テールエンド・チャーリーからまたメールが届いた」話しているあいだもルーシーの目は動き続けている。いまどこから電話しているのだろう。「といっても、あたしもまだ聞いてない。九一一の通報の件が片づいたら聞いてみるつもり」

「どうせまたイタリア語の音声ファイルでしょう」私は言った。ルーシーはイタリア語が得意ではない。全部であろうと、その一部であろうと、英語に翻訳するのは無理だ。

ルーシーはそのとおりだと答え、テールエンド・チャーリーから今日届いたメールをざっと見るかぎり、九月一日以降に私宛てに送られてきた六通のメールとそっくりだと付け加えた。匿名の脅迫メールは、いつもと同じ時刻に送信され、同じ種類のファイルが添付されていて、音声の長さもぴったり同じだ。しかしまだちゃんと聞いたわけではない。私は、メールの件はまた後回しにしましょうと言った。

ルーシーが訊いた。「そこはどこ？　誰の車に乗ってるの？」ディスプレイに映ったルーシーの背景は、洞窟か何かのように真っ暗だった。

しかしローズゴールド色の髪は、ほのかな環境光を受けて艶やかに輝いている。どこか見えないところに画面があって、映画が再生されているかのようだった。ルーシーの顔の上で影が揺れている。パーソナル・イマージョン・シアターにいるのかもしれない。CFCでは略してPITと呼んでいる部屋だ。

私はいまマリーノと一緒にいると答えた。するとルーシーは用件の三つ目、もっとも重要な話を切り出した。「ツイッターの投稿、見た?」

「そうやって訊くということは、どうせいい話じゃないんでしょう」私は言った。

「いまから送るね。もう切らないと」同時にルーシーが通話を切り、小さな長方形のディスプレイは唐突に真っ暗になった。

「何だって?」マリーノがしかめ面で言った。「ツイッターにどんな話が流れてるって?」

「ちょっと待って」私はルーシーから送られてきたメールを開封し、そこにペーストされたツイートのリンクをクリックした。「あなたが恐れてたとおり、あなたを撮影した動画みたいよ。ハーヴァード・スクエアに〝たむろしてる連中〟と話してるところ」

私はその動画をマリーノに見せた。のしのしと歩き回り、さまざまな商店の前で時間を潰しているホームレスの人々に向かって大きな声で質問している自分の姿を見て、マリーノのプライドが傷ついたことがわかった。動画の中のマリーノは、大げさな身ぶりで質問をはぐらかそうとする男性を日陰から日なたへ、また日陰へとしつこく追い回している。マリーノの声がだんだん大きく荒っぽくなっていくのがはっきりとわかった。見ている男性はこちらの柱の陰からあちらの柱の陰へと足を引きずるようにして逃げ回る。見ているのが気まずい光景だ。添えられているハッシュタグがそれに輪をかけている――〈スカーペッタに手を出すな〉。

「何だこりゃ？」マリーノが言った。

「要するに、あなたは私を守りたい一心で質問して回ってると言いたいんでしょう。だから私の名前が一緒にツイートされてるのよ」マリーノは答えない。その沈黙は私の疑問に対する答えでもあった。「あなたのエゴは傷ついても、実害はないんじゃないかしら」私は続けた。「笑える動画。それだけよ。相手にすることないわ」

しかしマリーノは聞いていなかった。それに本当に私はもう行かなくてはならない。

「食事の前に身なりを整えたいの」悪いニュースだらけのこのＳＵＶにこれ以上監禁されているのはごめんだと、私なりに伝えたつもりだった。「だからドアのロックを解除して、自由の身にしてもらえる？　話はまた明日にでも」

マリーノは違法に二重駐車していた車を動かし、ファカルティ・クラブの前の歩道際まで進めた。スプリットレールのフェンスの向こうに広々とした芝生があり、クラブの建物はそのさらに奥に見えている。

「けっこう深刻な話なんだぜ」マリーノは私をじっと見た。

「どの部分が？」

「スパイされてるってとこだよ。問題は、誰が何の目的でスパイしてるのかって点だな。ブライスが監視されてるのはまず間違いないだろう。じゃなきゃ、マリファナのタトゥーの件に説明がつかねえから」

「説明するようなことは何もないでしょう。ブライスはタトゥーなんて一つも入れてないんだから」

「いや、あるんだよ。マリファナの葉っぱのタトゥーがある。通報してきた奴の証言どおり」マリーノが言った。

「まさか。だって、針が怖くて、インフルエンザの予防接種も受けられない人なのよ」

「あんた、何も聞いてねえらしいな。タトゥーはここに入ってる」マリーノは上半身をかがめ、太い指を足首の外側に突き立てるようにした。といっても、助手席からだとはっきりは見えない。「偽物だけどな」マリーノが続けた。「その話は聞いてねえか」

「その話に限らず、私はほとんど何も知らされていないみたいね」

「マリファナの葉っぱは、タトゥーシールだ。昨日の夜、イーサンや友達と一緒にふざけて貼りつけた。まったくあいつらしい話だよ。寝る前に洗えば消せるつもりでいたらしいからな。しかし、最近のタトゥーシールは、一週間近くもつ」

「あなたはブライスと話をしたようね」私はマリーノの汗の浮いた赤い顔を見た。「彼はあなたに助けを求めたってこと？」

「九一一に通報があったって聞いて、こっちから連絡した。タトゥーのことを訊いたら、セルフィーを送ってきたよ」

私は目をそらし、この車を追い越していく車をサイドミラー越しに見つめた。ベントンはどの車で来るのだろう。ポルシェ・カイエン・ターボSだろうか。それともアウディRS7だろうか。FBIの公用車かもしれない。私は犬たち――ソックとテスラの世話に忙しくて、今朝、夜明けごろ家を出た夫を見送りに出なかった。どの車に乗ったか見ていないし、走り去る音も聞いていない。

「タトゥーの件は問題だぜ、先生」マリーノが言った。「匿名電話の信憑性が高まるだろう。あんたとブライスが路上で口論してたって通報してきた奴は、実際にあんたらを見たってことを裏づけるわけだからな。タトゥーの件や、あんたらの今日の服装を別の理由から知ったっていうんでもないかぎり」

ターボつきエンジンの回転数が上下する特徴的な音が聞こえた。耳を澄ますと、その音はどんどん近づいてきているとわかった。

「今夜、やっぱり迎えに行くのか？」マリーノが訊く。

「誰を？」ベントンの黒ずくめのＲＳ７クーペがシフトダウンしながらゆっくりと通り過ぎ、私たちのすぐ前のスペースにすっと入って停まった。

「ドロシー」

「その予定だけど」

「手が足りないようなら、俺が迎えに行ってもいいぜ」マリーノは言った。「ずっと言おうと思ってたんだ。何か俺に手伝えることがあれば、いつでも言ってくれってさ。到着は夜遅くになりそうなんだろ、だったらなおさらだ」

誰が空港に迎えに行くかという話はもちろん、妹が来ることさえマリーノに話した覚えはない。ついさっきのルーシーとのやりとりを聞いて初めて知ったというのでもなさそうだ。それ以前にすでに知っていたのだろう。

「ご親切にありがとう」私は言った。マリーノのサングラスは、アウディをじっと見つめていた。ベントンは縁石のぎりぎりまで寄せて車を駐めていた。チタン製のホイールと縁石の隙間には、ナイフの刃も入りそうにない。

マットブラックのセダンは、いまにも獲物に飛びかかろうとしているヒョウのように低いうなり声を漏らしている。スモークが入ったリアウィンドウを透かして、夫の頭の美しい輪郭が見えていた。知り合ったときから真っ白だった豊かな髪も見える。ベントンは背筋をまっすぐに伸ばし、肩を張るようにして座っていた。ジャングルキャットのようにじっと動かない。灰色のレンズが入った眼鏡がバックミラー越しにこちらを凝視していた。私はドアを開けた。車を降りるなり、外の熱気が壁のようにがつんとぶつかってきた。不本意ながら乗せられただけとはいえ、送ってくれてありがとうとマリーノに礼を言った。

ベントンが車から降りてきた。ゆっくりと現れた引き締まった長身は、いつもどおり、たったいま完成したばかりのように見えた。パールグレーのスーツは、今朝、袖を通したときと変わらずぱりっとしている。青と灰色のシルクのネクタイの結び目は完璧だ。刻印の入ったアンティークのホワイトゴールドのカフスボタンが、夕暮れ時の日射しをきらりと跳ね返す。

整った凛々しい顔立ち、プラチナ色の髪、鼈甲《べっこう》フレームの眼鏡。ファッション誌『ヴァニティ・フェア』から抜け出してきたかのようだった。細身だがほどよく筋肉がつき、穏やかで静かな印象の下に鋼《はがね》の骨格と炎の内面を隠している。しかし、非の打ち所のない仕立ての手縫いのスーツ――彼はニューイングランドの裕福な家庭の出身だ――をまとったベントン・ウェズリーを見ても、真の彼を目撃したことにはならない。

「やあ」ベントンは私の手から買い物袋を受け取った。私はブリーフケースは渡さなかった。

マリーノの紺色のSUVが歩道際を離れて車の流れに乗った。ベントンはそれを目で追った。路面から立ち上る熱気は黒っぽく不潔に見えた。

「あなたは私よりましな午後を過ごせたことを祈るわ」一筋の乱れもない夫の隣にいると、自分がどれだけしおれて見えるか、意識せずにはいられなかった。「ごめんなさい。ひどい有り様でしょう」

「いったいなぜ歩こうなどと考えた？」

「あなたまでそんなことを言うの？ ブライスがチラシでも作って配ってるとか？ 伝線したストッキングを穿いた錯乱した女がハーヴァード大学のキャンパスをうろついてるからご用心って書いたチラシ？」

「しかしケイ、歩いてくるなんてどうかしているだろう。いろいろな事情を考えると」

「九一一に通報があったことを知ってるのね。それが今日のトップニュースってこと？」

ベントンは答えなかった。だが、言葉にするまでもない。彼は知っているのだ。マリーノがベントンに連絡するとは思えない。とすると、ブライスから連絡があったのだろう。

4

すぐ後ろから自転車のベルの軽やかな音が響いて、私たちは歩道の端によけた。若い女性が乗った自転車が通り過ぎた。

が、すぐにブレーキをかけて停まった。目的地が私たちと同じなのかもしれない。自転車を降りた女性は、スポーツ用のサングラスをかけていた。暑さのせいだろう、頰が紅潮している。私は共感の笑みを向けた。女性がチンストラップをはずし、明るい青緑色の自転車用ヘルメットを脱ぐ。一つにまとめた長い茶色の髪、青いショートパンツ、ベージュのタンクトップを目にするなり、私は奇妙な感覚にとらわれた。

ペイズリー柄がプリントされた青いバンダナ、コンバースのオフホワイトのスニーカー、灰色と白のストライプ柄の自転車用ソックス。私はまじまじと観察した。女性は携帯電話のディスプレイを見つめたあと、煉瓦造りのジョージ王朝様式のファカルティ・クラブを見上げた。誰かと待ち合わせているのだろうか。両手の親指を使って文字を入力し、携帯電話を耳に当てた。

「もしもし」電話の相手に言う。「すぐ前に来てるけど」ここで私はようやく思い出した。見覚えがあるのは、つい三十分ほど前にも顔を合わせた相手だからだ。

私が観劇のチケットを買ったとき、この女性もローブ・センターにいた。化粧室を探してロビーに戻ったところで、この女性に会ったことを覚えている。年齢はせいぜい二十代前半くらい。私の耳にはいくらか大げさに、あるいはやや芝居がかって聞こえるイギリス風のアクセントで話していた。センターのほかのスタッフやアメリカン・レパートリー劇場の俳優とおしゃべりをしている声を聞いたとき、そのアクセントに気づいた。

そのときこの女性はロビーの反対側でレシピのカードを壁にテープで貼っていた。その時点ですでに、壁には数百枚のカードが並んでいた。『ウェイトレス』の今回の公演では、自分の好物や家族のとっておきのメニューのレシピを持ち寄ろうと観客に呼びかけていた。私はセンターを出る前に何気なくその壁のところまで行ってレシピを眺めた。料理は好きだし、妹は甘いものに目がない。妹の滞在中、大したもてなしはできそうにないが、せめて特別なお菓子を作るくらいのことはできるだろう。壁の前でピーナツバターのパイのレシピを書き留めていると、また一枚カードを貼り終えた若い女性が手を止めてこちらを見た。

「それ、危険ですよ。命に関わります」女性はそう言った。胸もとの髑髏《スカル》形をしたゴールドの風変わりなネックレスが目に入って、私は海賊を連想した。

「え？　いま何て？」私はあたりを見回した。自分に話しかけたわけではないのかもしれないとっさに思ったからだ。

「そのピーナツバターのパイのことです。チョコレートを加えるとさらにおいしくなりますよ。溶かしたチョコレートを上からかけるの。本物のチョコレートを溶かして。ほかのものに代えたほうがおいしそうに思えるかもしれませんけど、そのレシピのとおり、砕いたグラハムクラッカーを使ったほうがおいしくできます。それから、バターも本物を使ってください。私は低脂肪の偽物は使わないようにしてます。この体格を見ればおわかりでしょうけど」

「あら、ダイエットの必要はなさそうよ」私は言った。女性はほっそりしていて、筋肉も適度についていたからだ。

その同じ若い女性がいま、ベントンと私の目の前、クインシー・ストリートの歩道にいる。女性がアイスブルーのケースに入れたｉＰｈｏｎｅを黒いプラスチックのホルダーに戻そうとした拍子に、水のボトルがホルダーからはずれてしまった。ボトルはごとんと音を立てて歩道に落ち、私たちのほうに転がってきた。ベントンが腰をかがめてボトルを拾った。

「すみません。ありがとうございます」女性はいかにも暑そうだった。ほてった顔は汗で濡れている。

「今日はこれが命綱のようなものだね」ベントンはボトルを手渡した。女性は専用のホルダーにボトルを戻した。そのとき、ファカルティ・クラブから若い男性が小走りで現れた。

女性は縁なしのサングラスを男性のほうに向け、自転車にまたがった。スニーカーの爪先だけがかろうじて車体を支えていた。男性の肌は浅黒く、痩せ形の体つきをしている。スラックスを穿き、シャツのボタンは一番上まできちんと留めていた。事務職員だろうか。ほてった顔に笑みを浮かべ、女性の自転車の前まで来てフェデックスのロゴの入った封筒を渡した。伝票は貼ってあるが、封はされていない。

「ありがとう」男性は言った。「たったいまチケットを入れたところだった。このまま持っていってくれ」

「家に帰る途中で届けておく。じゃ、あとでまた」女性は男性の唇にキスをした。

男性はまた小走りでファカルティ・クラブに戻っていった。きっとクラブの従業員なのだろう。女性はヘルメットをかぶり直したが、本当なら顎の下できちんと留めるべきストラップはぶらぶらさせたままにした。それから私に笑顔を向けた。

「ピーナツバター・パイ・レディですよね？」女性が言った。

「あら、すてきなニックネームをもらったわ。さっきはありがとう」私も笑みを返した。ストラップを留めたほうがいいわよという言葉が口から出かかった。

しかし、知り合いというほどの間柄ではない。居丈高な人間と思われたくなかった。

路上でブライスを怒鳴りつけて治安を妨害したと通報された直後なのだから、なおさらだ。

「気をつけてね」注意するかわりにそう言った。「今日は熱指数がおそろしく高いそうだから」

「〝命まで奪わない試練は人を強くする〟って言いますから」女性は自転車のフラットな形のライザーバーを握ると、ペダルを力強く踏んで漕ぎ出した。

「それは命あっての話だよ」ベントンが言った。

女性の自転車が走り出し、熱気がしぶしぶ道を譲るように動いた。

「パイとミュージカルを楽しんでくださいね！」女性は軽く振り返ってそう言った。どことなく姪のルーシーに似ている。きりりとした顔立ち、よく鍛えられためりはりのある体つき。

私は女性のショートパンツから伸びる脚を見つめた。ふくらはぎの筋肉が盛り上がり、自転車が速度を上げる。女性はそのまま通りを横切ると、私がさっき出てきたゲートからハーヴァード・ヤードに入っていった。あのくらいの年ごろだった自分のことを思い出す。最良の未来、最悪の未来が目の前に開けていた。自分を待っているすべてを知りたいと思った。運命は交渉次第でどうにでも変わると信じているかのように。自分は誰と人生を歩んでいくのだろう。どんな仕事をするのだろう。どこに住むことになるのか。誰かの役に立つ人間になるだろうか。そうやって自分の未来をあれこれ描き、自分なりに望ましいと思った方向へと無理にでも人生を進めようとした。いまの私なら、そんなことはしないだろう。

どんどん小さくなっていく若い女性の後ろ姿、ペダルを踏み、ピュージー図書館とラモント図書館のあいだを抜けてハーヴァード・ヤードを遠ざかっていく女性を私は見送った。なぜ誰しも未来を知りたがるのだろう。あの女性は未来を知りたいと考えているだろうか。その問いに控えめに答えるなら、〝おそらく〟だろう。いや、〝知りたがっているに決まっている〟が正解かもしれない。しかしいまの私はもう、未来をあらかじめ知っておきたいとは思わない。

「マリーノの用事は何だった?」ベントンはさりげなくそう尋ね、愛情のこもった手を私の背に当てて歩道を歩き出した。

少し先の左手側にスプリットレールのフェンスがあり、そこからずっと奥まったところに、ガラスのドーム屋根を載せた温室がついた、煉瓦の壁と白い窓枠が特徴の新ジョージ王朝様式の二階建ての建物が見えていた。建物の角ごとに背の高い煙突が四本、左右対称に誇らしげにそびえ、スレートの寄せ棟造りの屋根に十個並んだドーマー窓は、まるで歩哨《ほしよう》のように周囲を見張っている。

煉瓦敷きの長い小道がうねりながらロックガーデンと生け垣のあいだを抜けていた。太陽は西側の建物の向こう側に隠れ、のしかかってくるような熱気は、ゆっくりと冷えていくサウナを連想させた。

ベントンはスーツのジャケットを脱ぎ、几帳面に畳んで腕にかけている。私たちは、鮮やかなピンク色のアメリカリョウブや紫色のアメリカシャクナゲ、青いアジサイの茂みの横を通って奥へ進んだ。茂みを揺らす風はない。葉はまだ大部分が濃い緑色をしたままで、そのなかに赤く色づき始めた葉がところどころ見えるだけだった。雨の降らない猛暑がこの先もまだ続くようなら、今年は秋の紅葉はほとんど見られないままになるだろう。

ベントンと並んで歩きながら、マリーノの用件は何だったかという彼の質問にできるだけ正確に答えようとした。一人きりで歩くなとしつこいほど言われたが、それだけが目的だったとは思えない。ベントンの意図も別のところにあるのではないかという気がしてならなかった。

「いずれにせよ」私は説明を続けた。「マリーノは私と電話で話しながら車でうろうろしてた。本人は違うって言ってたけど、要するに私を捜し回ってたのよ。それから私を車に乗せて、最後の二十メートルを送ってくれた。そこにあなたが来た。それがついさっきのこと」

「最後の二十メートル？」ベントンが訊く。

「そうよ、どうしてもというから。彼の車に乗れと言われたの。最後の二十メートルを送るからって。正確に引用すると〝二十メートルぽっちだが、送ってやる〟」

「きみと二人きりで直接話したかったということのようだね。電話では話しにくいと思ったのは本当なのかもしれない。それは口実にすぎないのかもしれないが。あるいはその両方だったということも考えられる」ベントンは事実を述べるような口調でそう言った。ピート・マリーノの心理分析など彼には簡単なことだろうから、何もかもお見通しなのだろう。

「スーツを着て、重たい荷物を持って、一人きりで長い距離を歩こうと思った理由は？」ベントンはまた同じことを訊いた。「熱指数が高いから気をつけろと会う人ごとに説いているきみがなぜ？　たったいま、自転車の女性にも言っていただろう？」

「〝言行一致〟という言葉があるのは、一致しない人が多いからじゃないかしら」

「これは言行一致という問題ではないだろう。まったく別の問題だ」

「歩くのは健康にいいだろうと思ったから」私は答えた。ベントンは黙っている。「ついでに劇場のチケットを受け取りたかったし」

大学生協で妹に持たせるお土産も買っておきたかったからと付け加えた。大学のロゴ入りのTシャツ、ナイトガウン、コーヒーテーブルに積んでおくのにぴったりなしゃれたデザインの本。過去に人に渡したギフトのなかでもっとも個性的な品物とは言えないが、大学生協の棚のあいだをさんざん歩き回って、これならとようやく選んだのがその三つだった。ベントンはよく知っていることだが、私の妹に贈り物をするのはとても難しい。

「妹の好みがわからないというわけではないの」私は言った。ベントンはやはり黙っている。

妹は、たとえば人気のミュージカルやピーナッツバターのパイは好きだろう。ハーヴァード大のロゴが入った薄っぺらなＴシャツも、同じように薄っぺらなレギンスやジーンズに合わせるのにちょうどいいと喜んでもらえるかもしれない。フロリダに帰ってから、アイヴィー・リーグのＴシャツを手術で豊かにした乳房ではち切れんばかりにしてサウスビーチやマルガリータヴィルのバーに行けば、さぞかし話がはずむことだろう。

「ケンブリッジの風景写真集は、自分で買ったような顔で持ち帰れるし」私は続けた。ベントンは無言で聞いている。彼なりの意見があるが、私のそれとは違っているとき、ベントンはよくそうやって黙ったまま私の話を聞く。「妹はきっと、これは自分で選んだ写真集だって顔をして、ハーヴァードやＭＩＴ、チャールズ川の写真を母に見せるでしょうね。何もかもドロシーが自分で選んだことになるはずよ。母がお土産を喜んで、自分は決して忘れられた存在ではないって思ってくれるなら、私は別にかまわない」

「それでいいとは思えないがね」ベントンは言った。私たちは背の高いツゲの木立が落としている、時間とともに濃くなろうとしている影のなかを通り過ぎた。

「変わらないものもあるのよ。あきらめるしかない」

「ドロシーの思うままにさせておくのはよくないな」ベントンの色つきレンズが入った眼鏡がこちらを向く。

「九一一の通報の話を聞いたのね」私は話題を変えた。妹の話などしてこれ以上時間を無駄にしたくない。「マリーノは通話の録音を持ってるみたいだったけど、私には聞かせようとしないの」

ベントンは黙っていた。録音を聞いたのだとしても、その内容をそのまま私に伝えることはしないだろう。仮に、通報があったという連絡を受け取ったのなら、ケンブリッジ市警にその録音のコピーを送ってくれと依頼したかもしれない。FBIとして、政府職員に不法行為がないか、脅迫の対象とされていないか、確認しておきたいという建前で。

ベントンは、問題の通報に関するどんな情報でも手に入れることができる。彼は市警本部長や市長はもちろん、この地域の有力者のほぼ全員と親しい。マリーノに頼る必要はない。

「もう知ってるかどうかわからないけど、私が治安を乱したって、誰かが市警に通報したそうなの」そう説明していると、笑い出したくなった。相手は毎日のようにテロリストや連続殺人犯を相手にしている人物なのだ。

私はベントンのほうをちらりと見た。濃さを増していく闇の奥に誇らしげに建つ煉瓦造りの建物は、もうすぐそこだ。ベントンの内心の反応は、顔の表情からはうかがい知れない。

「マリーノはブライスを問いただしたみたい。ハーヴァード・スクエアで私を降ろしたとき、何があったのか正確に話せとね。きっとそのあとブライスからあなたに連絡があったんでしょう」

「マリーノはきみを心配しているんだろうな」ベントンは言った。事実を述べたのか、質問をしているのか、わからない。

「いつものことよ」私は応じた。「でも、それにしても態度が奇妙なの。自分が空港に行くって言い張るし。ドロシーを迎えに行くことにやけにこだわってるみたい」

「ドロシーが来ることをなぜ知っているのだろうね。きみから話したのかい？」私は話していないが」

「急に決まった話だし、私からはほとんど誰にも話していない」私は答えた。「もしかしたら、ルーシーがマリーノに話したのかもしれないわ」

「デジという可能性もありそうだ。あの子とマリーノはすっかり意気投合しているようだから」ベントンが言った。彼は私が知る誰よりも本心を隠すことに長けている。その彼でも、私を欺くことはできない。

何かで感情を害しているなら、私にはわかる。マリーノとデジが着々と強いきずなを育んでいることに、心を痛めているのだ。マリーノとデジが共有する時間が増えれば、それに比例するようにベントンが傷つくことになるのではないか。私はそう心配していた。気まぐれで、周囲が迷惑するくらい強い好奇心を持ったデジが、誰の遺伝子を受け継いでいるのか、私たちは知らない。これからどう成長していくのか予想がつかない。誰に似たおとなになるのか、まったくわからない。

ジャネットの亡くなった姉、ナタリーに似ると考えるのが妥当だろう。まだ二十代のころ、ナタリーが凍結保存した卵子を使ってできた子供なのだから。凍結保存したあと、ナタリーは代理母や精子提供について、長い年月をかけてリサーチした。シングルマザーとして子供を育てていくつもりだと話していた。いま思えば、あのころすでに、自分はそう長く生きられないと予感していたのかもしれない。その予感は現実になった。デジの誕生から七年後、ナタリーは膵臓癌《すいぞうがん》で世を去った。まるでさなぎから蝶に変わるように日々変化していくデジの成長を、ナタリーが見守ることができなかったのは本当に残念だった。

「無理もないことさ」ベントンが言った。「私はマリーノと違って、子供にとって楽しい相手ではないからね。マリーノはデジを早くも釣りに連れ出したし、銃の扱いかたも教え始めたようだ。ついでにビールの味も」

「釣りはともかく、ルーシーとジャネットが残りの二つを黙認してるとしたら、ちょっと心配ね」

「いや、肝心なのは――」

「肝心なのは、あなたもマリーノとまったく同じタイプの楽しいおとなである必要はないということよ」私は言った。「それより、いいお手本になってくれたらって私は期待してるの」

「手本？　何の？　退屈なおとなの手本かい？」

「いいえ、私の頭にあったのは、セクシーで優秀なＦＢＩ捜査官よ。スポーツカーを乗りこなす男性、ブランドものの服を着こなすおとな。デジはあなたという人をまだよく知らずにいるだけ」

「デジは私のことをよく知っているようだよ。マリーノが、私は以前学校の校長をしていたが退職したと話したらしくてね。デジからそのことを尋ねられたよ。学校で教えていたのは百年くらい前のこと、大学を出て、大学院の修士課程で勉強していたころのことだと説明しておいたが」ベントンは言った。

「あなたが入局したころ、ＦＢＩ捜査官には教育や法律といった分野で経験を積んだ人が多かったという事実は説明した？　言い換えれば、あなたはごく妥当なキャリアパスをたどったということよ」言い終える前に、よけいなことを言ってしまったと思った。ますます傷口を広げるようなものだ。

「デジをかえって怖がらせるだけのことだろうから、マリーノもそんな話はしないだろう。百害あって一利なしだよ。デジはまだ幼いのにもう、強情な性格を示し始めているからね。このところ、あの子は指図されるのが嫌いらしいと感じる場面が増えてきている」

「そうね、ああしろこうしろと言われるのは嫌いみたい。でも、そんなの誰だって同じじゃないかしら」

「マリーノの目標は、愉快なピートおじさんになることだ。私はおっかない校長先生だな」ベントンは言った。彼の表情に濃く暗い影が落ちた。

私たちは広々とした煉瓦敷きのパティオに入った。赤いパラソルと木のテーブル、観葉植物の鉢や花壇が並んでいる。今日は九月最初の水曜日だ。いつもの年なら、このパティオに空席などないはずだ。しかし今日、ファカルティ・クラブのテラス席についている客は一人もいない。パティオにいるのは、ベントンと私の二人だけだ。

5

エントランスは、個人宅の玄関を思わせる。ＦＢＩのプロファイラーである私の夫にとって、ファカルティ・クラブは、別宅のような場所になっている。ベントンはハーヴァード大卒ではない。お父さんやおじいさんと同じくアマーストカレッジの卒業生だ。自宅にいるようにくつろげる、もう一つの家。苦痛や不安、悲劇が立ち入ることのできない場所への入り口。ハーヴァード大学キャンパスの中心に位置する新ジョージ王朝様式の美しい建物は、ベントンの避難所だ。無知や偽善、政治的思惑、狭量な官僚と完全に切り離された時間が、短いものとはいえ、ここにはある。

この世俗と隔絶した聖域では、誰もが進歩的に考え、多様性を尊重する。暴力や攻撃といったものは入りこめない。ここにいれば安心できる。ベントンが緊張を解くことができる数少ない場所の一つだ。ただし、さすがに銃を手放せるほどではない。一見、彼が銃を携帯しているようには見えないが、ブリーフケースに入っているのは確かだろうし、予備の拳銃も帯びているはずだ。愛用のグロック27、あるいは目立たずに携帯しやすいスミス＆ウェッソンのモデル19。ベントンがそのいずれも持たずに家を出ることはまずない。

白いペイントを施された片蓋柱《ピラスター》にはさまれたエントランスの前に立った。暗い赤茶色をしたドアの上部には、横長の明かり取りの窓がある。みごとなまでに左右対称にデザインされた煉瓦造りのファサードを見上げる。二階にあるゲストルームの張り出し窓に目が自然と引き寄せられた。

「またの機会に」ベントンも窓を見上げ、私の考えを読んだかのように言った。

「そうね。今夜は泊まれない。妹が来るから。でも、着替えを持ってきていたら、部屋を借りて、シャワーを浴びたいところ」二階に上るカーペット敷きの古い木の階段がきしむ音まで聞こえてきそうだった。

音の記憶とともに、布を張った壁の感触や、ぬくもりを感じさせる優雅な雰囲気も脳裏に蘇ってきた。そして何より、細長いベッドが二つ並んだ光景。ベントンと私がそこでゆっくり眠ることはない。そこでは、毎月同じ儀式が繰り返される。第三者のことは話題にせず、ひたすら互いについて語り合う。私と夫だけで過ごす時間。私にとって、それはデートではない。何事もなければ月に一度ここで過ごす時間は、セラピーに似ている。

しかし、残念ながら、何事もない月ばかりではない。それでもここでゆっくりできる日は、この世界にはまだ良識や人情が存在していることを確認する、絶好の機会になる。この世の全員が嘘をつくわけではない。全員が盗み、レイプし、暴力を振るい、他人をないがしろにし、いたぶり、誘拐し、殺すわけではない。この世の全員が私たちを破滅させようと企んでいるわけではないし、私たちのものを奪い取ろうと付け狙っているわけではない。互いを見つけることができた私たちは、とても幸運だ。

エントランスを入ると、フォーマルなたたずまいのアンティーク家具や美しい絵画、ペルシア絨毯が静かに私たちを出迎えた。ベントンがドアを閉める。突き出し燭台やマホガニー材の壁、飾り房のついた落ち着いた色味の革の椅子、幅広の板を張った床。玄関テーブルには生花のアレンジメントが飾られ、ヴィクトリア朝風のオーク材のカウンターに今夜のメニューが掲示してある。

覚えのある香りがいくつも鼻をくすぐった。花瓶に挿したユリやバラの香り、かすかにカビくささが混じった蜜蠟のにおい。なんとなくほっとする匂い、古き良き時代の魅力を感じさせるその匂いは、詩や葉巻、革装の稀覯本《きこうぼん》などを連想させた。たとえ目を閉じていても、ここがどこだかわかるだろう。このクラブは特別なエネルギーで充たされている。世界中の国家元首や成功者をもてなしてきた場所にふさわしい、厳粛さと格式がある。

私はエントランスを入ってすぐのところ、アンティークの楕円形の鏡の前で足を止め、汗で湿った金色の髪を指でかき上げた。表面に水泡のような点々が浮いた鏡越しに、パールグレーのスーツを着た長身の美男子を見つめる。彼は美しい幽霊のように私のすぐ後ろに立っていた。

「どこかでお会いしたことがあったかしら」私は鏡のほうを向いたままベントンに尋ねた。

「いいえ、初めてだと思いますよ。どなたかと待ち合わせかな？」

「ええ」

「偶然ですね。私もそうです。誰かとの出会いをずっと待ち続けていた」

「私もよ」

「単なる出会いではなく、運命の人との出会いを待っていた」鏡の中の彼が私を見つめる。

「運命の相手は、一人につき一人しか存在しないのかしら」私は壁の鏡に向かって尋ねた。

「ほかの人のことはわからないが、私には一人しかいませんね」

このゲームに名はない。私たちが偶然出会った見知らぬ他人同士を演じるゲームをしていることに気づく人はいない。目新しく、愉快で、身が引き締まるような思いを蘇らせるゲームだが、仮に真実を突きつけられても動じずにいられるならば、優れた心理テストでもある。本当にいま、このハーヴァード大学ファカルティ・クラブのエントランスホールで初めて出会った者同士だったら？

どうだろう、相手に関心を持つだろうか。今日ここで初めて会ったのだとして、彼はやはり私に魅力を感じるだろうか。年齢を重ねた妻に、出会ったころと同じ情熱は抱けない男性もいるだろうし、すでに愛は冷めているのに、表向きはいまも愛し合っていると言い張るカップルもいるだろう。正直な気持ちをあらためて問い直し、真実と正面から向かい合うには、勇気が必要だ。何年も前のあのころ――ベントンがまだ結婚していて、私は離婚を経験したあとだったあのころ、そう、初めて一緒に事件捜査に携わったあの当時ではなく、もし今日、初めて知り合ったのだとしたら、私たちは互いをどう感じるのだろう？

その質問に答えを出せる科学的な手法は存在しない。あったとしても、私には必要ない。私たちはやはり恋に落ちるだろう。他人の家庭を壊した女と後ろ指を指されることになろうと、私は彼と不倫の関係を持つだろう。周囲に何を言われようと気にしない。彼との愛にはそれを超えた価値があるのだから。

ベントンは優雅で温かな手を私の肩に置くと、私の頭のてっぺんにそっと顎を寄せた。森の土を思わせる彼の香りが鼻腔をかすめた。私たちは凸面鏡を介して見つめ合った。二つの顔は、銀色のガラスが腐食している部分が歪んで、まるでピカソの抽象画の顔のように見える。

「夕食でもいかがかな」彼が私の髪に唇をうずめて言った。

「その前に少し待っていてもらえる？」

私は買い物袋をクロークに預け、化粧室に入った。平凡な壁紙に、ヴィクトリア朝時代の古い劇場ポスターが並んでいる。革のメッセンジャーバッグ風ブリーフケースを黒御影石のカウンターに置き、化粧ポーチを取り出した。シンクの上の鏡と向かい合う。こちらを見つめ返しているカーキのスーツを着た女は、少しくたびれてだらしない印象だった。

いや、〝少し〟どころではないと思い直した。ひどい有り様だ。汗で湿ったスーツのジャケットを脱ぎ、椅子の背にかけた。ブラの吸った汗が白いブラウスにまで染み出していた。ハンドドライヤーのスイッチを入れ、襟もとから熱風を入れた。下着をぐっしょり湿らせたまま食事のテーブルに座りたくない。次にパウダーと口紅、歯ブラシを取り出した。鏡をのぞき、ほかにも打てる手があるか思案した。一つも思いつかなかった。

睡眠不足の影響を取り消すことはできない。必死に働いたがゆえの乱れも、猛暑のなかを歩いた痕跡も、なかったことにはできない。軽いめまいがした。疲れ切り、全身がべたついて、気持ちが悪い。いますぐ何か食べたい。何か飲みたい。それ以上に、シャワーを浴びたかった。伝線したストッキングを脱いでくず入れに放りこんだ。ハンドタオルを冷たい水で湿らせて顔や体を拭いたが、汗も、それを吸って皺だらけになった服も、その程度の応急処置ではどうにもならない。

洗濯機に放りこまれてぐるぐる回されたかのようだった。いま初めて気づいたが、ここ何週間かで少し体重が落ちたようだ。ちょっとエクサイズを怠ると、いつもこうだった。酷暑のせいもあって、しばらくジョギングをしていない。TRXバンドには手も触れていなかった。ルーシーから、一緒にジムに行こうと顔を合わせるたびに言われている。

顔にパウダーをはたいた。クリスタルのシャンデリアの光は淡く、高く張り出した頬骨や鼻、力強い顎の鋭さがいっそう強調されて見えた。マスコミが私をどう形容するかを思い出す。いずれもまるで当たっていないし、好意的でもなかった。彼らによると、私は男っぽくて不気味な外見をしている。さまざまな記事でいやというほどリサイクルされ続けている、私のお気に入りの悪口を信じるなら——愛嬌に欠け、無表情で、威圧的なドクター・ケイ・スカーペッタの顔は、思わず注視せずにいられない不思議な引力を持つ。

水で濡らした手で髪をかき上げ、ざっと整えたあと、ボリュームを出すスプレーを吹いた。歯を磨き、紫外線カット効果があって癌の原因になりにくいミネラルパウダーを、額と頬に軽くはたいた。外はもう真っ暗だが、関係ない。私は私の好きにさせてもらう。オリーブオイルのリップクリームを塗り、ポーチからバイシンの目薬とシアバターの小さなチューブを取り出す。

顔回りはだいぶ見られるようになったが、よれよれのスーツとブラウスを見るなり、ドロシーの声が、いま一緒にこの化粧室にいるみたいにはっきりと耳の奥に聞こえた。妹なら、いまから数時間後に空港でベントンと私に再会した瞬間、同じことをきっと言うだろう――私にはセンスのかけらもないと。退屈でだらしないと。いつも薄汚れていて、古風で地味な女のような、あるいは男みたいな野暮ったいスーツばかり着ていると。私がピンヒールの靴を履かない理由、濃い化粧をしたり、アクリルネイルや派手な色のネイルカラーで爪を飾ったりしないのはなぜか、妹には理解できない。

体の線を強調しない理由がまったくわからないのだ。妹はこう言う。「私たち、せっかく生まれつき大きなおっぱいに恵まれてるのに、もったいないわ」。女にとって大事なことが何なのか、自慢げに語りたがる。だが私は、妹と同じタイプの服は着ないし、妹と同じタイプの振る舞いもしない。これまでも、これからも、絶対に。

記憶にあるかぎり、私にフェミニンで繊細な服が似合ったことはないし、頭が空っぽなふりをしたことも一度もない。私と妹は、どこまで行っても気が合わない。

ベントンは、私を待つあいだ、カウンターの定位置に控えたミセス・Pと世間話をしていた。

黒革のブリーフケースを片方の手に提げ、もう一方には携帯電話を持って親指で文字を入力している。私が化粧室から戻ってきたことに気づいて電話をポケットに戻した。

よく言われる〝心臓が跳ねる〟とはこういうことかと実感した。彼を見たとたん、私の心臓はうれしそうにぴょんと跳ねた。いつもそうだ。

「おお、別人のようにさっぱりしたね。どれどれ」ベントンは眼鏡を取り、芝居がかったほれぼれとした表情で私を見た。目は楽しげにきらめいている。「ねえ、ミセス・P？」そう言いながら私にウィンクをした。

ミセス・Pは八十代前半の女性で、雲みたいにふわふわした灰色まじりの白髪をしている。丸いメタルフレームの眼鏡をかけた姿は、ニューイングランド地方によくいる取り澄ましたお堅い老婦人を描いた風刺画のようだ。パン生地のように柔らかそうな顔はしなびた果物みたいに皺だらけで、ワンピースとそろいのジャカード織りのジャケットの柄は、ウィリアム・モリスのテキスタイルデザインにありそうな、さまざまな緑色と赤を使った薔薇の格子垣だった。

私が今日のように真っ赤な顔をして汗みずくになっていないときでも、ミセス・Pは珍しいものを見るような目で私を見る。さまざまや疑問や感想が頭の中で渦巻いてはいるが、それを口に出すのは遠慮しているとでもいったふうだ。いまも、ほんの短いあいだに私のストッキングを穿いていない脚に何度か視線を落としたものの、そのたびに見てはいけないものを見てしまったときのように、大急ぎで視線を私の顔に戻した。

「いかがです?」ベントンがミセス・Pに訊く。

「そうね、何と言っていいのやら」ミセス・Pは、私とベントンを見比べた。テニスの試合の観客のように顔を左右に振っている。その動きに合わせて、眼鏡のレンズがウィンクするみたいに光を反射した。視線を向けられるたび、私とベントンはコメディアンのようにおどけた表情をする。「お願いだから困らせないでちょうだいな」やがてミセス・Pは優しく叱りつけるようにベントンに向かって言った。

ミセス・Pの姓は"Peabody"で、マサチューセッツ州セーラムの隣町の名前と同じように、頭の音節を伸ばして〝ピーボディ〟と発音する。ファーストネームはモーリーンだが、私はこれまで一度もファーストネームで呼んだことはないし、親しい人から〝モー〟か何かの愛称で呼ばれているのかどうかも知らない。私たちがこのクラブに通うようになってもう何年もたつが、彼女は変わらず〝ミセス・P〟だし、ベントンは〝ミスター・ウェズリー〟だ。外の世界ではほとんどの人が私を〝ドクター・スカーペッタ〟または〝局長〟と呼ぶことを彼女も知っているだろうに、それでも私のことは一貫して〝ミセス・ウェズリー〟と呼ぶ。

やるせないことに、ミセス・Pは礼儀上、私の職業や立場を知らないふりを続けているが、実際は何もかもちゃんと知っているのだ。ベントンと私がケンブリッジに移り住んでまもないころ、ミセス・Pのご主人がまさに自宅の目の前で起きた自動車事故で亡くなった。そのとき検死を担当したのが私だった。いまはお互いにそんなことはなかったかのようにふるまっているが、ご主人の案件に関して私の記憶に何より鮮明に刻まれているのは、残されたミセス・Pが私と話をするのを断固として拒んだという事実だ。亡夫の検死解剖の結果について、副局長の一人から――すなわち男性から説明を受けたいと言って譲らなかった。

しかし、ミセス・Pがファカルティ・クラブに勤め始めたのは、女性の立場がまだまるで異なっていた時代だ。この大学の教職員や学生であっても、女性専用のダイニングルームに案内されたり、寄宿寮に入ろうとしても断られたり、男性のクラスメートがふつうに使っている図書館や施設への立ち入りに難色を示されたりしていた時代だった。現代の最高の法律家の一人、ルース・ベイダー・ギンズバーグは、ハーヴァード・ロースクールに入学したとき、本来なら男子学生に与えられるべき席を女が横取りして学ぶことを正当化してみろと迫られたという。

「この暑さのなか外に出ようなんて、頭のお医者様に診てもらったほうがいいでしょうねえ」ミセス・Pはベントンに向かって言った。ベントンは目を見開き、いかにも失望した表情を作って彼女を見つめた。「キャンドルみたいに溶けてしまいますよ」いまの私は溶けたキャンドルのようだと言いたいのだろう。

ベントンは肩をすくめて私に言った。「ノーということのようだ。残念だよ、ケイ。ミセス・Pは、いまもまだきみを飼い猫が持ち帰った獲物みたいだと思っているらしい」

「私はそんなことは言っていませんよ！」ミセス・Pは、この世の誰より口の悪い人間をたしなめるような調子で言い、ピンク色の唇に三本指を当てると、首を振りながらお得意の気まずそうな小さな笑い声を漏らした。

ミセス・Pはベントンを好ましく思っている。言うまでもなくベントンは、私とミセス・Pの両方をからかっているだけだ。しかし彼をよく知らない人物なら、そうは受け取らないかもしれない。彼のユーモアは、目に見えないまま顔に絡みついてくるクモの巣のようにとらえがたい種類のものなのだ。ベントンは、私の見た目がさほど改善されていないことに気づいている。ストッキングを穿いていないし、ファッショナブルとは言いがたい傷だらけの靴の革の中敷きは、何時間も出しっぱなしにされた生ガキみたいにぬるぬるしていた。

「その話はここまでにしましょうよ」私はベントンに言った。ミセス・Pはメニューを二冊と黒い表紙の分厚い冊子――何ページもあるワインリストをそろえている。「あなただって猫が持ち帰った獲物と食事をしようなんて思っていなかったでしょうし」

「どんな猫かにもよるがね」ベントンはブリーフケースを開けた。留め金がぱちんと小気味よい音を立てた。

　ベントンはサングラスをはずし、ドラッグストアで売っているような老眼鏡に替えた。私はメッセンジャーバッグのストラップを肩にかけ直した。ミセス・Ｐの案内で、北側のダイニングルームに向かう。いくつも並んだ背の高いアーチ形の窓から、夜のとばりに包まれた芝生の前庭が望める。

　私たちの足音は、臙脂《えんじ》色の分厚いカーペットに吸収されて聞こえない。白い漆喰塗りの天井に張り出した濃い茶色のむき出しの梁の下、白いクロスがかかったテーブルのあいだを抜けて歩いた。見上げると、キャンドル形の電球に赤い小さなシェードがついた真鍮のシャンデリアが並んでいる。私たちのほかにまだ客はいなかった。ベントンとミセス・Ｐはなごやかに会話を続けている。ミセス・Ｐに案内された先は、いつもの角のテーブルだった。

「八時ごろまではだいたいこんな調子ですよ」ミセス・Ｐがベントンに言った。今夜、ファカルティ・クラブの一階のダイニングが込み始めるのはそれ以降だろうという。

「上階《うえ》のダイニングルームでは二つ、食事会の予定がありますが、一階はさほど予約が入っていません。さすがに暑すぎるんでしょうね」

「このところ停電続きですが」ベントンが言った。「おたくはいかがです？」

「あれは困ったものですね。停電が長引くと、このクラブ内にいても暑いし、かといって外も暑いでしょう？　今夜また起きないことを祈るしかありませんよ。ゆっくり静かに食事を楽しむためにこうしていらしているわけですから」

ミセス・Pは、飼い猫のフィリックスの最近の様子を話した。アニメのキャラクターと同じ〝フィリックス・ザ・キャット〟というのが正式な名前だが、ミセス・Pは単にフィリックスと呼んでいる。この熱波で、フィリックスも少しまいってしまっているらしい。

「昨日の正午ごろにまた停電がありましたでしょう。ずいぶんこたえたようですよ。あとになって聞いた話ですけどね。停電が起きたとき、私はここにいましたから。私の家は、市内でも一番停電の起きやすいエリアにあるか何かで」私たち二人を交互に見やりながら言う。「フィリックスももう年ですから、そうでなくても悪いところだらけなのに。家で停電が起きていても、かならずしも私にはわかりませんしね。私はこのクラブにいて何ともなくても、そのころかわいそうにフィリックスは、エアコンもなしに暑さにあえいでいることもあったり」

「そういうとき様子を確かめてくれそうなご近所の方は――？」私は言った。

「停電のときは、ご近所さんもエアコンが使えないわけですからね」ミセス・Pは応じた。「子供たちは遠くに住んでいますし。孫はミュージシャン志望なんだそうですが、最近、このクラブでパートタイムで働くようになりましてね、その子が行けるときは様子を見に行ってくれています。孫は二十三歳ですけどね。ただ、猫アレルギーなんですよ」

「フィリックスをここに連れてくるわけにはいきませんか」ベントンが訊くと、ミセス・Ｐはただ笑った。

「無理ですか」ベントンは真剣な顔で言った。

「無理ですよ」ミセス・Ｐはダイニングルームの入り口に視線をやり、新たな客が来ていないか確かめた。

6

私たちが案内された角のテーブルは、大きな暖炉のすぐ右側にある。こぶのある木材でできたマントルピースは、カーペットが敷かれた床から天井まで届いていた。暖炉と九十度をなす、金色のダマスク織りの壁紙が貼られた壁には、先月来たときにはまだなかったイギリスやオランダ、イタリアの絵画が並んでいた。

新しく展示された絵は、海辺の風景を描いたもの、宗教画、頭骨を含む静物画などだった。植民地時代風の服を着たいかめしい顔の男性や、解剖学上、脇腹に青あざができたり内臓が破裂しかけたりせずにすむぎりぎりまでコルセットで締め上げた女性を油絵の具で描いた肖像画も並んでいた。次回訪れるとき、どんな絵を目にすることになるかわからない。このクラブに飾られている美術品の大部分は、近隣に点在する、優れたコレクションを所有するハーヴァード大学の美術館から貸し出されているものなのだ。

絵画は定期的に入れ替えられており、とりわけベントンはそのことを魅力に感じている。子供時代を過ごした環境を思い起こさせるからだろう。裕福だったベントンの父親は、投資目的で美術品を集めていて、このファカルティ・クラブに似通った雰囲気が漂うウェズリー家のブラウンストーン造りの豪邸には、値がつけられないほど貴重な絵画がしじゅう入れ替わりながら飾られていたという。今週はピーテル・クラースの作品を買い、来週はJ・M・W・ターナーやヤン・ボトを買う。夢のような生活だ。ヨハネス・フェルメール、フランス・ハルスの週もあったかもしれない。私はそんなことを考えながら、私たちが短時間だけ独り占めを許されている美術館のごとき空間に視線をめぐらせた。金色の額に入った絵の一枚一枚を、美術館にあるようなスポットライトが照らしていた。

ベントンが経験したような子供時代は、頭に思い描くだけでも難しい。フロリダ州マイアミでの私の子供時代は、日々生活していくだけで精一杯で、きらびやかな世界とは無縁のものだったからだ。ベントンはニューイングランド地方の裕福な家庭、名門大学に進むのが当たり前の家で育った。私はイタリア移民二世の娘で、家族のうちで大学を出たのは私一人だけだ。何もかもが文字どおりぎりぎりの生活は苦しかったが、自分が欲しいと思ったものが何一つ手に入らない環境を子供のころに経験しておいてよかったといまでは思っている。

ベントンは別の意味で貧しい子供時代を強いられた。彼は両親が望むものをすべて手に入れた。両親の夢の人生を生きたのだ。しかしそのためにベントンは貧しさと孤独を感じることになった。私も子供のころ、悲しみや孤立感を覚えたことはあっただろう。しかしいま当時を思い返して蘇るのは、闘志だ。あるものを最大限に活かすしかないという意気込みのようなもの。手持ちの服を着回し、買えるなかで一番いいシャンプーを買い、持ち物をできるだけ長く使おうと努力した。

おかげで、書物や写真、映画を通じて世界を知ることが上手になった。十代のなかばごろからあちこちの大学を見学して回るようになるまで、休暇もなければ旅行に行ったこともなかったからだ。一方のベントンは何不自由ない生活を与えられていたが、親の関心やふつうの少年時代といったものを与えられることはなかった。私と出会うまで、豊かさを感じたことは一度もなかったと彼は言う。それは私が過去に聞いたなかで一番すてきな言葉でもある。

ベントンはテーブルの角度を微妙に変えた。自分の家のダイニングルームにいるかのようだった。「きみが冷えてしまうのではないかと心配だ」

「私ならいまのところ快適よ。見た目はともかくね」

「きれいだよ。きみほど美しい人にはあいかわらず出会ったことがない」ベントンは椅子を引いて私を座らせながら言った。

私は座って椅子をテーブルに引き寄せると、メッセンジャーバッグを椅子の下に置いた。私とベントンは、決して出入り口などの開口部に背を向けて座らない。窓の前にも座らない。金魚鉢にいるように丸見えだからだ。

テーブルに案内されるというより、テーブルに自分たちを配置するという感覚だった。ベントンと私は、背後から、あるいは窓ガラスの向こうから不意打ちを食らうことがないよう、周囲で起きていることがつねに把握できる位置取りで腰を下ろす。言い換えるなら、夫の〝第二の我が家〟にいても、私たちは二人組の警察官のように座って食事をするということだ。

そうでなければリラックスできない。このささやかな習慣が、私たちに自覚を促す。私たちは小さな特別の集団の一員であることを意識せざるをえない。過去の経験によって心に傷を負った公僕という集団だ。

「ここはエアコンが効いているが、大丈夫そうかい？」ベントンが確かめる。ウェイターが近づいてくるのが見えた。ここに入ったばかりなのか、初めて見る年配の男性だった。「私のジャケットを貸そう」ベントンはジャケットを脱ごうとしたが、私は首を振った。

「いまのところ平気よ。大丈夫だと思う。せっかくの夜をだいなしにしてしまってごめんなさい」

「何の話かな。きみは何もだいなしになどしていないよ」ベントンは白いナプキンを膝に広げた。「いや、ストッキングは別か。どうして伝線した？」

「やめて。今日は何から何まで説明させられてばかり」そう応じたところで、喉の奥から笑いの泡が上がってきて、こらえきれなくなった。ベントンが不思議そうに私を見ている。「何がそんなにおかしい？」ベントンが訊いた。しかし、ウェイターが来て待っていた。

テーブルのすぐそばに立ったウェイターは、糊のきいた白いジャケットのボタンを全部きちんと留めている。ほっそりとした顔は、もともとハンサムだったのだろうが、体重を大幅に減らしたのか、皮膚が余っているような印象だった。注文伝票とペンをかまえてベントンを見やる。まずはミネラルウォーターをもらえないかとベントンが頼んだ。私は化粧室のくず入れに放りこんだストッキングのことをふいに思い出して、また笑ってしまった。

「ごめんなさい」私はナプキンで目もとを拭いながら言った。「思い出すとおかしくて。さっきの質問に答えると、ストッキングが伝線した理由はものすごくありふれてるのよ」

「それはどうかな」ベントンはウェイターの動きを目で追っていた。少し前にダイニングルームの入り口で見かけた若い男性と二人で、大人数のパーティのためにセットされた大きなテーブルを確認しながら、カトラリーをきちんと並べ直したり、フラワーアレンジメントの位置を変えたりしている。「きみに起きる災難の原因はたいがい、先端がとがった武器や体液、クロバエだ」

「ストッキングが伝線したのは、ストレッチャーのせい。高さを変えるレバーがついた遺体搬送用のストレッチャーよ。遺体を下ろすのを手伝っていたら、引っかけてしまったの。おそらくキャスターに」

「そのあとどうした？」ベントンが訊く。ここで私はようやく、彼は意図があってストッキングの話題を持ち出したのだと悟った。「新しいストッキングに穿き替えなかったわけだろう」ベントンが続けた。「それはなぜかな」

単なる浮ついた質問ではなかったのだ。たとえ冗談めかして話しているときでも、ベントンがする質問に軽薄なものなど一つもない。

ＣＦＣ本部では、コーヒーや軽食、最低限の洗面用品など、必需品を補充しておくのはブライスの役割だ。それにはパンティストッキングも含まれる。

必需品の在庫管理をブライスが怠ったとき、私が不足に気づく可能性はほとんどないと言っていい。表向きはともかく、スカートやストッキングは私の〝友人〟ではないからだ。状況が許すかぎり、私は防炎・防虫仕様のカーゴパンツ（ポケットの数が多ければ多いほどありがたい）とＣＦＣの紋章が刺繍されたタクティカルシャツという現場向きの服を好んで着る。

足もとはもちろん、丈夫なコットンのソックスと目立ちにくいブーツだ。パーカや、小さく折りたためるジャケット、野球帽も私の親友と言える。感受性豊かな時期を医学校や空軍で過ごしたことが影響しているのではないかと自分では思う。キャリアをスタートさせたころは、来る日も来る日も医療用スクラブや軍の戦闘服で過ごしていた。許されるものなら、いまでもそうしたい。

しかし現実には、法廷や議会で証言することも多く、アメリカ軍の兵士の防護服の仕様や、誰かを刑務所に送るか否かといった判断に大きな影響を及ぼす、長官や局長という立場の人物にふさわしい服も用意しておく必要がある。

「週に二度か三度は仕事中にストッキングを伝線させてしまうの」私はベントンに説明した。「だけど、暑さのせいか、このところブライスはショッピングをサボりぎみだったみたい。あれこれ騒ぎ立てるのに忙しくて、オンラインで物品を注文する暇がなかっただけかもしれないけど。いずれにせよ、今日、ストッキングを破ってしまったとき、替えがないとわかっていやな気持ちになったのは事実よ。でもなぜか、ハーヴァード・スクエアのコンビニエンスストアに寄って買おうとは思いつかなかったの。買っていれば、いまこうして素足でいなくてもすんだでしょうけど。それも私の判断ミスの一つね」

「つまり、きみが言いたいのは、このところブライスはきみの期待に応えられていないということだね。彼が車できみをハーヴァード・スクエアに送っていくより前から、きみはブライスに対して怒りをくすぶらせていた。穿き替える新品がないと判明して、それが起爆剤にはなったが」ベントンは眼鏡ケースから老眼鏡を取り出した。「怒りの燃料はそれ以前からじわじわ蓄積し続けていた」

「その燃料は何だと思って話してるの？」私はナプキンをスカートの膝に広げた。この服を一刻も早く脱いでしまいたいという衝動にまたしても駆られた。

「きみも自分でわかっていると思うが」

ベントンが指摘しているのは、私の家族だ——具体的には、招いてもいない妹が思いがけずやってくることに対する私の反応だ。私は時刻を確かめた。ローガン国際空港に午後九時三十分までに着くよう出発する心づもりでいたが、いまとなっては時刻の目安がわからない。ルーシーによれば、ドロシーの到着は遅れる可能性がある。何時ごろになりそうか、妹から連絡してくれればいいのに。ベントンと私が大急ぎで食事を切り上げたあげく、手荷物受け取りエリアで何時間も待たされるような事態はごめんだった。

「ブライスは四時半ごろ私のオフィスに来た。大学生協まで車で送ってもらうことになってたし、そのあとの細々した用事をすませたあと、最後にここで降ろしてもらう予定だったの」私は今日の午後のことを詳しく話し始めた。「ブライスがおしゃべりをやめてくれてさえいたら、何でもなかったのよ。でも、延々と聞かされることにどうしても耐えられなくなってしまって」

「何の話だった?」

「ブライスのおしゃべりだもの、要点をまとめるのは難しいわ。私のブライスに対する評価が以前とは変わったと思いこんでるみたいね。自分を好いていないし、自分をうとうしいと思ってるんでしょう、ですって。今日、ストッキングの一件より前から同じようなことを言ってた。自分と距離を置こうとしてる、自分を解雇しようとしてるって、なぜか思いこんでるみたい」

「きみは何を根拠にそう感じた?」ベントンはほっそりとしたまっすぐな鼻の低い位置に老眼鏡を載せた。フレームの上から薄茶色の目で私を見つめる。

「自分はどんなミスをしたのかってしつこく訊いてくるから。大学生協の前で言い争ったときも、そればかり訊かれたわ」

「そのとき主に話をしたのはきみかな、それともブライス?」

「口論には二人必要だと思ってたけど」

ベントンは笑った。「ブライスが相手の場合は別だろう。一人で二人分しゃべるのが得意だからね」

「私はほとんど何も言ってないわ。黙って聞くか、さもなければ首を振るか、それだけ。時間がないからもう行くわとは何度か言った。蒸し焼きになりそうな暑さだからといって私のことをやたらに心配するくせに、なかなか解放してくれないのよ。おかげで暑いなか、ずっと立って聞く羽目になった」

「つまり、ブライスはきみの怒りに反応したわけだね」ベントンは自分のメニューに重ねて置かれていた分厚いワインリストを手に取った。

「それ自体はいつものことよ。ただ、今回はそれにしても極端な感じだったけど」

「タイミングの悪さに端を発して、不運な事態に発展しかねない」ベントンはクリーム色の厚手のページをめくってワインの銘柄を眺めながら言った。「そうならなければいいが、誹謗中傷するような人物、もしかしたらストーカーかもしれない人物が近くで見ているときに、きみがブライスに怒りを爆発させたとしたら、タイミングが悪かったね。ふつうなら、精神が錯乱した人物の戯れ言《ざれごと》と見なして放っておくところだ。しかしマリファナの葉のタトゥーは問題だよ。そのディテールがなければ、匿名の通報など誰も相手にしなかっただろう。まったく根拠のない苦情を言い立てているだけに聞こえるからね。わざわざ聞いてみようとさえ思わないだろうな」

「それ、どういう意味？」私は訊いた。「タトゥーの話をどうして知ってるの？」

しかしベントンはワインリストをまた一ページめくっただけだった。私の質問には答えない。

「九一一への通報の録音をあなたは聞いたということ？　そう言いたいの？」私は次にそう尋ねた。

7

ウェイターがガスなしのミネラルウォーターを運んできた。水が注がれるあいだ、私たちは黙っていた。

前菜に関係した話や、ほかの客が来るまでダイニングルームを二人だけで使えるのはうれしいという話はしたが、それ以外のことはいっさい話さずにいた。いつもならベントンはワケギのグリルとバナナピーマンのピクルスを添えたクラブケーキを、私はレモンジュースを加えた焦がしバターを添えたロブスターのビスクを注文する。

しかしこの猛暑にその二つはちょっと重すぎる。そこで今日は、エアルームトマトと砕いたフェタチーズが入った地中海風サラダを注文することにした。紫タマネギの代わりに甘タマネギを使い、つぶした赤唐辛子をぴりりときかせたドレッシングをたっぷり添えてほしいと頼んだ。ミネラルウォーターももう一本、今度はガス入りのものをと伝えた。ウェイターが下がるのを待って、私はベントンの真意をもう一度ただした。

「わざわざ聞かないだろうって、どういうこと?」私は訊いた。「あなたの妻のことで市警に苦情が寄せられたのよ。なのに、いちいち関心を持っていられないという意味?まったくのでたらめなのに?」

「精神が不安定な人物が公の場できみを見かけ、警察やマスコミに連絡したという事例は、これが初めてというわけではない」ベントンはまたワインリストをめくった。家紋が刻印されたゴールドのシグネットリングが照明の光を反射した。「きみは顔を知られているんだよ、ケイ。そして世間は、センセーショナルな犯罪や災害ときみを結びつけたがる。そんなことはないと言いたいところだが、そう言えば嘘になるだろう。だから」ベントンは顔を上げて私を見た。「もっと注意を払うべきだったかもしれないが、私はそれを怠っていたのかもしれない」

「録音を聞いたのね」答えをはぐらかそうとしても、許さない。「答えてくれるまで何度でも訊くわよ」

ベントンは無言でワインリストに目を走らせている。彼の視線は、白のバーガンディが並んだページを上下していた。なぜだろう。せいぜいグラス一杯しか飲めないのに。食事のあとすぐにまた運転しなくてはならないのだから。ドロシーのことを思い出すと、ベントンに対する態度がつい強硬になる。どうしてもそうなってしまう。

「私も録音を聞きたいわ」私は言った。「録音のコピーは持ってる？　文字に起こしたものじゃいやよ。私のことで嘘をついているその人物の声が聞きたいの」

「本来ならマリーノから聞かせるべきなんだろう」ベントンはそれぞれ別の種類のワインが並んだページを行ったり来たりしていた。「きみのはなはだしい治安妨害についての捜査責任者はおそらくマリーノだろうからね。捜査指揮官として給料に見合った働きをしているはずだ」

「さっきも話したわよね。マリーノは、通報内容に関してほとんど何も教えてくれないの。詳細を話そうとしない。私には強く要求する法的権利があるのよ、ベントン。私を非難している人物に対抗する権利がある。しかもその人物は、その録音のなかで私に関して嘘を並べてるわけでしょう。私はその録音を聞きたいわ——自分の耳で。その録音を私が聞くのを禁じる法的根拠はあなたにはない。私が連邦法上の罪を犯したと考えているのでもないかぎり。でも私が知るかぎり、治安妨害は連邦法上の犯罪ではないはずよ」

私はベントンがまさに望んでいるとおりのことをした——挑戦的な態度で怒りをあらわにし、脅すような文句を投げつけた。といっても、本心からそうしたわけではない。この件に関して私がしてはならないのは、彼を夫として扱うことだ。皮肉なことに、彼が私の夫でなければ、そもそもこの件を彼が知ることもなかっただろう。いま、ベントンは、連邦捜査局のベントン・ウェズリー捜査官でいなくてはならない。そして私はCFC局長でいなくてはならない。私たちはこれまで幾度となく似たような状況を経験してきていた。

ベントンはワインリストの次のページをめくった。「白ワインがいいかな。ただ、きみが何を食べたいかにもよるね。ボトルを開けて、味見程度に飲んだら、残りは持ち帰って家で飲むとしよう」

「情報公開法を引き合いに出せば、それだけで私の主張の正しさを証明できる。でも、あなたに法律の講義をするなんて愚かしいことよね。今日は魚料理がいいなと思ってた。軽めのものが食べたいわ」私はメニューをテーブルに置いたまま開いた。ベントンは椅子の脇に手を伸ばしてブリーフケースを持ち上げた。

ブリーフケースを膝に置く。ふたたび留め金がはずされる小気味よい音が鳴った。

「私が八年生のときの担任に言われたことを覚えているかい？」ベントンはワイヤレスヘッドフォンが入ったジッパーつきケースを取り出した。「なつかしのブロードムーア先生……」

「願い続けたものがいつかついに手に入ったとき、後悔することになりがちだと言った先生ね」私は先回りしてそのエピソードを話した。私に当てはまる場面だと思うと、ベントンはかならずその話をする。

「あまり気持ちのいいものではないよ。できれば聞かせたくない」小さな黒いケースのジッパーを開く。「しかしきみも知ってのとおり、マサチューセッツ州が定めている、九一一への通報の録音データに関する法律はひどく曖昧だ。きみに聞かせてはならないと主張する根拠となる条文がない。その点できみは正しいよ」

ベントンからヘッドフォンを受け取って耳に当てた。ベントンがテーブルの真ん中に自分の携帯電話を置き、ディスプレイを何度かタップした。ヘッドフォンからしゅうというかすかな音が聞こえた。続いてかちりと音がして——

「九一一です。どのような緊急事態ですか」通信指令員は女性だった。この声なら、無線でしじゅう聞いているから知っている。

「もしもし。緊急事態というほどではないんですがね、警察に知らせておいたほうがいいだろうと思いました。我が市の敬服すべき公務員の一人が、神や、ハーヴァード・スクエアにいる市民の治安を妨害しています」

通報者の声は柔らかく、ゆったりと流れるようなリズムを持っていた。たとえるなら、甘いキャラメルを引き伸ばすような話しかただ。ドラッグや酒で酔っているか、芝居がかった調子を装っているのか。通報者の性別はわからないとマリーノが言っていたことを思い出す。たしかに、どちらとも判断しかねた。

「いまどちらにいらっしゃるか教えていただけますか」指令員が尋ねる。

「正確な番地はわかりませんが、ハーヴァード・スクエアは、地下鉄ハーヴァード駅周辺の一角です」

「商店など目印になるものは近くにありますか」

「いいえ」通報者は何度か咳をした。

「何番の電話からかけていますか」

「携帯電話ですから、番号を教えても私の居場所はわからないんじゃないですか。そんな質問をしても、私の情報は手に入りませんよ……」

ゆっくりとした面倒くさそうな調子は変わらなかったが、その見下すような理屈っぽい返答を聞いて、通報者は男ではないかという気がした。ただし、断言はできない。低くハスキーな声は、バリトンとテノールのちょうどあいだの、とても聞きやすい高さだった。

私が〝ボーイフレンド〟と口汚い口論をしているのを目撃したと男は説明したが、その話しぶりを聞くかぎり、この嘘つきの通報者が通信指令員と電話で話している目の前でその〝口論〟が行われているのではなさそうだ。リアルタイムで起きていることを説明しているというより、あらかじめよく練習しておいたせりふを繰り返しているように聞こえる。事実を見聞きしたあと、でたらめの話に作り直して通報したという印象を私は抱いた。

「その女性はいまどこにいるかわかりますか」録音された指令員の声が私の居場所を尋ねている。私は白いテーブルクロスを見つめたまま、ヘッドフォンから流れる声に神経を集中させた。

「いいえ。でも、あんないけ好かない女、ほかに見たことがない。家族が死んだとしても、あの女にだけは家に来てもらいたくないな。いかにも負け犬って顔のなよなよした若造に不潔な指を突きつけて、若造のミスを口汚く責め立てていたよ。あんなに底意地が悪くて、医者としていったいどんな態度で患者に接するのか……」

「いまどちらにいらっしゃいますか」指令員が尋ねる。通報者はまた咳きこんだり、咳払いをしたりした。「屋外ですか」

「もちろんそうだよ。ほかにどこにいるって言うんだ？　外で起きてることをこうして通報してるんだ。いま目の前で起きてることをな。屋外にいるに決まっているだろう」

そういったやりとりが繰り返されたあと、指令員はいまパトロールカーをそこに向かわせたと伝え、通報者の名前を尋ねた。

「私の名前を知る必要はないだろう、お嬢さん。あの二人の名前だけ気にしていればいいんだ。わかったな？」

「お名前が必要です。警察から連絡することもある――」

「カマをかけるような真似をしても無駄だよ。魂胆はわかっているんだから。それに、どうせ今回のことだって隠蔽するんだろう。政府の不祥事は何であろうと表に出さないようにするものな。不寛容社会やファシズムはそろそろ……」

　毒を吐くような一方的な話が一分近く続いた。自分に関するひどい悪口をずっと聞いているのはつらい。怒りが沸点に達しかけた。私はヘッドフォンをはずしてベントンのほうを見た。

「この人は、個人的な理由で私を恨んでいるようね。理由は想像もできないけれど」私は動揺し、激しい怒りを感じていた。ベントンは私の目をじっと見つめていた。

「聞き覚えのある声かい？」ベントンは私の目を見つめていた。ほかに何も言うことを思いつかない。

「いいえ。この通報があった時刻は？」

「六時十二分」ベントンはまっすぐ私の目を見たまま、私がその意味を理解するのを待った。

六月十二日あるいは6－12は、私の誕生日だ。ふだんなら、私の私生活と共通点があるにしても、単なる偶然と考えただろう。しかし、今回は些細なこととして見逃すわけにはいかなかった。午後六時十二分。テールエンド・チャーリーは、九月一日以来、午後六時十二分ちょうどに、脅迫のメッセージを録音した音声ファイルをメールで送りつけてきていた。

「一時間半近く経過してから通報したということになるわね」私は水のグラスに手を伸ばした。「ブライスと私が大学生協の前で話をしたのは、四時四十五分ごろだから。通報時刻が偽りという可能性はまったくないと断言できる？」

「偽装する手段があるとは思えないよ、ケイ。通信指令本部の録音に時刻が記録されている」

「とすると、通報があった時点ですでに、私はハーヴァード・スクエアにいなかったことになるわね。六時十二分にはもうハーヴァード・ヤードを歩いてたもの。それに、ちょうどそのころマリーノから私の携帯電話に連絡があった」

「確認してもらえるかい？」ベントンはテーブルの上の私の携帯電話を指した。

私は電話を取って着信履歴を確認した。「マリーノから電話があったのは、六時十八分。携帯電話のバイブ機能が作動したとき、どの建物の前を歩いてたかまで覚えてる。かけてきたのはマリーノだった」

「つまりマリーノは、きみに関する苦情の電話が市警に入った直後に、通信指令本部から連絡を受けたことになるね」ベントンは言った。質問なのか、事実を断定しているのか、わからない。

「ロージーは昔からマリーノを特別扱いしてる。そのことも考慮に入れないと。何度かデートもしてるようだし。電話を切ってすぐにマリーノに連絡したと思うわ」

「ロージー？」

「通信指令員」私は言った。「声でわかったわ。本当はローズマリーだけど、マリーノはロージーって呼んでるの」

「そうなると、さっきと同じ質問を繰り返さざるをえないな。いま九一一に宛てた通報の録音を聞いたね。その声に関して何か気づいたことはあるかい？　何か引っかかった点は？」ベントンは自分の携帯電話に目を向けたが、ディスプレイはすでにスリープモードに入っていて、艶やかな黒い長方形があるだけだ。

ベントンはロックを解除した。音声ファイルがふたたび現れた。〈再生〉の三角形が凍りついたように表示されている。

「傲慢で不愉快な人物らしいということ以外に？」私は考えを巡らせた。「気になることはとくになかった。ないと思うわ」

「自信がなさそうだね」

私は漆喰塗りの天井を見上げ、ついさっき聞いた九一一の録音を頭の中で再生した。

「ないわ」そう答えた。「聞いたことのない声よ。ごくふつうの聞きやすい声というだけ。ほかに感想はないと思う」

「今度もどっちつかずの返事だ」なぜそう思うのか、ベントンは説明を加えなかった。

事情聴取をするとき、証人を誘導するような質問をするのはベントンの流儀ではない。たとえその証人が自分の妻だとしても。私は水をまた一口飲み、もう一度考えた。

ベントンの言うとおりだ。私は断定できずにいる。まもなくその理由に思い当たった。

「一本調子だから。むらがなさすぎる」録音を聞いて気づいていたのに、いままで言葉で表現できなかったことをそう説明した。「声の調子に変化があるのがふつうよね。でも、どことなくぎこちなくて不自然な感じだった」

「言い換えると、人工的だったり、あらかじめ用意した録音を再生しているようだったりする。要するに偽物だ」ベントンが言った。それはルーシーが分析した結果ということなのだろうか。「合成された音声かどうかはわからない」ルーシーに関する私の暗黙の疑問に答えるかのようにベントンは言った。「しかしルーシーは、一つの発言とその次の発言に、不思議なくらい矛盾がないという点で同じ意見だった。加工されているか、変換されているかではないかと——」

「ちょっと待って。音声ファイルは市警から入手したのよね？　だったら、加工されているはずがないでしょう？」

「ゲーマーのあいだで流行しているものに似たボイスチェンジャーかもしれないとルーシーは言っていた。そういったアプリは市場に無数に出ているが、この通報者が使っているような高度なものはまだ一般には流通していない。ソフトウェアで加工した声は、できの悪いアニメーションのように、聞けばすぐ偽物だとわかるものだ。この通報者が、電話で話している声をリアルタイムに加工できる高度なソフトウェアを自分で開発したという可能性は充分——」

「そのソフトを使えば、ふだんの声とは違うけれど、電話の相手にはごくふつうの声に聞こえるということね」私はベントンの思考を先取りして言った。この話がどこに向かっているのか、見当がついたからだ。

ベントンは、私をサイバーストーキングしているテールエンド・チャーリーと九一一に通報して私について嘘をついた人物とが同じという可能性はあると思うかと尋ねた。

「もしそうなら、この人物は行動をエスカレートさせたということになる」夫は付け加えた。「どんなゲームを仕掛けているつもりかわからないが、一段階進めようとしているようだ。テールエンド・チャーリーがコンピューター技術に精通していることは、すでに疑いのない事実だ」

「九一一に通報したのは同一人物ではないと思いたい。だってもし同じ人物なら、今日、私のすぐ近くまで来ていたということになるわよね」私は言った。「このサイバーストーカーの正体が誰であれ、ケンブリッジに来ていたりしませんようにとずっと思ってた。できれば地球の反対側にいてほしいくらい」

「きみに脅迫メールが届き始めたのがつい一週間前だということを考えると、偶然にしてはできすぎているように思うね。しかもその脅迫メールはすべて加工を施した音声ファイルだ。そこに今回の通報だろう」ベントンが言った。

「で、ミスター・プロファイラー」私は彼の脚に自分の脚を押し当てた。素肌に触れた彼のスーツの生地はなめらかでひんやりしていた。「九一一に電話して、おまえの妻はいやな女だと言うような人物を、どうプロファイリングする？」

8

「男性。老人というほどの年齢ではない。だが、若くはない」ベントンは言った。「学生ではないだろう。年齢のいった学生ということなら話は変わるが」

「大学院生とか？」

「どうかな、おそらく四十歳は越えているだろう」ベントンは答えた。「年齢は高いが、年配というほどではない。この猛暑を気にせずに出歩いているわけだからね。ハーヴァード・スクエア周辺にいるホームレスの一人かもしれないが、一般的なホームレスのイメージには当てはまらない人物だろう。教養はあるが、独学で身につけた知識かもしれない。

おそらく一人暮らしで、精神科の通院歴がある。知的レベルは高い。平均よりはるかに上だろう。反政府の立場を取っている。つまり反権威ということだ。そして、そう、きみに対してまぎれもない敵意を抱いているだろう。人間関係を過度に美化するタイプだ。しかも現実には相手とのあいだに何の接点もないのに、その人物と交際があるという思いこみさえ持つ」ベントンは、買い物メモを読み上げるように、すらすらと話した。

彼にとっては考えるまでもないことなのだ。

「私が知っている人物という可能性は？」

「あるね。しかし、おそらく知らない相手だろう。会ったことさえない人物かもしれない」

「プリペイド携帯を使ったんじゃないかってマリーノは言ってた。トラックフォンとか。通話記録からは身元を特定できない電話」私は言った。「電話料金や光熱費を月ごとに精算するような生活をしていないなら、ありえる話よね。でも、電話にインストールして使うような音声変換ソフトを利用したこととは矛盾するように思うけど」

「私の知るかぎり、どんな種類であれ、スマートフォンならソフトをインストールできるだろうし、プリペイド式電話カードで使用することも可能だろう」

「そうね。そういった条件を聞けば、ホームレスの人たちが思い浮かぶ。でも、きっとあなたならすでに考慮に入れてるとは思うけど、ほかにも……」私は話を続けようとしたが、そこにウェイターが炭酸入りのミネラルウォーターとライムを運んできた。

ベントンは片手を挙げ、自分たちでグラスに注ぐから下がっていいとウェイターに伝えた。ウェイターが遠ざかるのを待って、私はやや皮肉を込めて、オバマ・フォンの話に触れた。オバマ政権が実施しているプログラムで、低所得者向けに、通話やメッセージなどが使い放題の無料の携帯電話を支給している。

「保護シェルターのホームレス、段ボールの切れ端にメッセージを書いて街角に立ってるホームレスと聞いて、一般的に思い浮かぶのはそういう種類の携帯電話よね」私は言った。ベントンは黙って聞いている。「だけど――ほかにいい表現がないからオバマ・フォンと呼ぶけど――オバマ・フォンを使うには、申請と登録が必要でしょう。それに、私について嘘の通報をした人物が使ったのがプリペイド携帯だとしたら、発信者番号をたどれば利用している携帯電話会社はわかるはず」

「セーフリンク・ワイヤレス」ベントンは言った。思ったとおり、彼はすでにそのことを考慮に入れていたわけだ。「プリペイド携帯の最大手かつ一番人気のキャリアを利用している」

「今回使われた電話が政府のプログラムで支給されたものだとしたら？」

「そうなると話は変わるね。利用するには登録が必要だ。申請して、資格が認められると、専用のアカウントが与えられる」ベントンはボトルを取って二人分のグラスにミネラルウォーターを注いだ。

「私が言いたいのはそこよ」私はうなずいた。「ルーシーなら、電話番号をたどって身元を突き止められるかもしれないということ。九一一に通報した人物が、そのプログラムに登録して携帯電話を利用してるならね」

「そうだな、ルーシーなら突き止められるだろう」ベントンはうなずいた。

「そうなると、私の熱狂的なファンらしいその人物が使っているのは、オバマ・フォンではないことになる」私は話をまとめた。ベントンは黙って私を見つめていた。

ありもしない話をした匿名の通報者がオバマ・フォンを使っているのだったらよかったのに――私がそう考えていることをベントンは察している。それがより大きなポイントだ。ハーヴァード・スクエアの〝常連〟の一人、不愉快で不安定であっても害のない、公民権を持たない人々の誰かかもしれないと考えるほうが、リスクはあっても気持ちの上では楽だ。経験豊かな犯罪者のレーダーにとらえられるのだけは避けたい。私たち全員を見当違いの方角へ導くようなソフトウェアを作ることができる人物となれば、なおさらだ。

邪悪なものを見分けることができなければ、身近に邪悪な人物はいないと確信を持って判断することもできない。通報した人物の正体、テールエンド・チャーリーの正体は不明だ。その二人は同一人物なのかもしれない。いずれにせよ、その極悪非道な人物が私たちのすぐ近くにいる可能性はある。それ以上におそろしいことはない。私に関して警察に嘘を伝えた人物は知り合いだったと判明したら、それだけでも大きなショックだ。私にイタリア語で殺しの脅迫メールを繰り返し送ってきている人物が、私が愛し、信頼している相手だったりしたら、その衝撃は計り知れないものになるだろう。

「九一一の録音に関してあなたに連絡したのは誰？」私はベントンに尋ねた。「そもそも、あなたはどうして知ってるの？」

「きみと結婚しているからかな。大前提として、それがある。会議を終えてオフィスを出ようとしたところで、ブライスから電話があった。ラムとカレイ、どちらがいい？　きみが決めてくれ。私も同じものを頼むから」

「カレイと芽キャベツにするわ。録音のコピーはどうやって手に入れたの？　ケンブリッジ市警がブライスに渡すわけないもの」

「ブライスには渡していないよ。ワインはバーガンディにしようか。シャブリ・プルミエ・クリュ」

「二〇〇九年のモンテ・ド・トネール」前にも飲んだことがある銘柄、意外なほど喉ごしがよくさわやかで、骨格のしっかりしたワインだ。

「いいね」ベントンは言った。九一一の音声ファイルを彼に渡したのは、ふだんから親しくしている市警本部長だったのかどうか、話すつもりはなさそうだ。私も深追いはしない。私は知らずにいるほうがいいのではないかという気がする。

ウェイターがサラダを運んできた。私たちは二人とも、フライパンで焦げ目をつけたカレイと芽キャベツをメインディッシュに注文した。

私はサイドディッシュとしてスパゲティーニの野菜とワイルドマッシュルーム和えを

頼み、シャブリも注文した。それからこちらの話し声が聞こえないところまでウェイターが遠ざかるのを待った。ウェイターはわざとぐずぐずしているのではないかと思えた。しかし、ほんの数人がぼつぼつ入ってきただけで、ほかに客はいない。きっと時間を持て余しているのだろう。

「ところで、念のために伝えておくと、私たちはいまから二、三時間前に新しいテロ速報を出した」ベントンが言った。〝FBIが〟ということだろう。

「最新情報についていくだけでたいへんだから、毎日、いつ何時テロが起きてもおかしくない状態だと思っておくことにしてるわ。具体的にはどんな内容？」

「大規模なテロに警戒せよというだけの内容だが、東海岸で起きると考えるべき理由がある。今度もまたボストンが狙われるのでなければいいが、ボストンだろうと見る人は多いし、ワシントンDCという話も出ている」

「伝えてくれてありがとう」私はベントンの顔を見た。彼の観察するような視線を感じたからだ。「ほかに何かあるの？　聞きたいことがあるみたいな顔してるわ。頭の上に、漫画の吹き出しが見えそうなくらい」

「聞かないほうがいいかもしれない」

「そこまで言って、やっぱりやめたなんて許さないわよ」

「わかった。ブライスがこのところ〝たがはずれたような〟言動を続けているのは、きみもそうだからだということは考えられないかな」

「〝たががはずれたような〟？　そんなこと、初めて言われたわ。低俗な悪口はひととおり言われてきたけれど、それは初めて」

「一つ重要な質問をさせてくれ。ドロシーが急遽こちらに来ることが決まっていなくても、ハーヴァード・スクエアでの一件はやはり起きていたと思うかい？」

「いいえ。なぜかと言えば、お土産だの、ミュージカルのチケットだのを買いに行く必要はなかったはずだから」

「理由はそれだけではないだろう、ケイ。ドロシーがケンブリッジに来る。ドロシーは、行ってもいいかと尋ねるのではなく、行くからと一方的に言ってきた。そしてきみは、いつもどおり、そのための準備をした。飛行機代を出し、私たちの家に泊まってくれと申し出た」

「幸い、それは断られた。ルーシーの家に泊まるほうが気楽だからって」心の奥底――自分でも認めたくない、それどころか憎しみさえ感じる内なる自分がいる場所――から、怒りが熱気のように湧き上がってきた。

「ドロシーが本当に泊まりたいのは、マリーノのところではないかと私は思う」ベントンが言った。「マリーノが住んでいるのがあいにく豪華なペントハウスではないから、泊まらないだけで」

ついグラスを勢いよくテーブルに置いてしまった。その拍子になかの水が縁を越えてこぼれた。白いテーブルクロスの水が染みたところが灰色に変わっていく。ベントンが自分のナプキンを使って水を拭き取った。そのあいだ、私は信じがたい思いで彼をただ見つめていた。

「いったい何の話？」いくつか離れたテーブルで、ミセス・Pが電気式のマッチを使ってキャンドルに火をともしていた。私は内心を顔に出すまいと努めた。

誰かと言い争っているように思われたくない。皮膚が透けるように薄くなってしまったように感じた。

「前回、みなでマイアミに行ったときにもその話をしたよ」ベントンが言った。ウェイターがワインのボトルとグラス二つを手に戻ってきた。

一番最近マイアミに行ったのは今年の六月だ。マリーノとドロシーが一緒に車に乗ってテイクアウトの料理を買いに行っていたことは、私も覚えている。マリーノはハーレーダビッドソンのオートバイをレンタルし、ドロシーを後ろに乗せて出かけてたりもしていた。たしかに、ベントンがそのことで何か言っていたような記憶がある。だが、マイアミで家族と過ごしているとき、しかもそれに加えてルーシーやジャネットやデジの相手もしなくてはならないとき、私は忙しさで上の空になりがちだ。一方で、ベントンがいまほのめかした話は、私としては気づきたくないことでもあった。事実であってほしくない。マリーノと妹のドロシーが交際するなんて、この世の何より考えたくないことだ。

ウェイターがぽんと小さな音を立ててワインの栓を抜き、ベントンに手渡した。ベントンは鼻先にコルク栓を近づけて香りを確かめ、グラスにほんの少量だけ注がれた淡い色の冷えたシャブリを見つめた。

「テイスティングはきみにまかせるよ」ベントンはグラスを私に差し出した。すっきりした酸味が私の舌を目覚めさせた。

ベントンがうなずくのを待って、ウェイターが二つのグラスにそれぞれ少しだけ注いだ。

「水曜日に乾杯」ベントンは乾杯のしぐさをして、私のグラスに自分のグラスでそっと触れた。ちょうどそのとき、服のどこかに虫が入りこんだような感触があった。この一時間ほどで二度目だ。

ジャケットのポケットの中で携帯電話が振動している。

「今度は何?」私はグラスを置いて、発信者を確かめた。「噂をすれば……今度もまたマリーノよ」

さすがのマリーノでも、わけもなく食事の邪魔をするということはない。よほど大事な用件なのだろう。ベントンの携帯電話も振動していた。

彼の電話のディスプレイに市外局番二〇二から始まる電話番号が表示されているのがちらりと見えた。「失礼、この電話には出ないと」ベントンはそう断って応答した。「はい、ウェズリーです」

「ちょっと待ってて」私は挨拶を省略してマリーノに言った。ベントンと私は二人とも椅子から立ち上がった。「私がいまどこにいるか知ってるでしょう。何か重大なことが起きたということよね。話ができるところに移動したほうがよさそう」

「大急ぎで頼むぜ」マリーノは険しい声で言った。

「いま外に出るところ。ちょっと待って」私はマリーノに言った。ベントンと私はそれぞれブリーフケースを取った。

まだほとんど手をつけていないサラダやワインのグラスのそばにナプキンを置く。それから私たちはテーブルを離れた。今夜はもう戻れないかもしれない。

9

私たちは落ち着いた控えめな態度を崩さず、目的ありげな足取りでダイニングルームを横切った。案内されたテーブルにちょうどつこうとしていたほかのカップルが向けてくる、好奇のまなざしを避けて歩く。

それぞれ電話で話しているベントンと私は、一緒にいても、意識は別々のところにある。傍目には、非日常的な何かが起きているようには見えないだろう。不動産業者と電話しているのかもしれない。銀行や証券会社の担当者、あるいは飼っているペットのシッターと話しているのかもしれない。

両親を慕う子供たちから電話を受けた、裕福な夫婦のように見えるかもしれない。ベントンは経済的にも容姿にも恵まれた大黒柱。対照的に私は、勤勉だが、やや変わり者の妻、いつも少しくたびれていて身なりにかまわない妻といったところだろうか。二人とも視線をいくらか下に向けたまま、テーブルのあいだを縫うように進んだ。ベントンの目は一点を見つめて動かない。顎の輪郭は強ばり、両手はぐっと握り締められていた。

そのベントンの様子から、何か重大な案件が発生したのだとわかった。電話をかけてきたのはおそらく、彼の雇用主——アメリカ合衆国司法省の誰かだろう。司法省の一機関であるFBIの支局の誰かではなく、ワシントンDCの誰か、もしかしたらFBIの高官、FBI長官その人、あるいはホワイトハウスかもしれない。ベントンがFBI捜査官としてキャリアをスタートしたクワンティコからでないのは確かだろう。彼の携帯電話が振動したとき、ちらりと見えた市外局番は、クワンティコのものではなかった。

　私の夫の専門技能は、犯罪者の心理に入りこむことだ。それによって犯行の動機や目的を見つけ出し、そのとき進行中の事件の犯人たるモンスターを社会に解き放ってしまったトラウマや異常心理を明らかにする。ベントンの獲物は、一人だけのこともあれば、複数だったり、集団だったりすることもある。彼らを追跡するには、スタニスラフスキー・システムの訓練を受けた俳優のように、相手と同一化しなくてはならない。それには犠牲も伴う。

「ええ、私です」ベントンは応じ、しばし相手の声に聞き入った。「そのことは知っています。いいえ、それは知りませんでした」一瞬だけ私に視線を向ける。「いま初めて聞いた話です」目を落として、赤いカーペットを見つめた。「話してください。うかがいます」

「いま外に出ようとしてるところ」私は小さな声でマリーノに伝えた。

　何か起きたのだ。私の想像力が暴走を始めた。何か息苦しいような気配、重たくて暗いものの存在を感じた。空気中のオゾンのように、はっきりと。嵐が到来する寸前の、不気味な空白。直感がそれを察知していた。

「で、具体的にはどういった対応をお望みですか」ベントンはほかの客の視線から顔をそむけて言った。

「そこ……三分で着……」イヤフォンから聞こえるマリーノの声は途切れがちだった。今度もまた電波の状態が悪いらしい。この数時間に起きた一連の奇妙なできごとが、やかましい音を立てて一気に押し寄せてきたような感覚にとらわれた。「誰も何も見て……わかってるかぎりな。しかし、女の子が二人、双子らしいんだが、女の子の二人組が発見……」マリーノが続けた。私は途切れ途切れの言葉をなんとかつなぎ合わせようと試みた。

しかし、まるで竜巻の中心にいるかのようだった。数え切れないほどの物事が周囲をぐるぐる飛び回っていて、どちらが上でどちらが下か、どちらが前でどちらが後ろか、それさえわからない。

「ちょっと待って」私はマリーノに言った。第三者の耳があるところで事件の話はできない。

「いまケネディ・ストリートをそれて……ハーヴァード・ストリートに入った」マリーノの声はあいかわらず途切れ途切れだ。

「あと二秒だけ待って。いま静かな場所を探してるところだから」私は言った。マリーノの車のエンジン音が伝わってくる。背景でサイレンの甲高い音も聞こえていた。

ミセス・Pのいないカウンターの前を通り過ぎた。華やかな香りを漂わせているユリとバラのアレンジメントが飾られた入り口の円テーブルの前で、ベントンは右に折れた。ついさっきベントンが話していたことが、耳の奥に何度も蘇った。東海岸でテロが起きるかもしれない。それも、またもやボストン周辺で。そしていま、ボストンと境界を接するケンブリッジで何かが起き、テロ警戒レベルが最高に引き上げられるなか、ベントンはワシントンDCの誰かと電話で話している。いやな予感がした。

ベントンが何かを「知りません」と電話の相手に答え、その何かに関する連絡はまだ受けていないと話しながら私のほうを一瞬だけ見やったことも、その予感を加速していた。いまここで何かが進行中で、ベントンは――私も――当然それを知っているという前提で話が進んでいるかのようだった。何が起きたにせよ、ケンブリッジだけに限定される問題ではないのだろう。そう考える一方で、先走りしすぎだとも思った。ベントンと私の両方に、緊急とは言えないまでも重要な電話がほぼ同時にかかってきたからといって、その二つが互いに関連しているとは限らない。単なる偶然かもしれないのだ。

しかし、私のアンテナは不吉なシグナルを次々と感知していた。ベントンと私はまもなく同じ問題を抱えることになるだろうという予感がした。ただ、その問題について自由に意見を交換することはできないだろう。私たちの立場は違う。同じやり方で問題に対処することはない。それどころか、利害が衝突する立場に置かれることだってありえるのだ。といっても、それは決して初めてのことではないし、今後も似たような状況を幾度となく経験するだろう。

「先生……？　さっきの……聞こえたか？　インターポールから電話……？」マリーノが言う。きっと私の聞き違いだろう。

「ねえ、マリーノ、何言ってるかほとんどわからない」私は抑えた声で言った。「それにここじゃ話せない。もう少しだけ待って」

ベントンはラウンジに入っていく。高さも幅もある大きな窓に、せめてカーテンが引いてあればよかったのにと私は思った。外は完全に暗くなっていて、遠くの街灯の明かりがインクのように真っ黒な闇をぼんやりと照らしているのが見えるだけだ。その闇と、それにまぎれているかもしれない存在を意識せずにいられない。すぐそこから、何かがこちらを見ているかもしれない。文字どおり目と鼻の先にいるのかもしれない。何か邪悪な存在が、今日の朝から、もしかしたらもっとずっと前から、私たちにつきまとっているのを感じた。

私はエントランスのロビーに戻った。壁の黒っぽく腐食した古い鏡の前を避け、顔を伏せるようにしてドアに向かって立ち、マリーノの電話の声に耳を澄ました。目はほとんど何も見ていなかった。

マリーノの言葉をすべて聞き取ろうとしても難しい。電波は波のように強弱を繰り返している。私は不安でびくびくし始めていた。誰が何をしているのか、誰が誰をスパイしているのか、見当もつかない。ほかに起きたことすべてを考え合わせると、狩られているという感覚、身動きが取れないという感覚を振り払えなかった。

「ちょっと待って。初めからもう一度話してもらえる？　ただし今度はものすごくゆっくり」私は手のこんだ装飾が施された鋳鉄の傘立てのそばで背を丸めた。これは現実に起きていることではないと思えたらどんなにいいだろう。「その女性はすでに硬直してるっていうのはどういう意味？」

「最初に駆けつけたパトロールの奴が脈拍やら呼吸やらを確認したんだが、そいつの話じゃ、もう硬直してたらしいんだよ」マリーノが答えた。ふいに電波の状況は完璧に近い状態に回復していた。

「あなたも自分で確かめたの？　それともそういう話を聞いただけ？」私は尋ねた。マリーノのいまの説明はまったくの間違いとしか思えない。

「聞いただけだ」

「誰か心肺蘇生は試みた？」

「見ただけで死んでるとわかった」マリーノは断言した。

「そう聞いたというだけよね」

「まあな」

「なぜ見ただけでわかったの？」私は訊いた。

「硬直してるからってのもあるな。パトロールの連中は手を触れてない」

「だったらどうして硬直してるってわかるの？」

「それは知らねえよ。とにかく硬直してるらしい」マリーノはこのときもまた、自分は現場に行っていないことを強調した。

「これまでに判明してるかぎり、遺体に手を触れたのは、通報を受けて最初に現場に駆けつけたパトロール警官一人ということね？」私は確かめた。

「ああ、俺はそう聞いてる」

「体温は？　温かかった？　冷え切ってた？」

「温《あった》かかったみたいだな。けど、日が沈んでもまだ気温が三十度を超えてるんだぜ。たとえ丸一日たってたって、まだ冷えてねえだろうよ」

「体温は現場で確認する必要がありそうね。それにしても、硬直してたというのは筋が通らない」私はマリーノに言った。「第一印象よりずっと長い時間そこに放置されていたというのでもないかぎり。でも、それはそれで筋が通らないわ。いくら暑いと言っても、人通りがまったくないというわけではないでしょう。川の近くだし。いままで発見されなかったのはおかしいわ」

死後硬直が明白だということは、最低でも死後数時間経過しているはずだ。ただ、どの筋肉に硬直が顕著に表れているか、また死後変化がどこまで進んでいるかといった要素も考慮しなくてはならない。このところの猛暑で腐敗は加速し、死後硬直も早く始まるだろうことは確かだ。しかし、いまマリーノが説明したようなことが起きる可能性は、きわめて低い。一方で、意外な話ではなかった。現場に最初に急行するのはパトロール警官であることが多いが、遺体のどのような点を確認すべきか、その全員が心得ているわけではない。

「……双子と一緒に待たして……遺体の第一発見者だな……」マリーノは続けたが、私が聞き取れたのはそれだけだった。

「もしもし？　また電波が弱くなったみたい」そろそろうんざりし始めていた。それでも、少なくとも現場は保存されているようだ。

「木の陰に隠れて待ち伏せしてたんだろうな」電波の状況がまたも急に改善して、マリーノの大声が聞こえた。「俺はそう考えてる。だから誰も見てねえ、誰も聞いてねえわけだよ」

「昼間に起きた事件だとしたら、違うんじゃないかしら」私は周囲にせわしなく視線を配り、声の届くところに人がいないことを確かめながら、そう指摘した。「あなたが聞いたとおり、すでに硬直してるとしたら、死後何時間も経過しているわけだし。そう考えると、何か見た人、聞いた人がいたはずでしょう。その女性が死んだのは、昼間の明るい時間だということになるから。正午過ぎとか、午後の早めの時間帯とか」

「まあ、そうだな。その部分はおかしいよな」

「そうよ、おかしいと思うわ。でも、現場で確認するまでは何とも言えない」私は繰り返した。「ほかにわかってることは?」

マリーノは、この一時間ほどのあいだに、ここから一キロほどしか離れていない場所で発生したと推定される暴行殺人事件の詳細を説明した。女性の遺体は川沿いのサイクリングコースで発見された。着衣は破れ、ヘルメットは六メートル以上離れた場所に落ちていた。視認できる血痕が見つかっている。頭部を殴打されて死亡したと見られる。少なくとも、初動のパトロール警官はマリーノにそう報告したという。

「パトロールによると、現場に抵抗した跡があるらしい。もがいたとき、頭を路面にぶつけたようだな」マリーノは付け加えた。しかし私がどきりとしたのは、ヘルメットがあったという点だった。「誰かが待ち伏せしてたとこに、被害者が通りかかったんだろう。あのあたりは鬱蒼《うっそう》としてる。外からは見えない。待ち伏せしてた奴に飛びかかられて、被害者は必死に抵抗した」

「ヘルメットって？」私は訊いた。

「被害者は自転車に乗ってたということ？」

「そう、自転車で通りかかったところを襲われたらしいな」マリーノが答えた。その張り詰めた声から内心の緊張が伝わってくる。私は背筋に寒気が走るのを感じていた。

今日、出会った女性を思い出さずにいられない。初めはレパートリー劇場で。二度目はクインシー・ストリートの歩道で。イギリス風のアクセントで話す若い女性の顔がふいに脳裏に浮かび、私はそのイメージを消したくなった。

「公園の真ん中を通ってるサイクリングコースを自転車で走ってた」マリーノが説明を続けた。「木立の奥に小さな広場みたいになってるところがあるんだよ。襲われたのはそこだ。あらかじめ計画してたんだろうな。そこで待ち伏せしようって」

「ヘルメットが脱げて、遺体から六メートルも離れたところに落ちてたの？」遺体の硬直が理屈に合わないように、それもまた説明がつかないディテールだった。発見されたヘルメットは何色なのだろう。

明るい青緑色でないことを願うばかりだ。

「そういうことのようだな」マリーノが言った。その声を聞けば、これは大きな事件なのだとわかる。

大きいだけではない。暴発の危険をはらむ事件だ。マリーノが話したとおり、通り魔的な事件なのだとすれば、扱いを誤ると、地域社会にパニックを引き起こしかねない。

私は軽い吐き気を覚えた。歩道に転がった水のボトルをベントンが拾って渡した女性、私に笑みを向けた自転車の女性の顔を思い出す。まもなく彼女はヘルメットをかぶり直し、ペダルを踏んで行ってしまった。チンストラップを締めなかった。彼女が通りの反対側に渡り、ハーヴァード・ヤードを抜けて、ハーヴァード・スクエアや川の方角へ向かったとき、ストラップがぶらぶら揺れていたことを覚えている。

　午後七時少し前、ちょうど日が沈むころのことだった。あれからまだ一時間とたっていない。発見された遺体があの女性であることが判明したら、あまりにも奇妙な巡り合わせ、とうてい信じられないような運命のいたずらだ。遺体は硬直していたという報告が正しかったと判明しますようにと願いたくなった。もし本当に硬直しているなら、被害者はコンバースのスニーカーを履いたあの自転車の女性ではありえない。

〝命まで奪わない試練は人を強くする〟って言いますから。あの若い女性の声が脳裏に蘇った。

「CFCには連絡しといた」イヤフォンからマリーノの声が聞こえた。「ラスティとハロルドが車で来ることになってる」

「大きな車がいるわ」

「MCCで来るよ」マリーノが言った。全長十メートルある三車軸のトレーラー、〝移動式司令本部《MCC》〟なら申し分ない——駐めるスペースさえ見つかれば。

「遮蔽物も必要よ」私はマリーノに言った。あの女性の顔、スポーツ用のサングラスや自信に満ちた笑顔が、あいかわらず脳裏に張りついている。

「それも頼んどいた。俺を誰だと思ってんだよ」

ＣＦＣの捜査主任だったころ、マリーノは遺体運搬車輌の管理を一手に引き受けていた。ＣＦＣの運営の一部については、私よりマリーノのほうが詳しい。

「暑さと野次馬の視線から逃れられる場所がほしいわ」私は言った。「大量の水も」

「だな。都合よくセブン‐イレブンがすぐそばにあったりしねえから。それに、公園は真っ暗だ。照明も用意させてる」

「スイッチはまだ入れずにおいてね。ナイター照明をつけた野球場みたいになってしまうから」

「心配するなって。準備万端ってときまでは明るくしねえから。野次馬が寄ってこないよう、手は尽くしてる。とくに要注意なのは、携帯電話で動画を撮影しようとするバカどもだ。現場の周辺は学生寮だらけだろ。ジョン・Ｆ・ケネディ・ストリートの真向かいはエリオット・ハウスだ。国防総省《ペンタゴン》みたいにでかい建物だよ。ケネディ・スクールも近いし、メモリアル・ドライブの交通量も相当なもんだ。橋もすぐそばだし、川の向こう側はボストンだ。いますぐ現場を煌々《こうこう》と照らそうって予定はねえから安心しな」

「身元は判明してる？」私は尋ねた。

「サイクリングコースに倒れた自転車のそばに運転免許証が落ちてた。エリサ・ヴァンダースティール、二十三歳。イギリスから来てる。もちろん、見つかった免許が遺体の女性のものだって仮定しての話だがな。おそらくそうだと思うが」マリーノは答えた。私の心はいっそう重く沈んだ。「免許の写真が遺体の顔と似てるって話だ。ま、それだけじゃ何とも言えねえけどな。ファカルティ・クラブの前に着いた。もう出てくるとこか？」

「イギリスのどこ？」答えを知りたくないような気がした。

「ロンドンだったかな」

「どんな靴を履いてたか知ってる？」自転車の女性のオフホワイトのコンバースのスニーカーを思い浮かべた。自転車用のソックス、くるぶしの下側までしかない短いソックスがのぞいているのを見た記憶がある。

「靴？」マリーノは自分の耳を疑っているかのように訊き返した。

「そう」

「知らねえな」マリーノが言う。「なんで？」

「すぐ行く」私は言った。

10

エントランスのドアの前を離れ、大きなフラワーアレンジメントを飾ったアンティークの玄関テーブルのかたわらで足を止めた。

ラウンジにいるベントンは、ベビーグランドピアノのそばにある窓の片側に寄り添うようにして立っていた。電話中のその顔は、険しく重苦しい表情を浮かべている。ラウンジにほかに人はいない。自転車の女性のことを彼に話せたらいいのに。ベントンも彼女に会っているし、あれから最悪の事態が発生したかもしれないのだ。

しかし私はそれ以上近づかなかった。邪魔をしてはいけないタイミングであることは、彼の様子を見ればわかる。ミセス・Pがカウンターに戻っていた。時代遅れの丸眼鏡がこちらをじっと見つめていた。私の視線に気づいて目をそらし、下を向いてメニューを開き、なかの印刷されたページを確かめるようなそぶりをした。何か起きたようだと察しているのだろう。

話の内容までは聞き取れないが、ベントンの口調から判断するに、電話の相手はさっきと別人のようだ。彼の視線をとらえ、私は先に出ると目顔で伝えると、ベントンはうなずいた。それからこちらに背を向けた。電話の送話口に手を当てて、何があったのかと私に尋ねたりはしなかったし、自分はこのあとどうすることになりそうかを伝えてくることもなかった。それを見て、ベントンにかかってきた電話の用件も、私と同じなのかもしれないと思った。

だが、そんなことがあるわけがない。市警が担当すべき変死事件、ロンドン出身のエリサ・ヴァンダースティールという女性が殺害されたと思われる事件に、この段階でFBIが関心を持つ理由は思い浮かばない。とはいえ、マリーノが国際刑事警察機構（インターポール）について何か話していたことは気にかかる。なぜそんな話が出るのかわからない。私の聞き違いということも考えられる。しかし私は、青緑色のヘルメットをかぶり、コンバースのスニーカーを履いた、自転車の女性、私を〝ピーナツバター・パイ・レディ〟と呼んだ女性のことを頭から追い払えずにいる。

自転車のそばで見つかったという運転免許証は、彼女のものではないかもしれない。しかし彼女の話し方にはイギリス風のアクセント、もしかしたらロンドンのアクセントがあった。胃が締めつけられるような感覚がいっそう強くなった。なかば自分のことのような切迫感を覚えた。殺害された女性が個人的な知り合いだったかのように。自分こそ彼女と最後に話した人物、彼女の姿を最後に目撃した人物であるかのように。暴走しかけた思考を意志の力で引き留めた。

公園で発見された遺体の身元について、確かなことはまだわからないのだと自分に言い聞かせた。どうやって殺されたのか、なぜ殺されたのかもわからない。ドアを開けてパティオに出た。真っ暗なオーブンに足を踏み入れたかのようだった。のしかかるような熱気のなか、テラス席についている人は誰もいなかった。小道を歩き出す。一歩ごとに周囲に視線を巡らせた。静かな夜の気配に耳を澄ます。昆虫の声、驚いて木々の枝からいっせいに飛び立った鳥の翼が空を切る音。

古木がきしむ音を耳で探した。木の葉が作る屋根が立てる乾いた音、キリギリスの笛のような声。しかし聞こえるのは通り過ぎる車の風のような音だけだった。ごうと激しく吹きつけてきては静まり、またすぐに激しさを増す風。かつかつとかすかな音を鳴らしながら歩くと、靴底が踏む煉瓦の堅く荒れた感触が伝わってきた。そよとも動かない重たい空気、クインシー・ストリートを行き交う車の昆虫の目を思わせるまぶしいヘッドライトをいやでも意識させられた。

植栽に囲まれたロックガーデンを通り抜けた。ついさっきベントンと一緒に歩いたのと同じ場所なのに、別の惑星に来たかのように感じた。芝に囲まれた見知らぬ空間、大きく迫ってくるような黒い輪郭や影。動くものは、スプリットレールのフェンスの向こうを行き交う車だけだ。通りの向こう側、ハーヴァード・ヤードにある図書館のぼんやりとした明かりが見えている。ほんの一時間ほど前にあの前を通り過ぎたばかりだ。歩道に出た。縁石際に駐まったベントンのアウディのすぐ後ろに、マリーノのＳＵＶが見えた。

SUVに乗りこみ、まばゆい街灯に照らされたバットモービルのように真っ黒な夫の車を見つめた。デジャヴを感じた。夫の車だが、いま彼は乗っていない。あの空っぽの運転席に、ついさっきは夫が座ってバックミラー越しに私たちを見つめていたのだと思うと、ふいに孤独感に胸を衝かれた。

ベントンはまだファカルティ・クラブにいる。いまにも夫が出てくるのではないかと、私は赤茶色の正面ドアを見つめ続けた。彼がエントランスの光のなかに現れて、小道を歩き出すのではないかと。しかし夫の姿はどこにもない。まだ電話で話しているのだろう。そこでふと思った。突然のカオスのなか、彼は私たちが食べ損ねたディナーの代金を支払うという、ひどく日常的な問題も解決しなくてはならないのだ。精算のことなど、私の頭には浮かばなかった。ただ黙って出てきてしまった。

ドアを閉め、ブリーフケースを足もとに置いてから、CFCの解剖助手のラスティとハロルドにほかにどんな指示を出したか、現場に何を持ってくるよう頼んだかをマリーノに尋ねた。

「もうCFCを出たの？」私はシートベルトを引き出した。いつもどおりシートの隙間に埋もれていたバックルを発掘してから、鋼の舌をそこに差しこむ。「私の防護服と鑑識キットもついでに持ってきてもらいたいから。ここには何も持ってないのよ。手袋も持ってない。オフィスに寄ってる時間はないでしょうし」

「まあ、大船に乗った気でいろって」マリーノが言った。「ちゃんと頼んであるから」

マリーノはネクタイをはずしていたが、それ以外はさっき会ったときとどこも変わっていない。ネクタイは、だらしなくとぐろを巻いたポリエステルのヘビといった風情でバックシートに置いてあった。

「ライトがもうついてるんじゃないかと心配なんだけど、それは大丈夫よね」大船に乗った気分になどとうていなれない。「移動式のフラッドライトをつけるのは、現場への招待状つきでプレスリリースを配るようなものだわ」

「俺の前職を忘れたのか？　以前、そういう手配を全部一人でやってたのは誰だ？　いまだってまだ忘れてねえ」マリーノはバックミラーやサイドミラーを確かめた。「やるべきことはちゃんとわかってる」視線はせわしなく動き回っている。顔は汗まみれだ。

「ベントンは来ねえんだな？」マリーノは暗闇の奥に威厳を持ってたたずむ四角いファカルティ・クラブを見つめた。

格子で十二のマスに仕切られた背の高い窓は、淡い金色の光に染まっている。ラウンジの中の様子が見て取れた。どっしりとした革張りの家具、きらめくシャンデリア、ほのかに輝くベビーグランドピアノ。私はベントンの姿を捜した。しかし、誰にのぞかれているかわからない窓際に立ったまま、彼が電話を続けるはずがない。

「ベントンがどういうつもりか、私にはわからない」私は答えた。「私が出たときはワシントンの誰かと電話で話してた」

「誰だろうな」マリーノは、ベントンの電話の用件はジョン・F・ケネディ公園で少し前に発生した事件に関連していると決めてかかっている。

「さあね」私は言った。車は歩道際を離れて走り出した。「何があったのか私は知らないけど、テロ警戒レベルが引き上げられたって話は、その少し前にベントンから聞いたわ」

マリーノは回転灯とサイレンのスイッチを入れた。「何か起きたのは確かだろうな、先生。それは間違いねえ。ベントンはその情報を俺たちには隠してる。FBIはいつもそうだ。あんたがFBIと結婚してようが何だろうが、関係ねえ」

「私はFBIと結婚してるわけじゃないわ。ベントンと結婚してるのよ」これまで何度も言ったのと同じことを、私はまた繰り返した。

「ワシントンと電話でしゃべってる理由がヴァンダースティール事件だとしたら、あんたにもそのことは隠しとくだろうよ」マリーノのその言い方は、妻の私より自分のほうがベントンをよく知っているかのようだった。「電話の相手はインターポールかもしれないな。そう考えると、俺にかかってきた電話の件にも説明がつく。ケンブリッジで起きた事件のニュースがもう、ワシントンの上層部まで伝わってるんだとしたらって話だけどな。もしそうなら、なんでもう伝わってるのか知りたいところだ。しかしベントンはあんたに何も話さない。話したほうが自分に都合がいいと思わないかぎり、ひとことも話さねえ。いまこの瞬間、ベントンはＦＢＩだからだ。そうさ、あんたはＦＢＩと結婚してるんだよ。いや、もっと悪いか。ベントンがＦＢＩと結婚してるんだ」

「さっきもインターポールの話をしてたわよね」ベントンの悪口などいまは聞きたくない。それを言ったらＦＢＩの悪口だろうと何であろうと同じだ。「どうして？」

「あんたに電話は行ってねえみたいだな」マリーノは横目で私をうかがった。白目が充血した茶色の瞳は射るようだった。

「ええ」私は困惑を感じた。「インターポールがどうして私に連絡するの？　何の件で？」

マリーノはハーヴァード・ストリートで右折した。そのルートは、少し前に私が歩いてたどった不吉な道筋を逆に行くものだった。

ただ、空はもう完全に暗くなっている。星と上弦の月は、熱気のもやに包まれて鈍い光を放っていた。ここ何日か地平線をうっすらと覆い続けているもやのせいで、いつもなら淡く見える黄昏時の色彩は、けばけばしいオレンジやマゼンタ、鮮紅色を太い筆で塗りつけたように見える。

「頭から一つずつ説明すると」マリーノが言った。「俺はCFCに行くところだったんだ」

「何のために？」私はマリーノを見た。マリーノの顔は赤く、目は大きく見開かれている。二車線道路の両側に建ち並ぶアパートや書店、銀行、カフェが、にじんだ光の鎖になって背後に流れていく。

「音声変換ソフトを使って九一一にかかってきた偽の苦情電話の件だよ。ほかに何かわからねえか、ルーシーと分析してみようって話になってた」マリーノは言った。私の疑問の一つはそれで解消した。

ルーシーもやはり、変換ソフトを通したのではないかと私たちが疑っているあの声の微妙な不自然さに気づいていたのだ。そしてマリーノにそのことを伝えた。ベントンにも。

「ルーシーはラボにいる」マリーノは言った。「さっき俺があんたに電話したときはラボにいた」

「で？」私は尋ねた。車はハーヴァード大学のキャンパスの真ん中を疾走していた。

「CFCでルーシーと一緒にいたら、何かあったわけよね？」

歩道やハーヴァード・ヤードは昼間よりにぎわっていた。しかし、ふだんほどの人出ではない。ケンブリッジはもっと活気があってにぎやかな街だ。私はいつも、世界の大都市の長所や短所はそのままに、規模だけを縮小した街と表現している。

「クレイから電話がかかってきた」マリーノが答えた。

「私が知ってる人？」

「トム・バークレイだよ」

「刑事の？」

「そう」

「なるほどね」私は言った。そうなると、すべてが変わってくる。

私はウィンドウ越しに外の景色を見つめた。公園や川まであと数分で着くだろう。クーポラのある煉瓦造りのワイドナー記念図書館や、言語学部の石葺きの建物などが見えた。マリーノからたったいま聞いたことに驚愕し、動揺していた。トム・バークレイが情報の源だというのは不吉だ。

「なるほど」私は繰り返した。「つまり、現場に最初に駆けつけたのは、パトロール警官ではなかったわけね」

「そうだ。最初に対応したのはクレイだ」マリーノは言った。私がバークレイ刑事として知っている〝クレイ〟は、つい最近、窃盗犯罪課から重犯罪捜査課に異動になったばかりの人物だ。

私が仕事で直接やりとりしたことはまだないが、今週の初めにある案件で関わったC

ＦＣの監察医の一人から、不満は聞いていた。バークレイは自信過剰な人物で、口を閉じるということを知らない。現場鑑識の研修は受けたかもしれないが、それだけで硬直や死斑など死後に発生する現象を特定したり解釈したりするための専門知識を得られるものではない。うぬぼれた人物に中途半端な知識を与えると、かえって危険な場合もあるのだ。

「硬直しているという話は、理解しがたいし、やっかいな情報でもあるわね」私は言った。ロケットのように猛スピードで走る車の轟音に負けないよう声を張り上げる。「クレイって人、死体を調べた経験は過去にもあるの？」

「あんまりねえと思うよ」

「何度かはあるんでしょう。明らかな死後変化に気づくのは簡単だし」私は続けた。「ただ、そういった変化を混同したり誤って解釈したりしていなければいいけど。まだ死後硬直が始まっていないのに、すでに始まっていると正式に報告したんだとしたら、勘違いにしても奇妙よ。それに、そんな報告をあなたにすれば、あなたから私に伝わるとわかってるわけだから、そもそも報告すべきじゃない。記録文書として残るわけでしょう。のちのち問題になりかねないわ」

私は〝正式に〟の部分を強調した。バークレイ刑事から聞いた内容をマリーノが私に伝えた場合、文書の形で残っていたり、ほかの人々にも伝わったりすると、あとでやっかいな問題が持ち上がりかねない。亡くなった女性の遺体や、遺体に関連するあらゆる生物学的証拠は、法律上、私の管轄下に属する。すなわち、私は公的な立場で現場に向かっているのだ。

マリーノの母親、妻、パートナー、師、友人としてこの車に乗っているのではない。しかもいまの時代、世の中から隠しておける事柄などないに等しい。残念ながら、私たちのあいだでやりとりされた情報は、どんなものであれ、法で守られたおしゃべりとは見なされないのだ。宣誓の上で証言に立ったら、何を尋ねられても答えなくてはならない。

「クレイは来たばかりだからな。殺人事件は初めてだが、自分は天才だと思ってる。それ以外に言うことはねえよ」マリーノは言った。「ま、現場に行けばわかることだが、クレイによれば、遺体は硬直してるらしい。触ってみたら、マネキンみたいにかちかちだった。俺はそう聞いてる」

「断定できない、正しく解釈できないなら、そんなことは言わずにおいてくれればよかったのに」しごく遺憾な話だった。それに、忘れたころにひょいと戻ってきて私たちの足をすくいかねない問題でもある。

「だよな」マリーノが言った。「だから本人にも周りの連中にも、いつも言ってるんだよ。口を開く前によく考えろって。紙やメールに書いたり、フェイスブックに投稿したりする前に、頭を使って考えろよなって」

車はハーヴァード・スクエアに入った。回転灯の赤と青の光が道路標識に反射し、背後に飛び去っていく建物や車の窓に映っていた。私はインターポールの件を持ち出し、脱線しかけた話を引き戻した。

「どうしてあなたに電話があったの？」私は尋ねた。

「さあな、俺に訊くな」

「電話があったのはいつ？」

「よし、いったんテープを頭まで巻き戻そうか。時系列がわかりやすいように」マリーノは言った。「まず、クレイから電話があった。俺は急用ができたってルーシーに断って、下の階に――」

「バークレイ刑事から電話があったとき、あなたはルーシーと一緒にラボにいたということ？」私は確かめた。マリーノはうなずき、ラボに着いて、九一一の録音の分析をまさに始めようとしていたのだと説明した。

「そこで俺の電話が鳴り出した。バークレイからだった。川沿いのＪＦＫ公園の殺人事件現場に来てるって言った」

「〝殺人事件〟って言葉を使ったの？」私は訊いた。「それも言わずにおいてくれたらよかったのに」

「性的暴行未遂だって言ったな。被害者は殴殺されてるって」

「わざわざ私を迎えに来ることはなかったのに」バークレイのような刑事は、危険な問題の種になりかねない。「バークレイが進んで私の代わりに仕事をしてくれてるようだから」今夜のうちにバークレイ刑事と話をしておいたほうがよさそうだ。「せっかくのディナーを途中で抜け出してくることはなかったみたいね」

「まあな、あいつには俺も腹が立つよ」マリーノが言った。「想像できるだろ。落ちる先を確かめもせずに跳んじまう奴の典型だよ。自分はいまやってる仕事の専門家じゃないかもしれねえなんてことは、ちらっとも考えたことがないんだ」

「あなたに伝えたような意見を会う人ごとに伝えていなければいいけど」私は言った。「誤った情報というのは、そうやって広まっていくのよ。ところで、インターポールの件に話を戻しましょう。かかってきたという電話のことを話して」

「さっきも言ったとおり、クレイから現場に来てくれって電話があった。CFCにも連絡しとくかって訊かれたから、それは俺がやるって答えた。ルーシーのラボを出て、エレベーターで下に降りて、駐車場で車に乗ろうとしたところで、また電話が鳴った」マリーノはエンジンのやかましいうなりに負けない大声で話し続けた。

「知らない番号からだった。ほら、ゼロがずらっと並ぶときがあるだろ？　番号非通知だったり、電話のアドレス帳に登録されてない相手だったりしたとき」マリーノは言った。「出てみたら、ワシントンDCからの電話だった」

「インターポールからだった」マリーノの口調は、それについて間違いは絶対にないと言いたげだった。

なぜそう言い切れるのかと私は訊いた。「番号は非通知だったたんでしょう。なのに、電話をかけてきた相手が誰なのかわかる理由が私には理解できない」

「インターポールのワシントンDC本部の捜査官だって、本人が名乗ったんだよ。NCBの人間だってな。しかも、ケンブリッジ市警のピーター・ロッコ・マリーノ刑事に連絡したいと言った」

インターポールのアメリカ国家中央事務局（NCB）は、連邦司法長官の指揮下に置かれている。NCBにせよ、フランスにある総本部にせよ、その犯罪がアメリカ国外にも影響を及ぼす恐れがある場合は別として、基本的にアメリカ国内の事件に関心を抱くことはない。そう考えると同時に、イギリス風のアクセントで話す自転車乗りの女性のことをまた思い出した。あの女性が死んだのでなければいいが。

青緑色のヘルメット、ぶらぶらしていたチンストラップが思い浮かぶ。あのとき注意していればよかった。ストラップをきちんと締めたほうがいいと言えばよかった。

「NCBの奴に訊いたんだよ。何の件で電話してきたんだって。そしたら、川沿いの公園で発生した事件を把握したからって答えた」マリーノが言った。

「そのとおりのことを言ったの？　〝発生した事件〟？」私の困惑はいっそう深まった。

「そうさ、天に誓ってもいい。で、俺は思った。いったい何の話だよ、どの事件のことを把握したんだよってな。だって、ケンブリッジの川沿いにある公園で死体が発見されたなんてこと、なんで知ってるんだよ？」

「私にはわから……」私は口を開きかけた。

「だから訊いたんだよ。こっちで起きてる〝事件〟とやらをなんであんたが知ってるんだよってな」マリーノが私の返事をさえぎった。「情報源はどこだよって。そしたら、それは機密だとさ」

「わからないわ」私は繰り返した。「仮に遺体はエリサ・ヴァンダースティールだとして、彼女の件でインターポールからあなたに電話が来るなんて、ありえない」まったく筋が通らない。「その人、彼女の名前を言った？」

「いや。しかし、〝急死事件〟とは言ったな。〝国際的に重大な影響をもたらしかねない急死事件〟。だからインターポールが乗り出してきたってわけだ」マリーノが言った。

「エリサ・ヴァンダースティールは、たしかに国際的な影響をもたらすでしょうね」私は言った。「アメリカ人ではないから。これも見つかった運転免許証が亡くなった女性のものだと仮定しての話だけど」

「そういう意味で言ってるんだろうって気がしたよ。なぜかそのことをもう知ってるらしいぞって」

「でも、それはありえないわよね。今回のような事例は初めて聞いたわ」私は言った。「地元のメディアでさえまだ事件のことを嗅ぎつけていないのよ。インターネットに何か情報があるのに、私はまだ知らされていないってこと？　あなたがまだ現場にも行っていない、監察医にも連絡していない時点で、インターポールが死亡事件を把握してるなんて、おかしいわ」

「ネットの件はルーシーに確かめたよ。ツイッターか何かに投稿があったかどうか」マリーノが言う。「インターポールの捜査官と電話で話してすぐ、ルーシーに電話した。ヴァンダースティール事件に関する情報は、俺たちが知るかぎり、ネット上にはまだ何もない。あれがエリサ・ヴァンダースティールだと仮定してな。けど、あんたの言うとおりだ。インターポールは俺たちより先に把握したらしい。なんでなのか、俺にもわからねえけどさ」

マリーノの携帯型の無線機はダッシュボードで充電中だった。無線の通信はほとんど行われていない。あまりに静かで、車に無線機があることについさっきまで気づかなかったくらいだ。公園で私たちの到着を待っている死体に関する連絡は、何一つやりとりされていなかった。

「でも、ほんの三十分くらい前にケンブリッジの川沿いの公園で発見されたばかりの死体のことを、インターポールの捜査官やアナリストがどうして知ってるわけ？」私は尋ねた。「だってそうでしょう、何かおかしいわよ、マリーノ。それに、本来の手続きとも違ってる。地元警察から協力を要請するのがふつうよ。国境を越えた捜査が必要になりそうだとわかって初めて——」

マリーノがさえぎった。「ああ、それがふつうだってのは俺も知ってるよ。警察に入り立ての新米じゃねえんだからさ」

「ほんの一握りしか知らない殺人事件について、インターポールのほうから接触してきたなんて話、一度も聞いたことがない」私はその点を強調した。「それを言ったら、殺人事件なのかどうかさえまだわからないわけでしょう。被害者の身元だって確認されてない。確定してることは何一つないのよ」

「俺が言えるのは、電話してきた捜査官は対テロ部門に所属してるって本人が話したってことくらいだ。ケンブリッジで事件が発生したと聞いてるってな」マリーノはまた〝事件〟という表現を使った。「国際的に重大な影響を及ぼす事件が発生したと聞いたって。それで、テロ事件が起きたと思ってるのかなって気がした。向こうの言葉遣いから考えてな。あいつが言ったことを録音しときゃよかったな」

「でも、その情報はどこから来たわけ？」私はその点を突き続けるつもりでいた。「サイクリングコースにイギリスの運転免許証が落ちてたから？　バークレイが話したんじゃないかぎり、そんなことを知ってるわけがないわよね。ばかげてる」

「ケンブリッジで事件が発生したなんて話、なんで知ってるんだって訊いたよ。なんで俺に直接電話してくるんだってな。そしたら、メールで情報が届いた、そこに俺の名前と電話番号が連絡先として書いてあったって言うんだよ」マリーノはまっすぐ前をにらみつけていた。おそらく私と同じことを考えているが、自分からはそれを認めようとしないだろう。

「インターポールはそういう仕組みでは動かないわ」私には引き下がるつもりはない。私もよく知っている手続きだからだ。マリーノはかつがれたのだ。「水晶玉で占う超能力者を雇って、まだ誰も知らない事件を予言させたりもしない。少なくとも私の知るかぎりではね」その言葉が口から出るなり後悔した。こちらにそんな気がなくても、マリーノは自分に対する当てつけと解釈するだろう。「私たちでさえまだ見てもいない現場や死体なのよ。インターポールが先に把握してるなんてありそうにない話でしょう。絶対にありえないとまでは言わないけど」

「ま、俺は誰かさんと違って、インターポールの総裁とお友達だったりしねえからな」マリーノは辛辣な調子で言った。「あんたからお友達に電話して、なんでこんなに早く知ってるんだって訊いてみてくれてもいいぜ」

　私はフランスのリヨンにあるインターポールの事務総局を何度も訪問したことがあるし、トム・ペリー総裁とも親しい間柄だ。ペリーはアメリカ人で、ローズ奨学金を受けてオックスフォード大を卒業した。元国立司法省研究所長で、真のルネッサンス的教養人でもある。

「必要があればそうするわ」私は冷静に応じてマリーノの皮肉を受け流した。言い方に気をつけなくてはならない。マリーノと口論などしたくなかった。「そのメールというのは？」

「その捜査官によれば、ワシントンDCの本部、NCBに連絡があったらしい。誰からなのかは言ってなかった。機密情報だとか言い訳してたな。そんな言い訳、俺だって毎日のように使ってる。だから別段怪しいと思わなかった」マリーノは説明した。いまは怪しいと思い始めているのがわかる。

「九一一宛ての通報とそっくりな話になってきたわね」マリーノも二つを結びつけて考えてくれることを期待して、私は言った。

　彼が自分で結びつけてくれるほうがありがたい。真実を伝えたがために私が責められるようなことがなくてすむだろうから。

「だな。それに、そいつも咳をしてた」

「誰が？」

「インターポールの奴だよ。何回か咳をした。風邪でも引いてるのかと思ったのをいま思い出した。考えてみたら、九一一に偽の通報をした奴も咳をしてたな」

マリーノは陰気で苦々しげな声で言った。顔は真っ赤だ。

「エリサ・ヴァンダースティールを殺した奴が、自分が起こした事件を匿名でインターポールに通報したんじゃないかって気がしてきた。事件を地球の隅々まで知らしめるために」マリーノは車のエンジン音に負けない大声を出した。首の血管が脈打っているのが私にも見えた。「ほかに誰に接触したか、わかったもんじゃねえな」

マリーノの最大の心配はそれらしい。しかし、私が懸念しているのはそれではなかった。

マリーノが熱くなればなるほど、私は冷静になる。

「情報源があるはずよね」さっきと同じことをまた繰り返す。国をまたぐ事件を扱った経験は、マリーノより私のほうが豊富で、手順や手続きについても私のほうが詳しいからだ。「警察からインターポールに連絡が行ったの？　言葉を換えれば、ケンブリッジで発生した事件について、別の刑事がＮＣＢに接触したの？　そうだとしたら、機密には分類されないでしょう？」

「情報源が誰なのか、俺にはさっぱりわからねえが、誰かが誰かに何か話したのは確かだろうな」マリーノはエンジンの音にかき消されないよう、怒鳴り声で言った。「けど、クレイじゃねえよ。あいつなら、その前に俺におうかがいを立てる。そもそもそんなことを考えつきもしねえだろう」

「インターポールは、接触する相手をとても慎重に見きわめるわ。身分と資格が証明されてる人物とでなければ接触しない」間違いなく不愉快なものであろう真実に向けて、私はマリーノをさりげなく誘導した。

「電話じゃねえと思うんだよ。メールが届いたみたいな言い方だった」マリーノが言う。もう目の前まで迫っている醜悪な真実についに気づいたら、マリーノは激高するだろう。

私は車内を包む闇に目を凝らして彼の横顔を見つめた。髪の毛のない、大きなドームのような頭。がっしりした鼻。ぐっと力がこもった角張った顎。

「インターポールに通報するには、メールが一番早くて簡単なんだよな」マリーノは続けた。「そのための書式や何かもネットに用意されてる。公式ウェブサイトに載っけてるんだよ。それを使えば簡単だが、監視されてるし、送信元がばれる」

「寄せられた通報がインチキであれば、インターポールのワシントンDC本部、NCBにもそれがわかると考えて間違いないわけね」私は指摘した。「つまり、警察機関に所属する人物、あるいは事件や脅威について報告する資格を有する人物からの通報ではないなら、NCBにもわかるということ」私は自分の疑念がどんな結論につながっているかすでに知っている。しかしマリーノは私の話の運び方が気に入らないらしい。

「まあ、そうだろうな」マリーノはどことなく弁解がましい口調で言った。思ったとおりの反応だ。次に私が何を言うか、彼もわかっているだろう。

私に指摘されるまでもなく、自分で気づけただろう。だが、今回の真実は不愉快なものだ。人は不都合な真実にはなかなかたどりつかない。それを認めるのに抵抗を感じる。

「インターポールは、正式な手続きを踏んだ人物から連絡を受けたのではないということも考えられるわ」私は言った。「あなたも同じことかもしれない」私は付け加えた。

マリーノは私の言ったことが聞こえていないかのような態度を取った。

「俺に電話してきた捜査官も、信頼できる情報かどうかの確認は取れてない、もしかしたら頭のどうかしちまった奴がみんなをおちょくってるって可能性もあるって、正直に話してくれてれば、話はもう少し簡単だったろうにな」マリーノは気分を害したかのような口調で言った。たったいま私が言ったことはあいかわらず無視している。「だが、俺はそいつの話を額面どおりに受け取った」

「電話してきたのは本当にインターポールの捜査官だったって断言できる？」私は自分

の疑念をより具体的にマリーノにぶつけた。マリーノは答えない。

マリーノの色彩豊かで多様すぎるボキャブラリーを借りるなら、インクに毒を入れるみたいなもの、テントの下のヘビ、材木にまぎれたゾウ、すなわち〝朝飯前〟の質問のはずだ。私は、電話で話した相手は誰だったのかと訊いている。何もかもがマリーノが馬鹿にされたことを示しているからだ。少なくとも、彼は馬鹿にされたと解釈するだろう。

「電話の相手がインターポールだったと思ったのはなぜ？　本人がそう言ったからという以外に、何か根拠はあるの？」次に私はそのアプローチを試みた。マリーノがコンクリートの塊みたいに頑固になりかけているのが感じ取れた。

ようやくマリーノが答えた。「確かめる方法は一つしかなさそうだな。こっちから電話してみるしかねえ」

マリーノは膝に置いていた携帯電話を取った。ロックを解除し、しぶしぶといった顔で私に差し出す。重犯罪の証拠物件を引き渡そうとしているかのようだった。

「メモアプリを開け」マリーノは瞬きもせずに行く手の路面を見つめていた。「そこに番号が書いてある。アプリのアイコンをタップすれば、そいつから番号を聞いて入力したページが表示される」

「どうして？　何かわかったら折り返し電話してその人に伝えようと思って、番号を控えたの？」

「知らねえよ。向こうがその番号を言ったんだ。新しいことがわかったら知らせてくれってさ。明日また連絡を取り合おうって」マリーノは言った。時間を追うごとに、いたずらやインチキではないかという感覚は強まっていく。

この仕事を始めて以来、私はインターポールと緊密に仕事をしてきた。その密接な関係は双方にとって有益だった。こと死や暴力に関して、世界は小さいからだ。いまも小さくなり続けていて、私がアメリカ国内にいる逃亡犯や行方不明者、身元不明の死者に関する色分けされた国際手配書を目にする機会はますます増えている。

国外で死亡したアメリカ人を扱うこともあり、その死者が警察機関の潜入捜査官やスパイだったことが判明する事例もまれにある。司法省や国防総省、ＣＩＡ、国連安全保障理事会など国際警察機関や司法裁判所を相手に踊るダンスは心得ている。だから、マリーノからいま聞いた内容は、そういった機関が採用する手続きとはまったく違うと断言できる。

「で、私に電話しろというの？」私はメモアプリに入力された、ワシントンＤＣの市外局番から始まる電話番号を見つめた。

「電話してみろって」マリーノは言った。いまにも爆発しそうな圧力鍋みたいだった。

「自分のではなく、あなたの電話を使って話すのは気が進まない」私は手に持った携帯電話と、そこに表示されたメモアプリが表示している番号を見つめた。

「弁護士みたいなこと言ってんなよ。いいからかけてみろって。そのまま発信していい。スピーカーモードになってるから、二人とも同時に聞ける。さっきの捜査官が出るかどうか、やってみようぜ」

「その人の名前は一度も聞いてないわ。誰と話したいと言えばいい？」

「ジョン・ダウ。ダウ平均株価のダウだ」マリーノの顎の筋肉に力がこもった。

「身元不明って意味のジョン・ドウのドウ？」

「いや、そいつはダウって発音した。確かだよ」マリーノは、顔だけでなく、喉まで真っ赤になっている。

私は番号をタップした。表示されたアイコンから〈発信〉を選んで、電話がつながるのを待った。やがてSUVのワイヤレススピーカーから大きな呼び出し音が聞こえた。

「お電話ありがとうございます。ヘイ＝アダムズ・ホテルでございます。私、クリスタルがご用件をうかがいます」女性の声が応答した。

「もしもし？」マリーノが言った。驚いたような表情は、たちまち人も殺せそうなしかめ面に変わった。「ヘイ＝アダムズだって？　ホテルの？」困惑と怒りが入り交じった表情を私に向け、口の動きだけで言った――〝どういうことだよ、おい？〟

「ワシントンDCのヘイ＝アダムズ・ホテルでございます。どのようなご用件でしょう？」

「悪いが、そっちの番号を読み上げてもらえませんかね。聞いてる番号が間違ってるのかもしれない」マリーノは路面をにらみつけるようにしながら言った。

「ヘイ＝アダムズにおかけになったのではございませんでしたか、お客様？」

「そっちの番号を教えてもらえるとありがたい。番号を間違っちまったのかもしれないから」マリーノは言った。一瞬の間があって、ホテルの女性が番号を読み上げた。私が見ているアプリに表示されたものと同一だった。

「ありがとう。間違えたみたいだ」マリーノは電話を切った。「あのクソ野郎！」こぶしでハンドルを殴りつけた。

マリーノが書き留めた番号は、ホテルの代表番号だった。インターポールの対テロ部門の捜査官と名乗った人物がマリーノに告げた番号はそれだったのだ。入力ミスだったほうがずっとましだろう。それどころか、いたずらで間違った番号を教えられたというほうがまだましだ。その悪意はマリーノに向けられたものではないかもしれない。しかしいまそれをマリーノに話すのは得策ではない。ヘイ＝アダムズ・ホテルは彼には何の意味も持たないだろうし、彼があのホテルに泊まったことがあるとも思えない。

しかし、ヘイ＝アダムズ・ホテルは国会議事堂やホワイトハウスに近く、ＦＢＩ本部や、ＦＢＩアカデミーと行動解析課があるヴァージニア州北部に行くのにも便利な立地にある。ヘイ＝アダムズ・ホテルは、ベントンと私が一緒にワシントンDCに滞在するとき、最初に候補に挙げる滞在先だ。十日ほど前にも、仕事と観光を兼ねて滞在したばかりだった。二人で美術館や博物館を見て歩いたり、ベントンはクワンティコで開かれる会議に出席したり、私はブリッグス大将とケネディ・スクールで予定しているスペースシャトル関連の講演の打ち合わせをしたりした。

そのワシントンDC滞在中のことを思い返してみた。しかし何か特別なことが起きた記憶はない。私は仕事があったし、それはベントンも同じだった。それぞれのオフィスに出入りし、数え切れないほどたくさんの人たちと会った。最後の夜は、ブリッグス大将や奥さんと一緒に、常連客の似顔絵が壁を埋めているレストラン、ザ・パームで食事をした。

私たちが案内されたボックス席には、アイコンと呼べる人たちの似顔絵が密集していた——ニクソン、スパイダーマン、キッシンジャー、わんぱくデニス。

12

サイレンの甲高い音が響いたかと思うと、ケンブリッジ市警のパトロールカーがタイヤをきしらせ、ウィンスロップ・ストリートから猛スピードで左折してきて私たちのすぐ後ろについた。ジョン・F・ケネディ・ストリートを疾走する二台の警察車輛はさながらライトショーのようで、ほかのドライバーは速度を落としたり、私たちに道を譲ったりした。

「くそ、くそ、くそ。あの野郎」マリーノは、またも彼のユニークな言い回しの一つを借りるなら、悪態を〝青い嵐のように〟吐き続けている。

マリーノはバックミラーにちらちら視線をやっていた。助手席の私は、事故が起きませんようにと祈った。身体的に感じているほど速度は出ていないのだろうが、不安で思わずすくむような高速なのは間違いないし、ヘイ＝アダムズ・ホテルへの電話のせいでマリーノは危険な心理に陥っている。彼が変死事件を緊急事態として扱うことはめったになかった。いつもなら回転灯やサイレンは必要ない。たいがいの場合、私たちが大急ぎで駆けつけたところで、手遅れだからだ。しかしマリーノは気持ちが高ぶり、攻撃的になっていて、怒りで前さえ見えなくなっている。

「まったく！　あれはいったい誰だったんだよ？　ついさっき俺が電話で話した相手はいったい誰なんだよ？」

電話を切った瞬間からずっとそう言い続けている。私には何も言えない。聞き手に徹したほうが無難な場面では、それに徹することにしている。マリーノには怒りのはけ口が必要なだけで、気がすめばもとどおり冷静になる。ただし、許したり忘れたりすることはない。絶対にない。ピート・マリーノをこけにした人物は、その代償をかならず支払うことになる。ただしそれは十年後かもしれない。数十年後だった例も過去にある。

「信じらんねえよ。まったく信じらんねえ。それにだ、ロバーツの奴は何考えてんだ？」マリーノはすぐ後ろで回転灯を閃かせ、サイレンを鳴らしているパトロールカーをバックミラー越しににらみつけた。「先生、あんた、俺があいつに応援を頼むのを聞いたか？　この俺が応援を要請したり、メーデーって叫んだりしたか？」

マリーノは怒りのまなざしを私に向けた。ほとんど怒鳴りつけるような大声だった。私は何も言わなかった。シートに座り、シートベルトをきちんと締めて、助手席側のサイドミラーに映る脈打つような回転灯の光をじっと見つめて、マリーノが冷静さを取り戻すのを待った。

「いや、俺は応援なんか要請してねえよな」マリーノは自分の質問に大きな声で答えた。「子供の刑事と泥棒ごっこみたいなもんだ。ロバーツのバカ、目一杯おめかししたつもりらしいが、あいにくパーティはねえぜ。俺は手伝ってくれなんて頼んでねえからな」

マリーノは一秒おきにバックミラーをにらみつけている。顎まわりの筋肉が、また機関銃みたいに高速で収縮を繰り返していた。マリーノは携帯型の無線機を充電器からむしり取った。

「こちらユニット33」マリーノは無線機を口に近づけて言った。怒りの勢いでつばのしぶきが飛ぶ。

「ユニット33、どうぞ」

「ユニット164に、俺に電話するよう伝えてくれ」彼がロージーという愛称で呼ぶ通信指令員にそう伝えるマリーノは、さっきとは打って変わって丁寧で、甘ったるいくらいの声を出した。

「了解、ユニット33」ロージーが言った。彼女の声もマリーノに対してはふだんと違っていて、私は小さな苛立ちを感じた。

マリーノは女好きだが、昔から異性の扱いは下手だ。機嫌を取ったり、しつこく誘ったり、虚勢を張ったり、女の言いなりになったりしておけばいいと思っている。ルーシーの上品とは言いがたい表現を借りれば、〝股間のモノ〟に振り回されている。交際は長続きしない。元妻のドリスとも長く続かなかった。私の見たところ、マリーノはいまもまだドリスとの別れを引きずっている。私との縁が完全に切れそうになったことも何度もある。

マリーノがマイアミで私の妹に言い寄った――？　ベントンによれば、夏の初めにみんなでマイアミに行ったときから始まっていたという。私はなぜその兆候に気づかなかったのだろう。マリーノは無線機を充電器に戻した。ユニット１６４を呼び出してマリーノの伝言を伝えるロージーの声が聞こえた。

妹の飛行機がローガンに到着する時刻について、あれから最新の情報が入っていないかと、私は自分の携帯電話をチェックした。ルーシーにメールを送り、事件が発生して空港には迎えに行けなくなりそうだと伝えようとした。しかしマリーノの携帯電話の呼び出し音がＳＵＶのスピーカーから聞こえて、またもやそちらに気を取られた。

「何か用ですか？　電話するように言われましたけど」男性の声が車内に響いた。ロバーツ巡査の声は、場違いに朗らかで陽気だった。

「何のつもりなんだよ、おまえ」マリーノが乱暴に言った。「俺の車にぴったりくっついてきてるだろう。離れろ。どっかよそに行け」噛みつくような声だった。

「他人《ひと》のこと言えた義理じゃないでしょう。そっちこそ独立記念日の花火みたいにライトアップしちゃって。世間じゃ何て言うか知ってます？　サルは人間を真似る――」ユニット１６４は、時間ならいくらでもあるとでもいうようにのんびりと言ったが、マリーノはさえぎった。今度こそ堪忍袋の緒が切れたらしい。

「回転灯とサイレンを消しやがれ、ロバーツ。誰かにモノを突っこみたくなることがあったら、真っ先におまえを呼んでやるからな」マリーノはぴしゃりと言った。受話器を叩きつけて電話を切ることができるなら、きっとそうしているだろう。しかし、スピーカーフォンではできない。マリーノはハンドルのボタンを押して怒りの演説をぷつりと断ち切った。

「どんな要請を受けたのかしらね」私は言った。「だって、無線はずっと静かだったでしょう。公園で殺人が疑われる事件が発生したと匂わせるようなやりとりは、一つもなかったわ」

「何か大事件が起きたらしいって直感したんだろ。詳細はわからなくても、何かあったことはみんな気づいてる。無線が静かなのは、わざと空けといてるんだろう。で、あいつは俺たちの車が目の前を通り過ぎたのに気づいて、追走する口実に飛びついたってわけだ」マリーノは言った。

この車の回転灯やサイレンをオンにしたのはあまり賢明ではなかったかもしれない。私はそう指摘した。世間の注意を引きつけていることは否定できない。

「だからって、パレードみたいに後ろからくっついてくることはねえだろうよ。パーティに行こうってんじゃねえし、プロスポーツの観戦に行くわけでもねえ」マリーノはそう声を張り上げた。「どいつもこいつも刑事になりたがる。実際の刑事の仕事なんて書類仕事ばかりだし、弁護士とやりあったり、訴えられたり、夜中だろうと明け方だろうと呼び出されたり、そういうクソに埋もれた現実を知らねえんだよ」

サイドミラーをのぞくと、パトロールカーが距離を空けたのがわかった。そのまま急速に後方へ遠ざかっていく。赤と青の閃光は消え、サイレンも犬が鼻を鳴らすような音を残して消えた。ユニット164は速度を落としてサウス・ストリートを左に曲がっていき、私たちは回転灯を閃かせ、サイレンの甲高い音を鳴らしながら、レストランやコーヒーショップ、酒場や醸造所の並ぶ明るい一角を通り抜けた。

「ほんとにインターポールだったのかもしれねえ」マリーノは言った。脈絡なく話題を変えるマリーノの癖に私が慣れていて幸いだ。「俺は連絡先を間違って控えたのかもしれねえ」マリーノは偽の捜査官からかかってきた偽の電話の話を唐突に再開した。「それだけのことかもしれねえ」

「それはないと思うわ。こんなこと言いたくないけど、あなたにかかってきた電話は、私たちが疑っているとおりのものなんじゃないかしら、マリーノ。もちろん、不愉快よね」マリーノの気持ちは、私が聞かせてもらえなかった九一一宛ての電話の録音を、ベントンから聞かされたときの気持ちと似通っているのではないかとは言わずにおく。身に覚えのないことで責められ、拒まれ、蔑まれ、疑わしげに扱われる気持ち、あるいはただ苦しめられ、悩まされる気持ちを、私はいやというほど知っている。しかし、不機嫌なときのマリーノは、かならずしも他人と意見を交換しようとは考えない。他人の気持ちなど存在しない。あるのは彼の気持ちだけだ。

「そいつを見つけたらただじゃおかねえぜ」マリーノの怒りはさっきと同じレベルまで再燃していた。「いったいどこから俺の名前や携帯の番号を手に入れたんだよ？　どこから情報を手に入れたんだ？　なんで俺に電話しようなんて思いついた？」

「わからないわ」さっきから何度同じことを言っているだろう。

「それを突き止めるのが最大にして最重要の課題だな。そのいかれた野郎に情報を渡したのはいったい誰だ？」

「いま突き止めるべき最大にして最重要の課題は、それではないんじゃないかしら」私はマリーノを見つめた。何者かがこんなふうに彼をターゲットにしたことに憎悪さえ感じる。

マリーノの心の反応が手に取るようにわかる。彼は馬鹿にされることに我慢できない。自分はつまらない無力な人間だと思わされることを心底嫌う。ニュージャージー州の貧しい地域で過ごした子供時代、ずっとそう感じていたからだ。

「その件は後回しにしたほうがいいと思う」私は言った。「インターポールの件はあとでまた考えましょうよ。それよりできるだけ早くルーシーにあなたの携帯電話を渡して、ＮＣＢの対テロ部門と称してかけてきた非通知の電話の発信元を突き止められないか、調べてもらったらどうかしら」

「だな」マリーノは素っ気なく答えた。自分に対して猛烈に腹を立てている。

マリーノはかつがれた。市警のほかの警察官にそれを知られずにすむといい。たとえばロバーツ、マリーノがたったいまやりこめたパトロール警官だ。ふだん同僚を頭ごなしに叱りつけているマリーノが、たちの悪いいたずら電話に引っかかったなどという話が広まったら、百倍くらいのしっぺ返しを食うことになるだろう。彼らは容赦などしない。だが、これはジョークではない。笑いごとではないのだ。マリーノが電話で話したという相手は、今日、音声変換ソフトを使って私を告発するような電話を九一一にかけた人物と、同じなのかもしれない。

マリーノが話した相手は、テールエンド・チャーリーその人という可能性がある。発見された死体がエリサ・ヴァンダースティールだとするなら、そして彼女は殺害されたのだとするなら、マリーノはその犯人と直接話をしたのかもしれない。マリーノが電話で話した相手の正体は知りようがないにしても、インターポールの捜査官でないことは確かだろう。しかし、とりあえずその件は忘れたほうがいい。私は本気でそう思った。いまから現場に行くのだ。個人的な怒りやばつの悪さにとらわれている場合ではない。

「とにかく現場を見ましょうよ」目を射る閃光と耳を痛めつけるサイレン音をまき散らしながらケンブリッジの街を疾走する大型SUVのうなりに負けないよう、声を張り上げた。「今日はさんざんな一日になりそうだけど、私たちはこれ以上の困難だって乗り越えてきたわよね。あれから何年になる？　それでもまだ私たちは生き延びてるのよ。こうしてここにいる。なんとかなるわ。いつだって道は見つかる」

「だな、それは言えてる」マリーノは言った。むっつりした声だが、少し落ち着いて平静を取り戻しかけているのがわかった。「ただ、こんなことが起きるなんて信じられなくてさ」

「わかるわ。だけど、誰にだって起きかねないことよ」

「あんたにも？」彼が私を一瞥する。私はうなずいた。「ふん、起きるわけねえだろ」

「誰にだって起きるわよ」私は言った。多少の誇張は含まれているかもしれないが。マリーノがころりとだまされたみたいに、自分がそんなインチキにだまされるとは思えない。私なら、相手を質問攻めにしただろう。個人使用の携帯電話にNCBの捜査官を名乗る人物からいきなり連絡があったら、その時点で即座に怪しむだろう。手続きにおかしなところがあると気づいただろう。インターポールの手続きについてはマリーノよりずっとよく知っている。

「自分が救いようのねえトンマに思える」マリーノは打ち明けるように言った。それを聞いて、私はふいに、まったく違った意味で自分がトンマに思えた。

ドロシーのことをまた思い出したからだ。妹の非難がましい顔、〝だから言ったでしょ？〟と言いたげな目、そこに浮かぶ満足げな光が思い浮かんで、私はどきりとした。身がすくむような思いがした。妹は私が失敗すると大喜びする。ファカルティ・クラブを出てマリーノのSUVに乗りこんだ時点で、妹のことや、ぎりぎりになって決まった妹の思いがけない訪問予定は、私の意識からすっかり消え失せていた。

妹を乗せた飛行機は、マリーノと私がこうして変死事件の現場に急行しようとしているあいだにも、この街に向けて飛んでいる。通信指令員のロージーと話すときのマリーノの甘ったるい声を思い出す。女を追い回してばかりいるマリーノに腹が立った。彼のほうを見ないようにした。顔を見たら、ベントンが指摘していたことを思い出して、またいやな気持ちになりそうだ。今夜、ローガン国際空港まで自分がドロシーを迎えに行ってもいいとマリーノが何度も言ったことも思い出して、心がなおもかき乱された。

フロリダ州フォートローダーデール発の飛行機は、九時三十分ボストン着の予定だった。しかしルーシーによれば、妹が乗ったフライトは遅れている。時刻はすでに八時を回っていた。妹は、到着がどれだけ遅くなろうと、ベントンと私は尻尾を振って自分を出迎えるものと思っているだろう。

しかし、この分では迎えに行けそうにない。マリーノも無理だろうし、行ってもらいたいとも思わない。そこでまた別のことを思い出して、思わず顔をしかめた。買い物の袋をファカルティ・クラブのクロークに預けたまま来てしまった。不平不満の塊のようなドロシーに渡せるお土産が手もとにないということだ。しまった。そんな予感はしていた。いますぐドロシーのためにできることは何一つない。妹のことを考えているゆとりはないし、何らかの形で歓迎の意を表することもできない。私はしくじったのだ。ドロシーもまさしくそのように受け止めるだろう。

否定的に解釈するだろう。自分はふさわしい扱いをされなかったと受け取るだろう。自分より、死者のほうが不便な思いをしていることには思い至らない。それを言ったら、私と比べても不便な思いなどしていない。だがそんなことには気づきもしないだろう。今回もまた、私は多忙でつきあいの悪い〝お姉ちゃん〟になった。珍しくドロシーのほうから連絡してきて私を頼ろうとしたのに、結局こうなってしまった。いまから妹の言い分が聞こえてくる。台本のように、やりとりを書き出すことだってできそうだ。

私はルーシーとジャネットに宛ててメールを送信した――〈空港に行けそうにない〉。〈代わりにドロシーを迎えに行ってもらえない？　または、タクシーで来るように妹に伝えて。ごめんなさい〉

まもなくジャネットから返信があった。〈ご心配なく。ルーシーのお母さんはこちらで迎えに行きます。あとでちょっとうちに寄ってください。ぜひお会いしたいです〉

誰かがドロシーをルーシーの〝お母さん〟と呼ぶのを聞くと、いつも軽い衝撃を覚える。どうしても慣れることができない。娘同然に育てた姪をどれほど愛しているか、あらためて痛感するのはこういう瞬間だ。少しばかり独占欲が強すぎるかもしれないという自覚はある。縄張り意識が強くて、嫉妬さえ感じているかもしれない。そう――ほんの少しだけ。

13

ジョン・F・ケネディ公園に入ると、樹齢数百年の木々や高く密に茂った生け垣の大きなシルエットが夜空にくっきりと描かれているのが見えた。

マリーノのSUVは減速し、いまは這うようなスピードで進んでいる。回転灯とサイレンは切ってあった。パトロールカーが四台と無印のSUVが一台、前後のバンパー同士を触れ合わせるようにして歩道ぎりぎりに駐まっていた。公園の奥は暗く、何かの輪郭らしきものがぼんやり見て取れるだけだった。遠くの山々の尾根かもしれない。黒い泥の色をした不透明な影に沈む鬱蒼とした木立かもしれない。

公園の様子をふだんから知っていなければ、何がどこにあるのか、見ただけではわからないだろう。ベンチ、遊歩道やサイクリングコース、くず入れ、弧を描いて流れる川。周囲の風景が闇に包まれていると、どこにいるのかわからなくなりそうだ。しかし、川の向こうにボストンの街が横たわっているのはわかる。屋上に槍のようなアンテナを載せた超高層ビル、ハンコック・タワーや、プルデンシャル・センターは即座に見分けられる。ライトに照らされた石油会社シットゴーの看板はいやでも目につく。その看板はサヨナラ《シー・イット・ゴー》看板とも呼ばれている。レッドソックスのホームグラウンド、フェンウエイ・パークから放たれた場外ホームランがしじゅうその看板を越えて飛んでいくからだ。

車で入れるのはここまでだ。公園のここより先には自動車が通れる道路がない。公園のいま私たちがいるあたりに限っては幅が広いが、それ以外はとてもせまい。チャールズ川とメモリアル・ドライブにはさまれた、よく手入れされた芝や低木の茂みや広葉樹の木立がある広大なエリアでは、自動車の進入が禁止されている。この公園には何度も来たことがあった。ハーヴァード大学キャンパスの北東側に建つ私たちの家から散歩に来るのにちょうどいい距離なのだ。

ベントンと早足でこの公園まで往復すると、ちょうど一時間程度になる。といっても、それは寄り道をしない場合の話で、いつもその直線的なルートをたどるとはかぎらない。春や秋の散歩向きの天気の日には、新聞の販売店やオープンカフェ、市場などに立ち寄りながら、のんびりと川沿いまで歩くことも多い。日曜日、暖かくて雨が降っていなければ、ピーツ・コーヒーでコーヒーをテイクアウトし、たくさんの新聞を抱えてチャールズ河畔のベンチでゆっくり過ごしたりもする。

冬なら、ふつうに歩いたり、スノーシューを履いたりしてここまで来て、厚着をした体を寄せ合うようにしてベンチに座り、魔法瓶に詰めた湯気の立つリンゴ酒を飲んだりする。そんな記憶がぐるぐると頭の中を回っていた。それに意識を向けているわけでははないが、完全に締め出すこともできない、心のサブルーチン。ノスタルジアや喪失感が、まるで遠いこだまのように思考をかすめていく。ベントンと私が二人きりでゆっくり過ごせる時間はほとんどない。何もせずに過ごすというのが具体的にどういう意味かわからないが、そういう時間を私たちはめったに持つことができない。

犯罪や悲劇に割りこまれずにすむ会話やさまざまな営みは、私たちにとって貴重品だ。私とベントンが互いを尊重して過ごしている時間や週末に、世の中の誰も暴力事件を起こさず、誰も死なずにいてくれたら、それは特別なひとときになる。月に一度、ファカルティ・クラブでする食事が大切で貴重なのは、それだからだ。ホテルや海、川、景勝地など、私たちだけの秘密の散歩の場所を持っておくことは、夫婦関係と健康を維持していくために欠かせない。

この公園は市民の憩いの場になっている。ピクニック、日光浴、読書、勉強、フリスビーのゲーム。自転車か徒歩でしか入ることはできないが、マリーノは罰当たりにも、大型の警察車輛で芝生を横切り、未舗装の細い遊歩道を走った。カエデの巨木と、漆黒に近い闇のなかでぼんやり淡い光を放っている背の高い鉄の街灯のあいだまで来たところで、チャールズ川の方角に車の鼻先を向けて駐めた。ヘッドライトは、赤い屋根を載せた煉瓦造りのボートハウスをちょうど照らしている。その左に見えている橋は、今日、私がブライスの運転する車でそばを通ったものだ。あの運命のドライブがもう何日も前のことに思えた。

ネックレスのように連なる車のヘッドライトが頭上の橋を行き来している。ダイヤモンドの白、血の赤。その下をのろのろと流れる緑色がかった黒をした川面は、小さく波立っていた。ボートは一艇も出ていない。ほとんどが日没とともに帰ったのだろう。対岸に見えるボストンのバックベイ地区は、古いブラウンストーンのタウンハウスやテラスハウスのほのかな明かりをまとって柔らかく輝いていた。遠くに横たわるボストンのダウンタウンのスカイラインはまばゆくきらめき、ここからは見えない港や海があるあたりの空は、漆黒よりは明るい、濃いチャコールグレーをしていた。

マリーノがエンジンを切った。私たちはそれぞれの側のドアを開けた。車内灯はつかない。私が知るかぎり、マリーノは昔から車内灯のスイッチをつねにオフにしている。乗っている車が変わっても、その習慣は変わらなかった。明るいと悪党に狙われやすいからだとマリーノは言う。ヘッドライトに照らされて立ちすくんでいるシカと同じことだ。ただ、マリーノの車に何千キロ乗ったかわからないが、その間《かん》、一度もそんな状況になったことはない。彼と一緒に行動していてこれまでに経験した自動車関連の災難は、たしかに、大部分が暗くて足もとが見えないせい、マリーノが運転する乗り物に乗り降りするときシートや地面に何かあっても気づけないせいだった。

彼の名誉のために付け加えると、一緒に仕事をするようになったころに比べれば、車やトラックやオートバイについてはだいぶ几帳面になった。飾り立てた歴代クラウン・ヴィクのことはこれからも忘れられないだろう。大馬力のエンジン、釣り竿みたいに上下に揺れる長いループアンテナ。灰皿はいつも吸い殻であふれ、ウィンドウガラスやミラー類がヤニで曇っていることもあった。ファストフード店の袋やチキンの箱がそこらじゅうに放り捨ててあった。塩の粒が砂みたいにシートに散らばっていて、私はいつもその上に座った。そうではないと知らなければ、マリーノはビーチのそばに住んでいるのだと勘違いしそうだった。

全般的に、マリーノはずいぶんと進化した。煙草はいまも吸うが、昔に比べれば本数はぐんと減ったし、吸うときは大自然が灰皿だ。車が汚れたり、いやな臭いが染みついたりしないよう、気を遣っている。自慢できるようなことではないが。それに運転中に何か食べることがあっても、以前のように塩やケチャップの小袋を乱暴に引き開けたりしないし、掃除やごみ捨てをはるかに頻繁にするようになっている。それでも私としては、暗くなってからマリーノの車に乗りこむ前に、シートの様子が見えたほうがいいと思っている。

名誉の負傷はもう充分だからだ。食べ物の脂やいろんな調味料でパンツやスカートにさんざん染みを作ってきたし、シートとシートのあいだや下に置いてあったライオットガンにすねをぶつけたことも何度もある。乗り口のランボードが艶出し剤のアーマオールで汚れていたせいで足をすべらせたこともある。シカの角でストッキングを伝線させたり、やはりランプが灯らないグローブボックスに入っていた釣りのルアーに親指を引っかけたりしたこともある。一度、道路の大きな穴をタイヤが踏み越えた拍子に、バイザーから『プレイボーイ』の見開きヌードページが私の膝に落ちてきたこともあった。数ヵ月前の号のものだった。マリーノはおそらく、そこにはさんでおいたことさえ忘れていたのだろう。

パンプスを履いた足を未舗装の遊歩道に下ろし、シートから体を引き上げる。とたんに熱気が壁のようにぶつかってきた。ファカルティ・クラブを出たときより暑さは和らいだとはいえ、我慢できないレベルであることは変わっていない。この酷暑のなか、屋外に長時間いたら、体温が異常に上昇してしまうだろう。しかし、現場の検証には何時間もかかるに違いない。

ＣＦＣのトレーラーが来れば、それを司令本部とし、エアコンが効いた車内で休憩することができるだろう。飲み水や軽食、携帯型トイレ――みな〝おしっこ回収パック〟と呼んでいる――もそろっている。

「どういう手順で進めるか、具体的に考えておかないとな」マリーノが言った。私たちはそれぞれ車のドアを閉めた。

静まり返った熱気のなか、聞こえているのは、背後の通りや橋の上を行き交う車の低い音だけだ。ほかの物音はほとんど聞こえない。頭上を飛ぶ飛行機の気配くらいだろうか。動くものは何もなく、熱を帯びた空気はどこまでもまつわりついてくる。

「まずは〝高高度偵察〟」私は簡潔に答えた。メッセンジャーバッグを肩にかける。「それから〝低高度偵察〟ね。現場そのものを間近に見て、証拠物件を集める」

「遺体をまだしばらく放っておくってことか？　もうずいぶん時間がたってるのに？」

「ずいぶん時間がたってる？　いつからあるのかわからないでしょう。警察に通報があった時刻はわかるとしても。ところで、通報があったのはいつ？　三十分前？　四十分？　それももちろん考慮に入れるし、数字やデータはできるかぎり正確に出すつもりでいるわ。つまり、いつもどおりに仕事をするということ。それで充分のはず」

「つまり、遺体はいまのまんま放っておくってことだな」マリーノは車のリモコンキーのボタンを押してテールゲートのロックを解除した。

「何がそんなに心配なの？」

「遺体をさっさと移動したいんだよ。そうすりゃ問題はあらかた解決するだろうが、先生」

「同時にもっと大きな問題が発生するわ。搬送を必要以上に先送りしたくない。でも、満足な仕事をするためには、そうするしかないのよ」

「ドロシーが来るって日にこんな事件が起きるなんて、タイミングが悪いよな」マリーノは言った。私がいま絶対に話題にしたくないことはそれだった。

「それに、必要なものがそろってない。防護服も何もないのよ」私は、マリーノが突然に妹のことを持ち出す前にしていた話を続けた。「食事中に急に来ることになったから、車もないし、何もない。いつもなら、まだ現場に向けてオフィスを出発してもいないころよ」

マリーノと私はSUVのテールゲート側に回った。マリーノは特別扱いなのだということをしつこく繰り返すことはしない。市警の刑事はふつう、しかるべき手順をきちんと踏む。マリーノも正規の手順を踏んでいたら、まず、かつて自分が指揮していたCFCの捜査部門に電話しているはずだ。

そして電話に出たCFC職員に、事件の概要を説明する。お決まりの質問にひととおり答えたあと、電子報告書が作成され、当番監察医の誰かに連絡が行く。たいがいはその監察医が現場に赴くことになるが、その前に、必要な物品と人員を積んだトレーラーが現場に向かう。

最終的に私が現場に行くことになるとしても、このタイミングではない。少なくともあと一時間が経過してからのことだ。おそらくベントンとの食事を終えることができただろうし、ワインをそれなりに飲んでしまっていたら、そもそも現場に行くことはないだろう。今夜は休みのはずだった。夫とゆっくり過ごしたあとは、妹を迎えにいくはずだった。しかしマリーノはいつもどおり、本来の手続きを、つまり三権分立のシステムをそっくり迂回した。

目くじらを立てるつもりはないことはマリーノには言わない。私に直接電話してくるのは、重大な事件が起きたときであることを知っているからだ。通い慣れてほどよく轍《わだち》が刻まれた道のような手順を私たちは共有している。マリーノがテールゲートを開けた。もちろん、車内灯はつかず、真っ暗な洞窟をのぞきこむのに似ていた。

「手袋とカバーオールはある」マリーノはいい加減な調子で言った。彼のサイズのものを私がそのまま着るのは無理だと知っているからだ。「お決まりの備品もひととおりそろってる。ないのは温度計くらいか。今度から積んでおくようにしよう。あんたが使うとき、いつでも出せるように。いつも買っとこうと思うんだが、つい忘れちまうんだよ」

「すぐには始められないわ」私はまた言った。じきに我慢の限界に達しそうな相手はマリーノ一人ではないだろう。

現場に隠されている証拠物件という名の宝を集めたくて、誰もがじりじりし始めるだろう。警察官の誰もが――とりわけマリーノは――被害者の身に何が起きたのか知りたがるだろう。遺体を調べてからでないと、その疑問には答えられない。そして遺体を調べるのは、安全と判断できてからだ。いまはまだ安全ではない。

公園というさえぎるもののない環境でライトをつけるのは、ガラス張りの家の明かりをともすようなもの、現場周辺にいる無関係の人々全員をリングサイドの席に座らせるようなものだ。私がそう指摘すると、マリーノはしぶしぶといった風情で同意した。

「写真撮影から始めましょう。現場の見取り図をまず頭の中に作りましょうよ」私は言い、どう進めるのが得策かを話し合った。「ＣＦＣのトレーラーもそろそろ来るでしょうし」

「だが、いろんなものを用意したり設置したりするのに、来てから二十分や三十分はかかるだろう」マリーノはＳＵＶの荷台に乗りこみながら言った。携帯電話の懐中電灯アプリを使い、整理整頓が行き届いた現場鑑識用の装具や機器を順に照らしていく。「それまでのあいだは前もろくに見えねえ状態だ」荷台をごそごそしているマリーノの声はくぐもっていた。「しかもクソったれなことに、夜目が利かなくなった。四十を越えたとたん、人生のあらゆるものがクソになるな」

私はベルベットのような暗闇に目を凝らし、黒い液体のガラスのようにゆっくりと流れる川を見つめた。マリーノは四十歳などとうに越えているが、こういうときの彼には何も言わないほうがいいことはわかっている。ただ、彼を責める気にはなれない。もし自分が誰かにだまされた直後だったら、私だっていまごろ傷をせっせと舐めるのに忙しいだろう。

「年取るってのはいやなもんだね」マリーノは愚痴を続けた。見くびられたと感じ、その思いにつきまとわれているような気分でいるのだろう。「いやになっちまうな。まったくいやになる」マリーノは言った。偽のインターポール捜査官は相当なダメージを彼に与えたようだ。

「あなたは年取ってなんかいないわ、マリーノ」愚痴はもう充分だ。このあと片づけなくてはいけないことは山ほどある。「頭も体もしゃんとしてるし、世間知らずでもない。あなたには豊かな経験がある。私も同じよ。ここで何をしたらいいか、正確に把握してる。もっと難しい現場だっていくつも経験したわよね。電話のことはとりあえず忘れて。頭から追い払って。誰だったのか、あとで一緒に突き止めましょうよ。いまはそんなことに気を取られてる場合じゃないわ」

マリーノはまだ荷台でごそごそしている。私は現場周辺の観察を始めた。灯台のように視線をぐるりと巡らせて、近くにあるものを把握し、保護すべきものと放置してかまわないものを頭の中で分類していく。何が起きたのか、どこで起きたのか、正確なところはまだわからないから、市警が保存した区域のはるか外側から始めることになる。

車を駐めた場所から現場保全の黄色いテープは確認できない。それでも、私たちを待っている遺体と自転車がある、木立に囲まれた小さな広場全体に張り巡らせてあるだろう。しかし、犯人と被害者が物理的に接触した暴行事件であれば、その広場だけが犯行現場であるということはない。それはありえない。マリーノも同じことを考えていた。

「犯人はどっかから来て、どっかから逃げたはずだよな」マリーノが言った。「公園の林に住んでる妖精が犯人だとか言うんでもないかぎり」

「遺体に関するバークレイ刑事の説明が外観だけでも正しいとしたら」私は言った。「被害者が襲われて殴られたとするなら、そうね、襲った人物または関与した人物は公園に立ち入らざるをえなかったでしょうね。被害者はここで殺害されたのだとしても、あるいは遺体が遺棄されただけだとしても、彼は現場に出入りした。これから私たちが通るルートで出入りしたわけではないと決めつけることはできない。便宜上〝彼〟と言うけど、男だと断定する気はないわ」

「わかってるよ」マリーノはXLサイズの使い捨てニトリル手袋の箱を差し出した。彼は使うだろうが、私は使わない。「もし性的暴行事件や性的暴行未遂事件だったら、おそらく犯人は男ってことになるだろうな。俺はもうタイヤの跡を探し始めてるよ。地面がくぼんだところ、芝が平らに寝てるところ。まだそれらしきものは見つからねえし、そいつが公園に入ったルートはいくらでも考えられる」

「公園周辺や川沿いには行き止まりの道が多いわ」私は指摘した。「公園自体、塀で囲まれてるわけじゃないから、犯人が車を駐めた可能性のある場所を探し始めたら、それもきりがない。ただ、そこからどうやって遺体をここに移したのかが問題ね」

「抱えて運んできたとか」マリーノは、機器が詰まった重たい箱を荷台の上で移動させていた。

「そうは思えない」

「俺だってそう思ってるわけじゃねえよ。あくまでも可能性を挙げただけだ」

「遺体の近くに自転車があったことはどう説明する？」

「そうだろ？　な、別のどこかで殺されてここに遺棄されたわけじゃねえってことは、もうわかりきってるってことだよ」マリーノは厚紙の箱の蓋を開けた。「発見された場所で殺されたってことだ」使い捨てのカバーオールを一枚、私に手渡す。セロファンの袋に入ったままで、サイズはＸＸＬだ。

「殺されたのかどうかもまだわからない。それを忘れないようにしましょうよ」私はマリーノを見守りながら、絶えず周辺にも目を配っていた。「なぜ死んだのか、まだ何もわかっていないのよ」

ゆっくりと流れる川面に反射する光は、まるで銀色の魚の大群のようだった。対岸のボストンは、数世紀の歴史を持つ石と煉瓦、そしてモダンな高層ビルでできたきらめく帝国だ。しかし私たちを取り巻く暗闇を追い払う光は、周囲に一つもない。私はメッセンジャーバッグから、いつも持ち歩いている小型懐中電灯を取り出した。手袋の箱とカバーオールを強引にバッグに押しこみ、両手を空けた。

「まず現場を確定しねえと」マリーノが言った。「どこからか始めなくちゃいけねえが、これだけ暗いとな。ほとんど手探りだぜ」

「だからここから始めるのよ。これから行く場所をよく見て、概略をつかんでおく」

ようやくこのスーツを脱げるときが来たら、焼却処分するしかないかもしれない。使い捨ての防護服はどうしても好きになれなかった。建築資材としても使われる真っ白なタイベック地は、建設中のビルを連想させる。しかしいまこの瞬間は、サイズに余裕のあるカバーオールや、軽量なアンクルブーツに早く替えたい。替えたくてたまらない。

「何か見つかったら、カラーコーンや旗で目印をつけておけばいいわ。時間の余裕ができて、人目を気にせずにすんで、しかもここまで暗くないときに、また一つずつ丁寧に確かめればいい」私はマリーノとの議論を続けた。「ラスティやハロルドと、遮蔽物の相談もしてくれたのよね。通常使う資材はいつも大型トレーラーに積んであるけれど、この現場は通常のものとはかけ離れてる。さえぎるものが何一つないでしょう。ライトをつけた瞬間、あらゆる角度、あらゆる高さから現場が丸見えになってしまうわ」

「ハロルドに言っといたよ。まずは通りの高さからの視線をさえぎりたいから、砂袋で固定するスクリーンをいつもより多めに持ってこいって」マリーノは大きな鑑識ケースを開いたテールゲートの際に押しやった。「しかし今回みたいな現場じゃ、あんたの言うとおりだな。テントでも張りたいところだよ。周辺のビルや橋から、いろんな連中がこっちを見下ろすだろうから」

目を上げると、川を越えてヘッドライトの長い列が両方向に流れていた。ローガン国際空港の周辺には小さな惑星のように輝く飛行機が何機も見えている。私はまたドロシーのことを思い出した。マリーノは、証拠物件の目印に使うカラーコーンが入った箱を開けた。原色のカラーコーンには一つずつ番号が振ってある。マリーノは十個くらい出して重ねた。それを見ると私は、子供のころ住んでいたマイアミの家の近所で開かれたヤードセールで父が見つけてきた、〝キャップ・ザ・ハット〟というボードゲームのことをかならず思い出す。

「屋根がいるぞって言っといた」マリーノはハロルドに伝えた指示を説明した。「今回の現場には、何から何まで全部そろえて持ってこいって言っておいたよ」

14

ついさっき車でたどってきたのと同じ、未舗装の遊歩道を歩いた。やがて遊歩道からそれて芝生に入った。十センチ近くまで伸びた乾いた草が、私の靴にこすれてささやくような音を立て、むき出しの足首をくすぐった。私たちは足もとに気をつけながら歩き、木々に覆われた公園の奥へと向かった。固めた土に砂をまいたサイクリングコースは、曲がりくねりながら木立のなかを抜けている。

背の高い鉄の街灯はぽつりぽつりとあるだけで、しかも間隔がずいぶん開いている。夜間にここのベンチに座ったり散歩をしたりするとき、頼りになるのは街灯の黄みがかったかすかな染みのような明かりだけだ。このあたりまで来ると、本当に暗い。私は小型懐中電灯を、マリーノは携帯電話の懐中電灯アプリの光を、前方のやや下に向けながら歩いた。

マリーノはもう一方の手に黒いプラスチックの鑑識ケースを引いている。小柄な死体なら押しこめそうな大きさだ。先を歩くマリーノのすぐ後ろをキャスターが砂を嚙む小さな音が追いかけていく。二人とも、証拠物件を踏んだり、蹴飛ばしてしまったりしないように用心していた。これまでのところ、足を止めて目印のカラーコーンを置くようなものは何一つ見つかっていない。

まぶしい光が照らし出す乾ききった芝生は、茶色がかった緑色の小さな刃を密集させたカーペットのようだ。対照的に、私の傷だらけのベージュの革パンプスは真っ白に見える。前方のどこかから話し声が断片的に聞こえていた。興奮した子供が何人か集まってひそひそ話しているのに似ている。楽しい種類の興奮ではなく、コルチゾールがあふれ出す種類の興奮、私が不安やストレスやショックと結びつけるような種類の興奮だ。だが、それ以外にも何かある気がする。子供っぽい声は、どこか異様さを感じさせた。

その声を聞いていると、おそろしい物語の中で描かれるような、亡霊やこの世のものではない何かが交わす会話がどこからともなく漂ってくる呪われた場所が思い浮かぶ。すぐそこで聞こえていたかと思うと、次の瞬間にはふっと消える声。森の奥ではしゃぎ回る死んだ子供たちの笑い声。木の実を摘み、かくれんぼをする死んだ子供たち。

前方のどこか遠くから不気味な声だけが聞こえてくる状況は、ホラー映画を思い起こさせ、首筋に寒気が走った。暗闇と静寂に包まれた公園の真ん中をサイクリングコースが走っている。そこで人が死んだ。その人は今日、私が二度も会った人物かもしれない。それが杞憂で終わることを私はいまも祈っている。

すぐ先に木立が見えてきた。よく茂った枝が屋根を作っていて、捕食動物が待ち伏せするのにうってつけの場所だ。マリーノがそう私に指摘した。私たちは暗闇の奥へ、死者と生者が集まって私たちを待っている場所へと進んだ。主役が到着して明かりがいっせいにつく瞬間まで、参加者が暗闇に身をひそめているサプライズパーティに向かっているかのように、薄気味悪くて奇妙な心地がした。

この仕事を始めたばかりのころを思い出す。どこにでもカメラがあったりはまだしなかった時代。私が解剖を終え、ラボから各種の検査結果が返ってくるより前に、不謹慎な投稿がインターネットにあふれ返ったりしなかった時代。あのころは、誰もが携帯電話を掲げて動画を撮影したりはしなかった。カメラに望遠レンズをつけたフォトジャーナリストが現れるころには、遺体はすでに現場から搬送されているか、ジッパー付きの遺体袋に収まっていた。あるいは、大勢の刑事が遺体の周囲にシートや自分のコートを広げて被害者のプライバシーを守った。生と死は、複雑なものになった。

「通り魔じゃなさそうだな」マリーノが言った。「被害者の行動パターンを知ってる奴の犯行だ」

「被害者に行動パターンがあったことが判明してるわけ？」これは結論を急いではいけないという私なりの警告だった。しかし、言うだけ無駄だった。

「誰にだって行動パターンはあるだろ」マリーノは言った。私はラスティとハロルドがディーゼルエンジンを搭載した移動式司令本部に乗ってやってくる気配を耳で探した。

あの二人はトレーラーをどこに駐めるだろうか。学生寮エリオット・ハウスはすぐ目の前に位置している。いったいどんな騒ぎになるだろう。公園を見下ろして建つエリオット・ハウスは、ハーヴァード大学の学生寮のなかで規模がもっとも大きいものの一つで、煉瓦造りの建物が七棟あり、オックスフォード大学やケンブリッジ大学、ヴェルサイユ宮殿などを思わせる中庭もいくつもある。学生たちは窓からこちらをのぞいたり、外に出てきたりするだろう。

大きなトレーラーの存在はすぐに気づかれるだろう。カメラ越しに拡大すれば、あるいはすぐ近くまで来れば、〈検屍局〉の文字やCFCとマサチューセッツ州の紋章がドアにあるのが見えるだろう。ハーヴァード大学キャンパスはそろそろ気配を察して目を覚まし、文字どおり目と鼻の先で誰かが殺されたという悲しい事実を知って呆然とすることだろう。ライトのスイッチを入れた瞬間、大勢の人々が集まってきて、群衆整理の制服警官はたちまち不足するだろう。

「テープをくぐって現場に入ってくるのを止める手立てはない」私はマリーノに言った。私たちは慎重な足取りで木立を抜けようとしていた。「橋を通りかかった車がわざわざ公園沿いの道に降りて、現場をじろじろ見るのをやめさせる手段もない。あっというまに収拾がつかなくなるわ」

「準備ができたら、制服警官の数を増やすよ」マリーノは言った。百メートルほど先に現場がぼんやりと見えてきた。「いま応援を要請してみろよ。パトロールカーが何十台も集まってくる。よけいに人目を引いちまうぜ。テントを張り終わったら、応援を要請する。かき集められるだけ人を集めてもらう」

私は三脚に載せて設置されたバッテリー式ＬＥＤスポットライトのシルエットを数えた。六基ある。巨大なカマキリのようだった。まるで眠っているかのように静かで目立たない。

動き回っている制服警官の輪郭も見て取れる。暗くなると誰もがするように、ひそやかな声で話していた。真っ暗闇から聞こえてくる子供っぽい声は、不明瞭で理解しがたいスタッカートのリズムだ。どこから聞こえているのか特定できないが、不気味だった。闇と木々に囲まれたその一角に気の高ぶった亡霊が集まっているかのようだ。

マリーノと私は黄色い立ち入り禁止のテープをくぐった。現場保全テープは私が予想したとおりの場所に張られていた。木立に囲まれた広場に入る。遺体は、なかばサイクリングコース上に、なかば芝生の上に横たわっていた。むき出しの腕や脚は青白い。スポーツブラは白く、ショートパンツは明るい色をしていた。仰向けで、脚はまっすぐ伸びているが、開いている。頭の上に持ち上がった両腕も大きく開いていて、まるで全身で〝Ｘ〟の文字を作っているかのようだった。

その姿から複雑なメッセージが読み取れる。愚弄。性的虐待。しかし、それらとは違うものも読み取れた。一見したところ、遺体は第一発見者に衝撃を与えることを狙って展示されているようにも思える。しかしショートパンツやブラを着けたままだというのは珍しい。卑猥なポーズを取らされている遺体は、ふつう、全裸で放置される。被害者を貶《おとし》め、傷つけるために、ほかの要素が付け加えられている場合も多いが、そういったものは、いまの時点でここには見て取れない。

しかし過去の経験に基づいて推測する際、過剰に保守的になってはいけないということは身に染みて知っている。ある現場で見つけたディテールは、別の現場ではまったく異なる意味を持つ場合もある。遺体に近づくにつれ、未舗装の土に砂の浮いたサイクリングコースの真ん中に、自転車が倒れているのが見えてきた。長身で体格のいいケンブリッジ市警刑事トム・バークレイが、遺体から十数メートル離れた木立の際に立っている。さっきから聞こえていた妖精のような声の主は、バークレイが話している二人の少女のようだ。二人とも、こんな時間に付き添いなく外出するには幼すぎるようにも見えるが、正確な年齢は判然としない。

十歳から十二歳、ひょっとしたらもう少し上かもしれない。一卵性の双子で、一人はピンク色、もう一人は黄色の服を着ていた。羽をふくらませた二羽の小鳥のように落ち着きがなく、同時に同じように首を動かしている。視線はせわしなくあちこちを飛び回っていた。どこかふつうではないところがあるのは明らかだ。距離が縮まるにつれて、バークレイは手に持った何かに光を当てているらしいとわかった。何か質問をしているようだが、内容は聞き取れない。

「そうかもしれない」ピンク色の服の少女が、バークレイの手もとをじっと見ながら、耳が不自由な人に特有の大きくて不明瞭な声で答えた。バークレイは携帯電話に表示されたものを二人に見せている。マリーノと私はさらに近づいた。

「わからない。いつもなら人がいっぱいいるから、自転車が通るところには行かない」

黄色い服の少女が、やはりはっきりしない発音でゆっくりと言った。事前に聞かされていたとはいえ、均一ではない光、私たちの懐中電灯の明かりが作る明暗のなかに浮かび上がっている光景は、信じがたいものだった。

マリーノが私を迎えに来る途中の、電波が途切れがちな電話でのやりとりで、マリーノは双子のことをちらりと言っていた。私はとくに注意を払わなかったが、この状況で二人を前にすると、深い当惑を覚えた。無意識に二人の顔を何度も見比べてしまう。二人とも、黒に近い茶色の髪をヘルメットのような不格好なスタイルにしていた。おそろいの流行遅れの眼鏡は、卒業アルバムのおふざけ写真を連想させる。ライバルの生徒の写真に黒いペンで野暮ったい眼鏡を描いたかのようだ。背格好もまったく同じだった。身長は百五十センチに届かず、太っている。ストライプのTシャツ、ショートパンツ、サンダルという服装だが、色が違っていてありがたかった。同色の服だったら、おそらく二人の区別はつかないだろう。

「ここで待っててもらえるかな。わかるね？　ここにいてくれ。どこにも行かないで。ここで待っててくれよ。すぐに戻るから」バークレイは、ウサギやトカゲなど、あまり知能の高くないペットに話しかけるような口調で二人に言った。

それから一直線に私たちのほうに歩いてきた。私はラスティとハロルドから何か連絡はないかと、携帯電話を確かめた。

電話をかけてみようとしたちょうどそのとき、車の音が聞こえて、私は〈通話終了〉をタップした。

ディーゼルエンジンの低いうなりは聞き間違いようがない。私はジョン・F・ケネディ・ストリートの方角を振り返った。公園を覆った闇をヘッドライトが切り裂きながら、救急車より大きな白いCFCのトレーラーが車体を揺らして車道を近づいてきた。木々の下をゆっくりと進む。箱型のメタルルーフと低く垂れた枝がこすれ、黒板を爪で引っ掻くような不快な音が響き渡った。

「よかった。これで始められそうですね。誰に連絡したらいいか、話をしたらいいか、ようやく突き止められそうだ」マリーノと私に近づいてきたバークレイがいかにも権威ありげな口調で言った。「現場の処理や遺体のモルグへの搬送が早くすめば、それだけありがたい」バークレイがそう付け加えたが、マリーノは彼を無視した。

光と影が作る強烈なコントラストに目が慣れてきて、いままでバークレイがいたところ、私たちから少し離れた場所に立っている双子の様子がさっきよりよく見えるようになった。いまは女性の制服警官が付き添っていて、喉が渇いていないか、おなかは空いていないかと尋ねている。エアコンのきいたパトロールカーで待っているのでもかまわないと誘う声も聞こえた。前に双子のほうからそう頼まれたから提案しているような口ぶりだったが、双子は首を振った。このあとどうなるか、私には予想がついた。しばらくしたらあの制服警官が二人を警察署に連れていって、〝デイジー・ルーム〟に案内するだろう。児童の事情聴取のために用意されている、居心地がよくて圧迫感の少ない部屋は、そう呼ばれている。カウンセラーが来て二人と話をし、判断するだろうが、女性の制服警官は、公園の真ん中にいるいまはそのことには触れないだろう。

　二人は虐待された子供と同じように扱われるという説明はしないに違いない。それについては批判的な意見を持たずにいられなかった。自分が関わる事件について個人的な見解を持つのはそもそも不適切ではあるが、より大きな心理的影響を与える物事というものはどうしても存在する。私は責任を果たさない親、責任を果たさない保護者、責任を果たさない飼い主が苦手だ。

　双子の姉妹はまだ幼く、しかも障害を持っているらしい。なのに、付き添いなしに、それも日没後に外出させるとは、いったいどういう人物なのだろう。二人が自宅におず、ここにいることについて、家庭内の誰も疑問に思わないのだろうか。

「用意がよければ、ライトをつけます」バークレイが私たちに言った。承諾を得るというより宣言するような調子だった。

「問題はな、クレイ、ライトをつけた瞬間、ここはナイター照明をつけた野球場みたいになっちまうってことだ」マリーノはわざとらしい口調で言った。頭の回転が鈍くて何の役にも立たないが、素直な男の子に何か言い聞かせる叔父といった調子だ。「野球場を作れば、彼らは絶対に来る〔映画『フィールド・オブ・ドリームス』の有名なせりふのアレンジ〕。だから、ライトはまだつけるな、クレイ」マリーノはことあるごとに〝クレイ〟と連呼した。「だろ、先生？」そう言って私の顔を見る。

「当面は懐中電灯だけで」私はうなずいた。ディーゼルエンジンのうなりが大きく聞こえてきて、まもなく車が停止し、エンジンの音がやんだ。「警察車輛のほかにＣＦＣの移動式司令本部まで来たことに気づかれたら、それだけであっという間にたいへんな騒ぎになるわ」私はフクロウのような目でこちらを見ている双子の少女を見やった。「何か起きたことがすぐにわかってしまう。囲いができるまで、よけいな注目を集めたくないの」

　遺体はいま、通りすがりの歩行者からも、望遠レンズを装着したカメラからも、丸見えであることを私は説明した。ライトのスイッチはまだオンにできないが、ライトなしでは検証ができない。よくあるジレンマだった。私に選ぶ自由があるなら、ライトの明かりがないままこの場で遺体を検証しようなどとは考えないだろうし、検証する前にシートで遺体を隠すわけにもいかない。証拠物件を汚染したり紛失したりするリスクを冒すことはできない。したがっていまの時点では、真っ暗なまま、懐中電灯の光だけを頼りに作業をするしかない。私の視線はまた双子の少女のほうに漂った。どうしても見ずにいられなかった。

体格にそぐわない小さな頭、薄い上唇。顔の中心部は不自然なくらい平らだ。身長があれ以上伸びることはおそらくないだろうし、将来も体重のコントロールに苦しむことになるだろう。捕食性ではない動物、ウマやキリンのように、左右の目は大きく離れている。分厚いレンズが入った眼鏡、補聴器、銀色の歯列矯正器、その他のすべてが、子宮内で何かよくない影響を受けてしまったことを示していた。

母親の胎内で何らかの物質にさらされたのが原因かもしれない。もしその推測が正しければ、言語に絶する悲劇、不注意で残酷な話だ。胎児性アルコール症候群は完全に予防できる。妊娠中は飲酒しない、それだけのことなのだ。あの少女たちは特別支援学級に通っているのだろうか。深刻な機能的障害がなければいいが。この事件の証人として採用することに問題が発生するだろうか。

遺体を発見した経緯について、また何に手を触れたかについて、いまあの二人に質問したとして、その返事をどこまで信用していいのだろう。説得力のある話ができるのか。事実をそのまま答えられるのか。夜に、あるいはどんな時間帯であれ、二人だけで徘徊させる両親や保護者とは、いったいどんな人たちなのか。

風を送られて赤く燃え上がった燃えさしのように、胸の奥で怒りがかき立てられた。まもなくバークレイがマリーノと私のすぐ前に来て、携帯電話のディスプレイに表示したエリサ・ヴァンダースティールの運転免許証を見せた。

「サイクリングコースで発見しました」バークレイは誇らしげに言った。まだ煙が出ている凶器の銃を発見したかのようだった。「もちろん、手を触れたりはしていませんよ。そのままにして、あんたが来るのを待つべきだと思ったから」バークレイはマリーノに向けてそう付け加えた。私は携帯電話に表示された写真を見た。

〈エリサ・アン・ヴァンダースティール。生年月日：一九九三年四月十二日〉。現住所はロンドン。郵便番号は高級住宅街メイフェアのものだ。サウスオードリー・ストリートと言えば、ドーチェスター・ホテルやアメリカ大使館に近い。顔写真の女性は、今日私が二度行き合った彼女に似ているが、同一人物だと断言はできない。

もっと詳しいことが判明するまで、マリーノであれ誰であれ、何か話すつもりはない。死亡時刻を判断するのに、被害者の目撃情報は重要だ。裏づけのない情報をうかつに他人に伝えてはならないと、いつも自分を戒めている。運転免許証の顔写真は、一般的に言って写りがあまりよくないというだけでなく、この写真のエリサ・ヴァンダースティールは、私が会った自転車の女性より太っているからだ。写真の顔は幅が広く、茶色の髪は短い。しかしコンバースのスニーカーを履いていた女性は、痩せて引き締まった体つきをして、髪はポニーテールに結っていた。とはいえ、この写真がどのくらい前に撮影されたものかわからない。このときといまでは、印象がまったく違っているのかもしれない。

「ほかには？」私は尋ねた。「ほかに所持品はなかった？　自転車に乗る人はたいがい、お財布や鍵なんかの持ち物を入れるバックパックやサドルバッグを持ってるでしょう」

クインシー・ストリートで会った自転車の女性がそのタイプのものを持っていたかどうか覚えていないことは、言わない。しかしバークレイは、バッグの類いは自転車に取りつけられていなかったし、近くに落ちたりもしていなかったと言った。

「だからといって、初めからなかったということにはなりませんけどね」バークレイは付け加えた。「犯人が盗んでいった可能性もありますから」

「殺人事件だと決まったわけではないわ」そう何度でも根気強く指摘するつもりだ。

「まだ何もわからないのよ」私は携帯電話をバークレイに返した。

「おまえが到着して以来、何人の野次馬を追い払った？」マリーノは、通報があったことが警察無線で流れて以降の話を尋ねた。

「ほんの何人かですよ。サイクリングコースに入ってきたり、入ろうとしたり」

「そいつらはどのくらいまで近づいた？」マリーノはバークレイと話しながらも、彼の顔をまだ一度もまともに見ようとしていない。

「誰も近くまでは来てませんよ」

「俺たちが知らねえだけかもしれないがな」マリーノは双子の少女のほうに唐突に歩き出した。

「学生が二、三人。正確には三人か」バークレイは遠ざかるマリーノの後ろ姿に向けて言った。「現場を見られる前に追い返しました。ここに遺体があるなんて、わからなかったはずです」これは私に向かって言った。私は、この現場に来る前、バークレイはどこで何をしていたのだろうかと考えた。

15

パラシュートパンツ、ポロシャツ、レザーのハイトップスニーカーという黒ずくめの服装をした彼は、りゅうとして人目を引く。

腰の右側に拳銃が入ったホルスターを、ベルトに刑事のバッジを表向きにして下げたバークレイ刑事は、細身だが筋肉質の体格にケン人形のような顔をし、金髪をクルーカットにして、まるでテレビドラマの主演俳優のようだ。一メートル以上離れていてもコロンの香りが漂ってくる。このタイプなら見慣れている。自称〝やり手〟の男だ。

バークレイ――マリーノ呼ぶところの〝クレイ〟――のようなうぬぼれた若い男を指して、マリーノはもっと辛辣な言葉を使う。この二人が友好的な関係にあるとはとても思えない。想像の及ぶかぎりどんな状況下に置かれたところで、それは変わらないだろう。そんなことに思いを巡らせるうち、ふとバークレイのニックネームについて新たな考えが浮かんだ。より正確に言えば、ある種の警告ではないかという考えが浮かんだ。

「周囲から〝クレイ〟と呼ばれてるの？」私は尋ねた。もっとはっきり言うなら、マリーノ以外にもそう呼ぶ人はいるのかという質問だ。

「あの人がどうして急にそう呼び始めたのか知りませんけどね。きっといつもどおり、僕を怒らせようってつもりでしょう」バークレイは、双子と話しているマリーノを見つめながら言った。「ファーストネームはトム、ミドルネームはデヴィッドです。みんなからはトムって呼ばれてます。どうせいつものくだらないジョークなんでしょうよ。自分じゃものすごくおもしろいつもりでいる。つまらない連想が働けばおもしろいのにとでも思ってるんだろうな。たとえば、手始めに〝粘土《クレイ》〟。次が〝土《ダート》〟。〝プレイ・ドー〟かもしれないな〔プレイ・ドーは玩具の粘土の商品名〕。僕が何かしくじったりしたら、〝泥《マッド》〟とでも呼ばれるんでしょう。重犯罪捜査課の刑事に昇進した人間に対するいやがらせですよ」バークレイは肩をすくめた。「いじめです」

バークレイはあいかわらずマリーノに鋭い視線をねじこんでいる。マリーノはそれに気づいていないような顔で双子と話し続けていた。しかし、マリーノは気づいている。高校生のようなジョーク、思春期の少年のようなふるまいは、マリーノのとっておきのスキルの一つだし、マリーノはタカに匹敵する鋭い眼力の持ち主だ。バークレイが顔の表情をわずかに強ばらせただけでも見逃さないだろう。彼をクレイと呼ばなくてよかったと私は思った。もし私がそう呼んでいたら、マリーノはおもしろがったに違いない。そもそも〝クレイ〟と呼ぶのはマリーノ一人なのだろう。

しかし今後はマリーノ一人だけではなくなる可能性が高い。バークレイには気の毒なことに、マリーノからニックネームや新しい〝ハンドル〟をつけられたら最後、取り消しは不可能だ。まもなくケンブリッジ市警の全員に、クレイ・バークレイという呼び名が浸透するだろう。その陳腐な繰り返しの名が、本当に彼の名前であるかのように。

「で、お元気ですか、ドクター・スカーペッタ？」バークレイは陽気でなれなれしい調子で言った。パーティか、込み合ったバーで知り合いを見つけたとでもいうようだった。

「現場に誰も立ち入らないように見ててくれてありがとう……」私はそう言いかけた。

「これが昼間だったら、ここより人の目の多い現場なんて、ほかに想像できませんよね」バークレイは言った。私はバッグからメモ帳とペンを取り出した。「しかも、気温三十七度の暑さのなかで現場検証なんて。ありがたいことに、いまは三十一度まで下がりましたけどね」

私は丁寧に、そしてゆっくりと、マリーノから渡されたカバーオールと使い捨て手袋の箱を取り出した。マリーノが近くに置いた鑑識ケースの上にその二つを置く。それからバークレイのところに戻った。懐中電灯の光は、足もとの芝生に向けていた。

「CFCのトレーラーから機材が届いたらすぐに気温を計測するわ」私は言った。本当に言いたいのは、これ以上、不用意に情報をまき散らさないようにしてほしいということだ。

彼はすでにやりすぎている。DNAや歯科治療記録など、正規の手段で身元が確認されたわけではないのに、被害者はエリサ・ヴァンダースティールであると断定した。誰でも入れる公園のサイクリングコースに落ちていた運転免許証は、身元を断定する根拠にはならない。それにはほど遠い。

　被害者は暴行されている、これは殺人事件だとも言った。まだ私が遺体を見てもいない状況では、そんなことは知りようがない。しかし何より危険なのはおそらく、少なくとも一人に——マリーノに——遺体はマネキンのように硬直していたと話したことだろう。別の言い方をすれば、死後硬直がかなり進んだ段階だと話したことになる。それは死亡推定時刻に直接の影響を及ぼす。彼は自分の意見を胸にしまっておくべきだった。

　そういった一見悪意のないミスが、のちのち法廷までつきまとう。死亡時刻にはとりわけ注意が必要だ。精密科学ではないが、アリバイの証明には不可欠だからだ。弁護士が寄ってたかってしゃぶりたがるお気に入りの骨とも言え、彼らの手にかかれば、素人はたちまちのうちに私のような専門家証人の証言を疑い始める。経験不足の刑事が死亡現場で私の代役を務められると勘違いしたせいで、私が陪審からの信頼を失うことになるなど、とうてい許しがたい。

　最初に駆けつけた警察官が被害者の死亡を確認するのは適正な手続きではあるが、死後硬直の有無や進行具合を判断するなど、監察医の役を演じるようなことはしてはならないのだ。バークレイには、ネットから入手した情報の扱いについてももう少し用心深くなってもらいたい。天気予報アプリが示したケンブリッジ市の気温を絶対的な真実として受け入れるような真似は、断じてすべきではない。ケンブリッジのどこの気温なのか。たとえば、水辺の木陰と、ハーヴァード・スクエアの焼けた煉瓦壁の近くでは、気温は大きく違うだろう。

「その気温はきっと、電話のアプリか何かで確認したんでしょう」私はあえて間を置いて言った。バークレイがその沈黙を埋めたくてじりじりしていたのは見ていればわかる。「華氏八十八度、または摂氏三十一度という大まかな数値が出てきたのよね？　報告書にその数値は書けないわ。遺体発見現場の気温はわからないわけだから」

「温度計を貸していただければ、遺体の隣に置いてきますよ」バークレイは言った。ひどく攻撃的な態度だと私は思った。

「いいえ、けっこうよ。そういう話ではないから。私の鑑識ケースはまだ届いてないけれど、届いたら、遺体の温度や周辺の気温、とにかくあらゆる温度は私が自分で測るわ」私はゆっくりと落ち着いた調子、自分では中立的と思っている声で言った。「川のそばだから、ここはほかより涼しいかもしれない」大したことではないような口調で付け加えた。

しかしバークレイは、大きな問題であることを察したらしい。馬鹿にされ、批判されたように感じている。彼の気分がめまぐるしく変わるのがわかった。バークレイとは過去に数回会っているが、そのときも同じだったことをふいに思い出した。激しやすいたちなのだ。〝熱い〟か〝冷たい〟か。その中間はない。

「風さえあれば、涼しいかもしれませんね」バークレイは私から目をそらし、川に視線を向けた。高慢の鼻をへし折られたのは明らかだ。「これじゃ息もできませんよ。息苦しくてたまらない」

彼は私に背を向けた。


「遺体が発見された時刻は？」次に私はバークレイにそれを尋ねた。朝までずっと背中を向けていて気がすむのなら、私は別にかまわない。

しばしむっつりと押し黙っていたあと、バークレイはようやく答えた。「通報があったのは四十五分くらい前です。あっと！　ちょっと待ってくださいよ！」

こちらを向き、〝しめた《ユーレカ》！〟とでも言いたげな表情を作った。白い歯が暗闇のなかで輝いた。

「時刻は携帯電話で確認したんでした」一矢報いたつもりでいるようだが、その矢は私にかすりもしなかった。

「それでもかまいませんか。それとも、腕時計で確かめた時刻でなくては信用してはいけませんか」バークレイは訊いた。私は答えなかった。

「通報を受けたとき書き留めた時刻は、一九三〇〇〇時です」軍隊式の時刻表現は理解できないだろうと言いたげだった。

私はその時刻をメモ帳に書き留めた。「グリニッジ標準時《ズールー・タイム》で二十三時三十分ちょうどね。東部標準時で午後七時三十分」それから尋ねた。「無線で伝えられたとき、その電話はどう分類されてた？　無線の内容を正確に教えてもらえる？　メディアはまだこの件を知らずにいるようだから」

「10‐17でした」バークレイは、それはどういう意味かと私が訊き返すのを待っている。しかし私は警察無線の10コードを彼と同じくらいよく知っている。

この仕事について以来、ずっと耳にしてきた暗号だ。10‐17は頻出する一つで、定義は〝通報者のところに急行せよ〟。

「通報者というのは、きっとあの双子の姉妹ね」私は言った。バークレイは黙って私を見つめている。私は〝いやな奴〟と思った。

ボストン周辺の警察無線の周波数を傍受している記者の注意を喚起するようなやりとりはいっさいなかったとバークレイは言った。つまり、これもマリーノにかかってきた怪しい電話は、事件にまっとうな形で関わっている人物からのものではないことを裏づける材料の一つであることになる。バークレイがワシントンDCに置かれているインターポールのアメリカ国家中央事務局（ＮＣＢ）に伝手《つて》を持っているということはまずないだろう。おそらくマリーノの言うとおりなのだという気がした。この経験の浅い刑事はそんなことは考えつかないだろうし、そもそもNCBとは何かさえ知らないかもしれない。警察官だからといってかならず知っているとは限らない。

マリーノが情報を提供したわけではない。もちろん、私でもない。CFCの職員も違う。NCBの捜査官を名乗る人物からマリーノの携帯電話に連絡があった時点ではまだ、CFCの誰もこの事件のことを知らなかったのだから。電話をかけてきた人物は、どれだけ控えめに考えても、何かよからぬ意図を持っているらしいことが明白になりつつある。

「たまたまメモリアル・ドライブにいたので、たぶん三分後にはここに来てましたよ」

なぜ最初に駆けつけたのか、あまり優先順位の高くない要請に応じたのはなぜか、私は尋ねていないのに、バークレイはそう説明した。

通報者のもとに行くようにという要請は、誰かが警察官と話をしたがっているから対応してくれという意味で、通報者はたいがい、何かに不安を感じていたり、腹を立てたりしている。そういった通報の内容はじつにさまざまだ。ほとんどは些細な問題であり、指名されたわけでもないのに、刑事がそのような要請に応じるとすれば意外な話だ。しかしバークレイは重犯罪捜査課に異動してきたばかりだという。やる気に満ちあふれているのかもしれない。暇を持て余しているのかもしれない。

「あの二人が遺体を発見したのね？」私は訊いた。二人と話しているマリーノに視線を注ぐ。話の内容はここからは聞き取れない。「学生なの？　大学生にしては幼すぎるわよね」

いま私が立っているところから見るかぎり、思春期にも達しているかどうかという年齢に見える。おそらく運転免許が取得できる十六歳にもなっていないだろう。

「いいえ、ドクター・スカーペッタ。あの二人は大学生じゃありません」バークレイは答え、メモ帳をめくった。「ドネリー・フィールド近くの学校の八年生だそうです。少なくとも僕にはそう話していましたし、嘘をついたり事実を隠したりする理由があるとは思えません。被害者と知り合いではなかったようです。知らない人だと言ってました」

血の通わない発言だと私は思った。少女たちはおそらく、一生忘れられないような発見をして心が傷ついている。初めは二人を容疑者として見たと言いたいのだろうか。あの双子の姉妹が、自転車で通りかかる人を待ち伏せしたらおもしろいだろうと思いついたのかもしれないと、一瞬でも考えたのだろうか。あらゆる可能性は否定できないだろう。バークレイの小型の懐中電灯はオフになっていた。持っていることを忘れているかのようだ。そのままメモ帳をめくっている。猫のように夜目が利くのか、まもなく目当てのページを見つけた。

双子の家は、マウントオーバーン・ストリートのハイランド・コインランドリー店の近く――バークレイは大きな音を立ててページをめくりながら言った。それなら、ハーヴァード・スクエアからジョン・F・ケネディ・ストリートを経由して川に向かう道筋にも納得がいく。二人は公園の川沿いからアッシュ・ストリートに抜けて帰宅しようとしていたという。全部で一・五キロメートルにも満たない行程だ。

「いつもはマウントオーバーン・ストリートから帰るそうです。そのほうが近道ですからね」バークレイは事情聴取の内容を要約してそう説明した。「しかし今日は暑いので、遠回りでも木陰の多い公園を通ったと話していました。しかもできるだけ川の近くを歩くようにしたと」

「付き添いが誰もいないのはどうして?」私はメモを取りながら確認した。

「ハーヴァード・スクエアのウノから家に帰るところだったそうです。この暑いなか、よくピザなんか食べる気になったなと思いますけどね。今朝のニュースの天気予報では、あさってには猛暑は一段落するそうですよ。一雨降ったら、そのまま一直線に冬です。たしかマイアミ育ちでしたね? これくらいの暑さ、何てことないでしょうね。僕は無理です。慣れない身には我慢できない暑さですよ」

どこの出身なのかと私は尋ねなかった。おそらくこの地方の生まれ育ちではないだろう。話し方に中西部のアクセントがかすかに聞き取れる。

「マイアミには二度行ったことがあるだけです」バークレイは続けた。私はこれにも反応しなかった。

16

私が世間話や軽口に応じるか、バークレイは様子をうかがっている。しかし私はそういったことに関心がない。私の注意は基本的に、少し離れたところで双子の姉妹と話をしているマリーノに向けられていた。マリーノは携帯電話を懐中電灯代わりに使い、双眼鏡や望遠レンズを現場に向けている人物がいたとしても、ほとんど何も見えないような角度に光を向けている。

それでも、私にはマリーノの意図がわかった。マリーノは自分の質問に答える双子の表情を観察しようとしているのだ。双子の姉妹は、マリーノを信頼して心を開こうとしている。マリーノをじっと見上げている二人の様子から、直感的にそう思った。カシの木の枝が作る黒い天蓋の下で、マリーノに寄り添うようにしていた。マリーノの導きで邪悪な森を通り抜けようとしているかのようだった。

「いずれにせよ」バークレイが、私たちがいまいる場所から前方六メートルほどのところ、遺体の左側にあるシャクナゲの茂みを指さした。「あのあたりを見て回るときは用心したほうがいいですよ。証拠をまだ集めてないからというだけじゃありません。あの双子のうちの一人が、あのへんで吐いたからです」

「それはいつの話？」

「僕が到着した直後、歩いてきたときです。一人がうつろな目をして手の甲で口もとを拭いながら、あの茂みの奥から出てくるのが見えました。どっちの子だか区別がつかないし、もしかしたら吐いたわけじゃないかもしれませんがね。ともかく、あの茂みはあまり丁寧に調べないほうがいいだろうなと思いましたよ」

「あの二人が遺体に手を触れたかどうかはわかる？」私はもっとも重要な点を確認した。「具体的に何をしたと話してた？」私は携帯電話で時刻を確認した。ディスプレイの輝きは、暗い部屋で見るテレビ画面のようにまぶしい。

午後八時二十二分。メモ帳に書き留めた。

「僕が来たとき、この近くには誰もいなかったし、あの二人も遺体のそばにはいませんでした。少なくとも五メートルは離れてたと思いますよ」バークレイは言った。「心底震え上がってる様子で、あれには触ってないと言ってました。五回か六回は確認したと思いますが、二人とも触ってないと答えた。一番近づいたときでも、一メートルくらいのところまでだそうです」バークレイは両手を一メートルほど広げて見せた。まるで言葉で聞いただけではその距離が想像できないだろうとでもいうようだった。

「あれ？」私は訊き返した。

「死んだ女性のことです」

バークレイは被害者を物扱いし続けた。私のことは、ここにいる資格のない劣った人間のように扱った。もうしばらくは黙って聞いていよう。あとで軽く注意することにしよう。無償のアドバイスをいくつか与えておこう。

「あれのすぐそばまで行ってよく見たあと、すぐに離れた。きっと死ぬほど怯えたんでしょう」バークレイが言った。「それきり二度と近づかずに、警察に通報した」

双子の姉妹はおそろいのバックパックを背負っている。あの中に何が入っているのか、私には想像もつかない。しかしこうして見るかぎり、二人のいずれも携帯電話は持っていなかった。

「どうやって助けを求めたの?」私は訊いた。

「さあ、知りません。九一一をダイヤルしたんじゃないですか」私を馬鹿にしているつもりか、バークレイはそう答えた。

「九一一に通報があったことは知ってる。聞きたいのは、少なくともどちらか一人は携帯電話を持っているはずではないかということ」

「さあ、どうかな。あの二人の所持品は調べてませんから」バークレイは言った。「こうしましょう。デイジー・ルームに行って、二人の注意をよそにそらすことができたら、あのバックパックの中を調べてみます。きっと携帯電話がありますよ。ほかにもいろいろ出てくるでしょう」

私は遺体発見時に話題を戻した。バークレイの説明は、私がすでに知っている内容ばかりだった。双子の姉妹は家に帰ろうとしていて、サイクリングコースの少し先に何かあることに気づいた。

「そこで近づいてみた」バークレイは言った。「初めは誰かが自転車で事故を起こしたのかと思ったそうです。暗くなりかけた時間帯でしたからね。街灯の柱か何かに衝突して、頭をぶつけた。その拍子にヘルメットが脱げたんじゃないかと。血が見えたし、女性はまったく動かなかった」

「〝初めは〟というのはどういう意味？」双子の姉妹に話を聞く前に、バークレイの言動がどこまで少女たちの証言に影響を与えた可能性があるか、知っておきたかった。

「初めは自転車の事故だと思ったということ？　あの二人はそう証言してるの？」

「いまはそうは考えてないと思いますよ。誰かが何か悪いことをした結果だと考えてる」

「血が見えたし、女性は死んでるとわかったわけよね？　そうわかるくらい、近くでよく見たということ？」私は訊いた。双子の少女たちが殺人を疑っているのだとすれば、これは殺人事件だとバークレイが決めつけているからだろう。

バークレイは、これは殺人事件だと迷いなく断言した――性的暴行が招いた殺人事件だと。

「公園はほとんど真っ暗よ。遺体の周辺はとくに真っ暗」私は指摘した。「あの二人は懐中電灯を持ってるの？　だって、そうでもなければ、遺体の様子なんてほとんど見えないと思うから」

「あのバックパックのどっちかに入ってるのかもしれませんよ。死んでるのは間違いないって話してました。死んでる臭いがしたって」

「それは興味深いわね。でも、どういう意味？」

「もう一つ、ヘアドライヤーみたいな臭いもしたって言ってました」バークレイはそう言ってにやりとした。

「それもどういう意味かわからない」私は応じた。バークレイは笑った。

「わかるわけないでしょう。だって、〝知恵遅れ〟の子供の話ですよ」

「二人のＩＱを調べるのは私の仕事ではないし、あなたの仕事でもない。それに、いまみたいな差別語を使うのはよくないわ」私はあいかわらずマリーノを見ていた。マリーノは写真を撮り、番号のついたカラーコーンを地面に置いた。私はバークレイを激しい言葉で非難したい衝動をかろうじて抑えつけた。「あの姉妹はきっと、何か伝えたいことがあってそう話したのよ」私はできるだけ冷静な声で言った。「意味不明なことを言っていると決めつけるより、何を伝えたいのかきちんと確かめるほうが大事ではないかしら」

「血の臭いがしたって話じゃないですかね。熱気で血が温まったら、臭いがしますから。ほら、ちょっと金属的な臭いでしょう。ヘアドライヤーの臭いに通じる。それに、この猛暑です。血はすぐに腐敗し始めるでしょう」

「私と仕事を交換したいというなら話は別だけれど、バークレイ刑事、いまみたいなディテールも口に出すべきではないわ」私は振り返った。砂の浮いた遊歩道を靴やキャスターが踏む音が聞こえたからだ。

「いまみたいなディテールも？　ほかにも口に出しちゃいけないことがあるみたいな言い方ですね」バークレイは言った。もしかしたら今度は私に言い寄ろうとしているのかもしれない。「でも、いいですね。仕事の交換なら、いつでも応じますよ。昔から自分はいい医者になれるだろうって思ってましたから」

低い話し声が伝わってきた。ラスティとハロルドと機材一式は、空中で揺れる二つの光と、影に包まれたキャラバンといった風情だった。二人が鬱蒼とした木立に入り、この広場に続く遊歩道を歩き出したのがかろうじて見分けられた。

二人は両手が空くよう、炭鉱労働者のようなヘッドランプで足もとを照らしながら、それぞれ台車を押してくる。鑑識キットや箱、砂袋、人目をさえぎるためのバリアなど、たくさんの資材を運んでこようとしていることは、見るまでもなくわかった。バリアは組み立て前の状態で、遺体搬送袋に似た細長い黒の袋に詰めてある。バンジーコードで固定された荷物の黒い輪郭が近づいてくる様は、暗黒のサンタのそりががたごとやってくるところを思わせた。私はハロルドにメッセージを送った。

〈テープの内側に入ったところで荷物を降ろして。私もすぐに行くから〉

「二十分程度あれば、機材をひととおり設置できると思うわ」私はバークレイに言った。「そのあいだに、私はマリーノと一緒に現場をざっと見て、写真を撮影する。遺体を覆うようにバリアを組み立てる前に印をつけたり、保護したり、保存したりすべきものの確認もすませる。そこまで終わったらライトをつけましょう。バリアの内側なら人目を気にせずに遺体を調べられるから」

「どのくらいの範囲を囲みます？」バークレイは私の搬送チームをじっと見つめていた。

「自転車と遺体の両方を隠せる範囲ね」私は説明した。「これから組み立てるのは、テントのようなもの。あなたは現場検証が初めてかもしれないから言っておくけど、事前に考え抜かれた論理的な手順で一つずつ進める必要がある。それぞれのプロセスが次に影響しないように考えられた手順で」

私はマリーノと話をしている双子の姉妹を見た。次にいま私がいる場所から五、六メートル先に転がっている自転車や、そこからさらに三メートル以上向こうに横たわっている遺体を見た。いつもなら、"高高度偵察"——予備的な観察——さえ終えれば、現場の状況やそのあとの手順などがだいたい理解できる。しかし今回の現場は矛盾の塊だ。秩序に欠けている。偶然の寄せ集めといった感じだ。まるで何者かが、完成形を頭に描けていない状態ででたらめに現場の偽装を試みたかのようだった。

被害者が自転車から落ちたのだとすれば、遺体が三メートルも離れた位置にあるのはおかしい。自転車が馬のように乗り手を振り落とすことはないからだ。たとえ振り落とすことができるとしても、いま私が見ている光景は矛盾する。ヘルメットが、倒れた自転車から遠く離れて転がっているのはなぜか。チンストラップをきちんと締めていなかったのだとしても、やはり説明がつかない。女性は即死したと思われるが、それほどの勢いで頭部をぶつけたのはなぜか。それに、両腕を上げ、脚を大きく開き、肘や膝をほぼまっすぐに伸ばした姿勢、そう、両手両脚を大きく開いてジャンプした瞬間のような姿勢で息絶える状況は想像がつかない。

「そろそろ遺体を見ますか」バークレイが訊いた。私がいま望んでいるのは、傲慢な新米刑事に邪魔されずに考えをまとめることだ。

「あなたは当然、遺体には手を触れていないのよね。動かしていないんでしょう？」私はかちりと音を立ててボールペンのペン先を引っこめ、話を締めくくるようにそう確認した。

「ええ、さっきも言ったでしょう。触っていませんよ。脈は確認しましたけど。死んでしばらく時間がたってるのは間違いなさそうですしね」

「脈を確かめた？　どこで？」

「手首です。右手だったと思います。ちょっと持ち上げて脈を探しました。腕は硬くってましたよ。それだけです。ほかには何もしてません。みんなにそう言ってるんですけどね。遺体は動かしてないって」バークレイは言った。私は〝みんな〟というのは誰のことだろうと思った。

マリーノに目をつけられると、彼一人がいるだけでも何十人分かに感じられるだろうことは想像できるが。

「応援が来たとき、死んでだいぶ時間がたってるのは間違いないと伝えた？」

「ええ、意見は伝えましたよ。もう硬直してるって伝えました。まだ冷え切ってはいませんでしたが、まあ、目玉焼きでも作れそうな暑さですから」

「一つ覚えておいたほうがいいわ、バークレイ刑事。証拠の裏づけのない意見の発信源にならないことが重要よ」置き土産として、私はひとことだけ説教をした。無料のひとことアドバイスだが、もちろん彼はありがたく受け取ったりはしないだろう。

「悪気なく意見を言っただけだとしても」真剣に言っていることを伝えるために静かな声で付け加えた。「口を開く前によく考えること。あなたが何を聞いたか、何を見たかは関係ない。あなたがどんな確信を持っていようが、関係ないの。口を開く前にもう一度よく考えること。三度でも四度でもよく考えてみることよ」

「僕にだって自分の意見を持つ権利は――」バークレイはそう言いかけたが、私はさえぎった。

「科学や医学、そのほか自分の専門外の分野に関して、その権利はないの。自分が見聞きしたことを報告書には書いても、それを根拠に解釈を加えたり、判断したりしないように忠告するわ」私はバークレイの目から視線をそらさずに言った。「無責任な発言をしたり、誤った情報を発信したりするのは、弁護士に餌をやるようなものだから」

「僕はただ、硬直してた、つまり死んでから時間がたっていると伝えているだけで……」

「麻痺でも硬直はするわ。だからと言って死んでいるということにはならない。もう一度言うけど、勝手な解釈をしたり、私見をはさんだりしないで――とくに医学や法医学に関することでは」

「僕はこの目で見たんですよ。つまり、僕は事実を述べているんであって、私見じゃない」バークレイは弓の弦のように張り詰めた調子でまくし立てた。「それに、臭いもしてたかもしれない。腐敗しかけた血液の臭いがしたかもしれない」敵意に満ちた沈黙の後、次の矢を放った。「噂の意味がこれでわかりましたよ。さっき無線で流れてた話はこういうことなんだな」

どういう意味かと訊き返さなかった。察しがつくような気がした。私がブライスと口論をして治安を乱したという九一一への通報を不快な気持ちで思い出した。もしかしたらバークレイはあの通報の件を知っているのかもしれない。市警の全員に知れ渡っているのかもしれない。あなたはあっちで待機していてと指示して、私はバークレイとのやりとりを終えた。あっちというのは、私から思い切り離れた場所という意味だ。

バークレイはマリーノと双子の姉妹のほうに行った。〝クレイ〟という名ではない粋がった刑事は、私に悪感情を抱いている。それは火を見るより明らかだった。といっても、気にするようなことではない。入れ違いにマリーノが私のほうに戻ってきた。さっき自分のSUVの荷台から降ろしてここまで引きずってきた、ペリカンの黒いキャスター付き大型プラスチックケースのそばにしゃがみこむ。

「バークレイ刑事から目を離さないで」私は小声で言った。「新米なのに、もう自分一人で何でもできる気になってる。そういう思いこみはきっとこれからひどくなる一方よ」

「あいつのことなら、あんたより俺のほうがずっとよく知ってる」マリーノはケースの向きを変えて留め具をはずした。「年上の女には妙な態度を示す。歪んだマザコンだな。気をつけたほうがいい」

「私は彼のお母さんに似てるの？」

「おばさんかもしれねえし、母親かもしれねえ。とにかくあんたはあいつより年上だから」

「だからって、母親とかおばさんに似てることにはならないでしょう。それを言ったら誰だって同じよ」

「俺が言いたいのは、あいつは女にもてるつもりでいるが、この俺とは違って、女が好きってわけじゃねえってことだ。女好きってわけじゃない」マリーノはケースの蓋を持ち上げた。

現場の鑑識に必要なものが几帳面に整理されて詰まっている。マリーノはカメラを取り出した。フラッシュと、取り外し可能なショルダーストラップがついている。次に使い捨てのシューカバーを自分の靴にかけ、大きな手に手袋をはめた。

「あんたにはでかすぎるだろうけど、先生」マリーノはそう言ってシューカバーと手袋を一組ずつ私に差し出した。

私は輪ゴムを二つもらってシューカバーのサイズを半分くらいに調整した。これなら歩いていて脱げたり、反対のカバーを踏んでしまったりせずにすむ。ＸＬサイズの手袋をはめた。指先が二センチ以上余った。

「行こうか」マリーノが言い、私たちは第二段階に進んだ。現場の外周から一歩内側に入る。ここではまだ、シューカバーと手袋以外の防護服は着けない。

何かを踏んだり、動かしてしまったりしないよう注意していれば、現場を汚染するリスクはない。ごくまれな例外を除いて、現場の中心部分が保護され、ライトのスイッチを入れるまでは、証拠物件の収集はしない。砂の浮いた遊歩道や両側の木立や草むらに懐中電灯の光を向けながら、小さな広場に足を踏み入れた。

一歩進むごとに、何か見つけたような顔でマリーノは足を止めた。そのたびに地面に顔を近づけ、何でもなかったというように低くうなり、写真を撮る。シャッター音が何度も聞こえた。目のくらむようなフラッシュの光にめまいを感じながら、いつもどおり互いに協調の取れた動きを繰り返す。それは体に深くなじんだ手順だ。テニスラケットを適切に動かしてボールを打ち返すような。相手に何かを指示しなくてはならないような場面はめったに生じない。

「止まって」私は明かりのついていない街灯柱のシルエットが暗闇のすぐ先にあることに気づいて言った。広場の外周近く、鬱蒼とした木立がまた始まる少し手前、ひっくり返った自転車のそばだ。

黒い鉄の柱のてっぺんのランタン部分は真っ暗だ。私たちはそこに懐中電灯の光を向けた。ガラス扉は大きく開いていて、なかの電球は砕けていた。足もとの芝生に懐中電灯を向けると、ガラス片が光を跳ね返した。自転車の周囲もきらきらと輝いた。

「この位置から見ると、自転車は街灯柱に衝突したようにも見えるわね」私は言った。

「バークレイの推測が正しかったということかも」

「あいつが正しかったことなんか、これまで一度もねえよ」マリーノが苦々しげに言った。

　自転車に乗っていた人物は、おそらく、前が見えなかったせいで事故を起こしたのだろう。しかし、それでは地上三メートルの高さにあるランタン部分の中の電球が壊れたことに説明がつかない。遺体がこの近くにないのもおかしい。

「さっぱりわからねえな」マリーノは街灯柱のてっぺんのランタン部分の黒い鉄枠を見上げた。「誰かが点検用のガラス扉を開けて電球を割ったってことか？」

「ガラス片が広範囲に飛び散ってるのも変よね。だって、ガラス扉を開けて電球を割ったんだとしたら、そうはならないでしょう？　それに巨人でもなければ、ガラス扉を開けようにも、あのランタン部分に手が届かない」

「俺もいまちょうど同じことを考えてたよ。ガラスがそこらじゅうに散らばってるのはなんでだ？　電球を銃で撃ったんなら、ランタン部分のガラスも割れてなくちゃおかしいし、それは石を投げたって一緒だ。はしごを上ってって、石で電球を割ったってんならわかるがな」マリーノはそう言いながらも、懐中電灯の光をあちこちに向けて石を探している。「ただ、電球がいつ割れたか、それもわからねえわけだ」

「電球が割れてたら、公園側がいつまでも放置しておくとは思えない」私は言った。

「この真下あたり、被害者が襲われて自転車が倒れた地点は、ますます暗くなってたってのは確定だな」マリーノが言った。私たちは懐中電灯の光を至るところに向け続けていた。「となると、何がしてえんだかわからねえような奴がまず街灯の電球を壊したわけだ。柱をよじ登ったのかもしれねえな。どこのどいつだかわからねえが。そのあと、死んだ女性か、別の誰かが通りかかるのを待った。この状況からすると、そういうことだろうよ。つまり、あらかじめ計画されてたってことになる」

「街灯は前から壊れてて、女性は事故を起こしたという可能性もあるわ」事故だとは私も思わないが、先入観を持っては危険だと指摘するつもりでそう言った。「何者かに襲われたとはまだ断定できない」私は何度も同じことを言っているが、誰一人として耳を貸さない。

また一歩進む。さらに一歩。もう一歩。そうやって、横倒しになった自転車から一メートルほどのところまで近づいた。遺体はそこからさらに三メートルほど先に横たわっているが、私の目はすでに、遺体を引きずった痕跡を認めていた。

「やっぱり！」私はつぶやいた。バークレイの主張とは裏腹に、まさにこういう発見をすることになるのではないかという予感があった。「誰かが遺体を動かしたのよ」

17

それを探すことに慣れていれば、土の地面や草木の乱れたところを見つけるのは簡単だ。不注意からであれ故意にであれ、足で踏まれたり乱されたりしたことを示す痕跡がないかどうか、私はいつもなかば無意識のうちに探している。

引きずった痕跡は、何者かが遺体を少しだけ動かしたことを示す。この現場には奇妙な点が多いが、そこにまた一つ不可解な事実が加わったことになる。遺体の上半身は草の上にあり、腰から下はサイクリングコースにある。サイクリングコースの砂の浮いた表面に残る痕跡は長さ十数センチほどで、遺体が履いているローカットのソックスの下で終わっている。第一印象としては、少なくとも一人の人物が遺体を引きずろうとしかけたものの、邪魔が入ったか、何らかの理由で中断したように見える。それに遺体の靴はどこにあるのだろう。

亡くなったときには身につけていたと仮定するなら、シャツと同様、靴も消えているようだ。この現場のどこかで見つかるのかもしれない。ライトをつけてちゃんと見えるようになれば、たくさんのものが見つかるのかもしれない。夕暮れ時に会った自転車の女性の、青緑色のヘルメットがまた頭に浮かんだ。

あのときはスニーカーを履いていた。亡くなった女性がコンバースのスニーカーを履いていなければいいがと、私はずっと祈り続けている。いまのところどちらとも言い切れない。遺体の女性が履いていた靴が近くに見当たらないからだ。この女性は、自転車の女性とは違って、青いペイズリー柄のバンダナを首に巻いていないし、ゴールドのネックレスも着けていない。しかしその二つにも何か起きたということかもしれない。いますぐ遺体のそばに近づき、恐怖が入り交じってふくらむだけふくらんだ好奇心を満たしたいところだが、意志の力でどうにかその衝動を抑えつけた。

すぐそばまで行くことはできる。懐中電灯で遺体の顔を照らして、イギリス風のアクセントで話すあの女性かどうか、確かめようと思えばできる。自転車の女性と、この遺体はいずれもエリサ・ヴァンダースティールなのかどうか、それで確かめられる。しかし良識が衝動に勝った。最後には遺体にたどりつくにしても、一度に少しずつ、忍耐強く、慎重に進む必要がある。暗闇の奥で何が待っているか、知らないつもりで進まなくてはならない。何が待っていようと私には関係ないふりをしなくてはならない。自分が扱う遺体、調べる遺体に対して、いかなる感情も抱いてはいけないし、いかなる反応も示してはいけない。といっても、私だって感情は抱くし、反応も示す。

ハロルドとラスティのほうを振り返った。二人は少し離れたところで台車の荷物を降ろしたり、大きな黒いビニールバッグのジッパーを開けたりしている。二人の低い話し声も聞こえていた。

「ちょっと貸して」私は自分の小型懐中電灯とマリーノの大型懐中電灯を交換してもらった。

サイクリングコースの真ん中にしゃがみ、ここに残されているかもしれない証拠物件を損なったり動かしたりしないよう気をつけながら、周囲を観察した。明るさ六千ルーメンの懐中電灯は金属製で、重量はゆうに一キロを超えている。広角レンズが拡散させる六灯のLED電球の光は、サイクリングコースを明るく照らし出した。踏み固められた土に含まれる水晶やシリカの粒がきらめいた。

それらの粒は、光が触れると、まるで生きているかのようにきらきら輝いた。自転車の下や周辺に光を向けた。割れたガラスの大小のかけらがその光を反射する。私はゆっくりと慎重に懐中電灯の光を周囲に巡らせながら、注意深く観察した。現場に人が立ち入ったら最後、元には戻せない。汚染をなかったことにはできないのだ。ほかの全員をいらいらしながら待たせることになろうと、私は可能なかぎり時間をかける。懐中電灯の光を自転車の奥に向けた。そのさらに三メートルほど先に遺体がある。

遺体のかかとが砂の浮いた地面を引きずられた跡が、さっきより明瞭に見えた。短い距離だが、確かに引きずられている。見たところ最大で二十センチくらいだろうか。バークレイ刑事が格闘の痕跡と誤って解釈したものはあれだろう。遺体はくるぶし下までの丈の灰色っぽい靴下を履いている。私が会った自転車の女性が履いていたものに似ているが、もっと近くでよく見てみるまでは同一のものとは断定できない。

「ここで何が起きたかわからないけれど、いやな感じがする」私はマリーノに言った。

「何かがものすごく奇妙だわ。ガラス扉が開いたままで電球が砕かれた街灯の真下、ガラス片が散らばったここで、自転車ごと転倒したように見える。でも、遺体はあんなに遠くにあるのよ。それにソックスで自転車に乗るとは思えない。もっと近くで見たいわ。あなたはここに残ってもらえる？　写真を撮ってて」しゃがんだままだった私は立ち上がった。

それから歩き出した。応急的にサイズを合わせたシューカバーがこすれる音がする。懐中電灯の光をサイクリングコース沿いに動かして、遺体のあるほうを照らす。一メートルほどの距離まで来ると、乱れた長い茶色の髪が見えた。若く魅力的な顔、少し上を向いた鼻、優しい線を描く顎、透けるように白い肌。軽く開いた唇に土がついていた。まぶたは少しだけ開いていて、うつろな目がぼんやりと見上げている。夕暮れ時にはかけていたサングラスはなくなっていた――この亡くなった女性と、私が会った自転車の女性が同一人物だとしての話だが。

同一人物かもしれないと私は思い始めている。とはいえ、断定はまだ避けていた。しかし直感は同じ人物だと告げている。まぶしいくらい明るい光に照らし出されたショートパンツは明るめの青で、ソックスにはピンストライプが入っていた。首の下の芝は血で濡れていた。ここから見るかぎり、大量ではない。遺体の顔に打撲傷や裂傷などは一つもなかった。地面を転がってついたような、土と植物の破片が付着しているだけだ。

　しかし両腕の位置は雄弁だ。両腕は頭上に持ち上がり、左右に大きく開いている。掌は空を向いていた。手首をつかまれて引きずられたのではないかという私の推測を裏づけている。激しく動揺したとき、人はいろんなことを見逃す。その証拠を目の当たりにするたび、私は驚きを新たにする。引きずった痕跡を消したり、遺体の姿勢を変えたりして、遺体に何らかの手が加えられたことがすぐにはわからないようにしておくのは簡単だろうに。私はまた双子のほうを見やった。二人の目は私をじっと追っていた。あの子たちは嘘をついているのではないかという気がした。

　バークレイによれば、遺体には近づいていない、せいぜい一メートルくらいの距離までしか近づいていないと二人は主張している。しかし、誰かがもっと近づいている。複数の人物かもしれない。同じような体力の人物が二人来て、遺体の腕をそれぞれつかんで引っ張ったが、すぐにやめたということかもしれない。六メートルも先に転がっているヘルメットのことをまた考えた。ヘルメットは浜に乗り上げたカメのように、芝の上に逆さまに落ちている。誰かがあそこに投げたのだろうか。靴やシャツはどうしたのか。サングラスは、ネックレスは、首に巻いていたバンダナは？　どれも身に着けたままだったとするなら、いまはどこにあるのだろう？

光を自転車に向けて、その周囲をゆっくりと一周した。タイヤ、青いアクセントとレーシングストライプが入った白いフレーム、ゲル入りのサドルに傷などがないか、目を凝らす。へこみやひっかき傷はない。しかし、ほぼフラットな形をしたハンドルバーに取りつけられた、黒いプラスチックの携帯電話ホルダーは空っぽだった。電話機を固定する留め金が開いている。電話機自体はどこにもない。私はいやな予感に襲われた。これまで以上に強烈な感覚だった。それはまもなくみぞおちに落ちて痛みに変わり、沈むような感覚が続いた。私はゆっくり深い呼吸を一つした。

今日、二度出会った女性についての思考が暴走を始めないようコントロールしつつ、いままさに高波のように押し寄せてこようとしている不可避の事実に備えて、足をしっかり踏ん張ろうとした。この自転車には間違いなく見覚えがある。あの若い女性が乗っていた自転車を意識して観察する理由はとくになかったが、淡い色か白のフレームに青い模様が入っていたことははっきりと覚えている。その模様が、かぶっているヘルメットの色と同じ、緑がかった青だと思ったことも覚えている。イロハモミジの木のそばの草の上に投げ出されたヘルメットに、懐中電灯の光をふたたび向けた。

「奇妙よね」私はマリーノに言った。ついさっき見た運転免許証のエリサ・ヴァンダースティールの顔写真を思い浮かべる。「ヘルメットは遺体から六メートルも離れたところに転がってる。どうして？」

「抵抗したときに飛んだとか？　襲われて逃げようとしたのかもしれないな」マリーノは言った。しかしこれまで見たかぎりでは、女性が抵抗したり逃げようとしたりした形跡はどこにもない。

「双子の姉妹があそこに投げたとか。でも、そうだとしたらなぜ？」私は言った。「それに、あの二人が被害者のシャツを脱がせるとも思えないわよね。でもシャツはどこ？靴は？」

携帯電話、バンダナ、ネックレス、サングラスのことは言わなかった。この女性と会ったことがなければ知りえない情報だからだ。そのことをマリーノに伝えるつもりはまだない。たとえごくわずかであっても、この遺体の女性に会ったというのは私の勘違いだという可能性は否定できないからだ。もし勘違いであれば、マリーノを誤った方角に誘導してしまう。法廷でその点を突かれることになるかもしれない。私は懐中電灯の光を前方に向け、遺体を引きずった形跡がある以外、自転車と遺体の周辺の地面が荒らされた様子はないようだと言った。

「これまでのところ、誰かに追跡されたり格闘したりしたことを示すものは、血痕を含めて何一つなさそうよ」私は説明する。「何度でも言うけれど、見つかったものはどれも矛盾だらけよ。カオスだわ」

そのとき、懐中電灯の光が何か光り輝くものの上をかすめた。光沢のある糸が絡まったようなものが二本、数センチの間隔を置いてサイクリングコース上に見えていた。

それぞれ十五センチから十八センチくらいの長さだった。私たちが見つけたものは、ちぎれた繊細なゴールドのチェーンだとわかった。

「ネックレスのチェーンかも」私はマリーノに言い、横倒しになった自転車のほうを振り返った。

自転車は私たちの背後、ほんの数メートルほどのところにある。私はちぎれたチェーンが落ちている周囲の地面に目を凝らし、争いや格闘の痕跡を探した。しかし未舗装の薄茶色の地面はなめらかで、トラブルの跡はない。劇的なできごとなど何一つ起きていないかのようだった。

「引きちぎられたネックレス。ずっと前からここにあったようには見えねえな」マリーノはまた一つ小さな証拠物件マーカーを置いた。〈7〉の番号が振られた青いカラーコーンだ。「何かぶら下がってたのかな。ロケットとか、十字架とか、見た感じ高価《たか》そうなもの。単なる記念品として持ち去られたって可能性もあるぞ」

「ありえるわね」私は応じ、チェーンの周囲に目を走らせて、ペンダントやリング、チャームなど、ネックレスの一部だったものが落ちていないか確かめた。

たとえば、あの自転車の女性が着けていたような、スカル。あれは目立つから、劇場と歩道上で会ったとき私の記憶に残っていた。ゴールドのスカルが下がったネックレス。漫画風のコミカルなデザインのスカルだった。自転車を漕いで行ってしまう前に、女性がスカルを背中側に回したことも覚えている。スピードが出たとき、金属の小さな塊が風で持ち上がって歯にぶつかったりしないようにだろう。

広場を横切った。シャツはやはり見当たらない。あの女性が着ていたのはたしかベージュのタンクトップだった。シンガーのサラ・バレリスの、数年前のコンサートツアーの記念品だと思う。あのタンクトップに似たものはここにはない。しかし、スニーカーは見つかった。片方はすぐそこに、もう一方はずっと先に転がっていた。オフホワイトのコンバース。たったいまあわてて脱ぎ捨てたとでもいうように、靴紐はきちんと蝶結びにされたままだ。

身元はまだ断定できないとしても、亡くなったのは、私が今日、劇場で会い、そのあとファカルティ・クラブでもまた会ったあの自転車の女性であることはもう、ほぼ間違いないだろう。それでも私は自分を抑えつけた。反応してはいけない。いまここでしていることについて、個人的な感情を抱いていることを悟られてはならない。目印のカラーコーンを設置し、要点を書き留め、写真を撮りながら、私は心を決めた。マリーノにだけは今のうちに伝えておくべきだ。

「証拠があるわけじゃないし」私は言った。「重要なことかどうかもわからない。だけど今日、この女性に会ったかもしれないわ」

「おい、冗談だろ」マリーノは立ち止まり、頭が五つある生き物に遭遇したような目で私を見つめた。

私は手短に説明した。アメリカン・レパートリー劇場で会い、次にファカルティ・クラブのすぐ前でも会ったこと。

「歩道で会ったときはベントンもその場にいたわ」私は付け加えた。「六時四十五分ごろだと思う。ちょうど日が沈むところだったから。でもまだ暗くはなかった」

「同一人物なら、双子の姉妹が発見したときは死んでからまだほとんど時間がたってなかったことになるな」マリーノは言った。「九一一に通報があったのは七時三十分ごろだ」

「バークレイの話の筋が通らないのは、だからよ」私は応じた。「死後一時間も経過していない時点で脈を確認したなら、死後硬直は完成していなかったはずだし、すぐにわかる段階にも進んでいなかったはず」

私は双子の姉妹のほうを振り返った。バークレイと話している二人はそわそわしている。こうして見てもやはり、マリーノと話をしていたときと比べて、見るからに落ち着かない様子だった。バークレイが二人のところに戻って以来、一組のブックエンドのようにそっくりな姉妹は怯え、疲れ、目を血走らせている。

バークレイが母親のことを何か尋ねているのが断片的に聞こえた。さっきも尋ねたことをまた繰り返して質問しているらしい。双子はそろって首を振った。家に父親がいるのだとしても、その話はまだ一度も出てこない。

「いつもこんな早い時間から寝てるの……？　まだ八時半なのに？」バークレイが言った。

「日による」

「ときどき」

「具合が悪いときは早く寝る」

「家の電話に誰も出ないのはだからかな……？」バークレイが訊いた。二人のどちらがその質問に答えたのか、私には区別がつかない。

「だめ」双子のどちらかが言った。「ママが寝てるところを起こしちゃだめ。きっと怒るから」

「具合が悪いとき、起こすと怒るから」もう一人も言った。あの姉妹はおそらく、母親の世話をすることに慣れているのだろう。

会話の断片が聞こえてきただけだが、家庭に問題がありそうだと察するには充分だった。〝ママ〟が離婚していて、電話に出ない理由が酒に酔っているからだとあとで聞かされたとしても、意外には思わない。双子の娘がまだ帰宅していないことにきっとまだ気づいていないのだろう。私の推測が誤っていればいいのだが。私は携帯電話のロックを解除し、ハロルドに宛ててメッセージを送った。

〈いまからそっちに行く〉

マリーノに向き直って言った。「とりあえず見るべきものは見たと思う。機材の設置に関して、ラスティとハロルドに私たちの意向がちゃんと伝わってるかどうか確認してくるわ。すぐに戻ってくる。もうしばらくすれば防護服を着て、ライトのスイッチも入れられると思う」

マリーノは木立の奥に張られた立ち入り禁止の黄色いテープを見つめた。そこからアメリカンフットボールのフィールド分くらい離れたところで、ラスティとハロルドが待機している。次にマリーノは、十五メートルほど左、広場と木立の境目あたりにいる双子の姉妹を見た。二人の視線は落ち着きなく飛び回り、バークレイは何か話しかけているが、その内容はここからでは聞き取れない。

「俺はまたあの二人と話してみるとするかな」マリーノは言った。

「私もあとで合流する」双子は私たちをじっと見ていた。「発見時に何をしたか、本人たちの言葉で教えてもらえたら、とても参考になるだろうから。あなたさえよければ、見分を始める前に二人から話を聞きたいわ」

「だな」マリーノが言う。「あの二人が何か隠してるのはもうわかってる。たとえば、遺体を引きずった形跡があるのはなんでか。シャツが消えてるのはなんでなのか」

ラスティとハロルドは、CFCの〝おかしな二人〟だ。私が抱える助手のうちでもっとも優秀な二人だが、気が合うらしいのが不思議に思えるくらい、まるで対照的な個性の持ち主だった。

18

サーフパンツにパーカという服装のラスティは、絞り染めやウッドストック・フェスティヴァルなど黄金期を謳歌したヒッピーの生き残りといった風情をしている。一方のハロルドは、元軍人で、CFCに来る前は葬儀社にディレクターとして勤務していた。薄くなりかけた灰色の髪にきちんと刈りこまれた口ひげという風貌のハロルドは、昼も夜もスーツを着ている。しかも、黒やグレーといった控えめな無地にシングルボタンという保守的なデザインのものばかりだ。

「あとどのくらいかかる?」私は二人がこれから組み立てようとしている資材を見やった。懐中電灯の光だけを頼りに作業を進めるしかない。「最大でも二十分くらいで稼働できそうかしら」

「ええ、おそらく」ハロルドがかがみこむ。ラスティもそれに続いた。二人のヘッドランプの光は、ジッパーを開いて広げられたいくつものキャスター付きバッグをなぞった。

バッグには、アルミの折り畳み式フレームやポリウレタン加工の黒いサイドウォール、黒い厚手のポリエステル地の天幕などが入っていた。台車にはほかに、固定用の砂袋やペグ、鑑識キット、使い捨て手袋の箱、ビニール袋入りの使い捨て防護服などが載っている。

このあと必要になるかもしれない飲料水やプロテインバーなどの保存食は、二人が乗ってきた大型トレーラーにまだ積んだままなのだろう。私はこのあとすぐトレーラーに行くつもりでいる。喉が渇いているし、この暑さからほんの数分でもいいから解放されたい。それにルーシーに電話しておきたいが、その会話は誰にも聞かれたくない。運転免許証によればロンドン在住のエリサ・ヴァンダースティールという二十三歳の女性について、ルーシーに尋ねてみるつもりだ。集められるだけの情報を集めてもらいたい。できるだけ早く情報収集を始めたい。

身元を特定できないこと自体は問題ではない。いまの時点で、そして私がここまでに見たかぎりでは、身元の確認は形式を整えるためのものになる。それ以外のことはただ困惑するしかない謎だ。続けざまに判明しつつあるほかの不穏な展開も同じだった。少しでも手がかりになりそうな線があるなら、すぐにでもそれをたどるべきだろう。

エリサ・ヴァンダースティールとは誰なのか。なぜアメリカにいるのか。ケンブリッジで何をしていたのか。日暮れ時に川沿いを自転車で走るのを日課にしていたのか。もしそうなら、ストーカーなどの危険人物にも予期できただろう。

「不便でごめんなさい」私は説明した。「でも天からのぞき見されないよう手を尽くす必要があるの。天といっても、神様ではなくて」私は上方を指さした。橋、周囲の建物。事件発生が伝われば、マスコミ各社も取材のヘリコプターを飛ばすだろう。「空を含めて、あらゆる方向から丸見えだから」

「こういう苦労と引き換えに高い給料をもらってるわけですからね」ラスティが言った。いつもの口癖だ。

「死因はもうわかってるんですか」ハロルドが尋ねる。

「まだ遺体を調べるところまでいってないのよ。プライバシーと適切な照明を確保するまで、遺体にそこまで近づきたくないから。でも、少し離れたところからでも、外傷は認められた。遺体は姿勢を変えられたようよ。位置も移動してるみたい」

「それは面倒ですね」ハロルドが言った。「いじられてるというのは確実ですか」

「ええ、引きずった跡があるから」

「くそ」ラスティが言った。「発見したのは子供だとか」

「子供だと、警察を待つあいだに何をするかわからないからね」ハロルドが陰気な調子で付け加えた。

「亡くなった女性の持ち物もいくつか行方不明になってるようなの。ほかのものは現場周辺に散らばってる。ネックレスのチェーンらしきものがちぎれて落ちてて、ペンダントか何か下がってたのかもしれないけど、いまのところ見つからない」ゴールドのスカルのことは伏せておいた。

何を探すべきか、先入観を与えたくない。単なる偶然にすぎないかもしれない経験に基づく個人的な仮説を持ち出したりしないこと、そのせいで捜査に影響を及ぼさないよう用心すること――自分に何度もそう言い聞かせている。私が会ったのがエリサ・ヴァンダースティールだとして、どうなるというのだ？　それが疑う余地のない事実だと判明したからといって、彼女の死や、この現場で発見されるもの、発見されずに終わるものと、どう関係する？

偶然の出会いは事件とは無関係だと自分に言い聞かせても、やはり納得はできない。少なくとも、私は殺害される直前の彼女と会ったという事実が法廷で明らかになって、よいことはないだろう。検察側の論点を補強するということはない。それどころか、弱めてしまう。弁護側は、私の証言を攻撃する材料としてその事実を利用するだろう。私に客観的な判断は期待できないといって責められるだろう。事件発生の少し前に、被害者に一度ならず二度も会ったという事実に影響されている、振り回されていると責められるだろう。

「むしり取られたのかな」私がたったいま話に出したちぎれたチェーンについて、ハロルドが言った。

「ええ、ネックレスが被害者のものだとすれば。おそらくそうだろうけど」私は応じた。

「激しいもみ合いになったようですね。しかも犯人は事後に現場を偽装しようとしてる」ハロルドが続けた。二つのヘッドランプがこちらを向いた。目がくらむようにまぶしい。

「そうね、暴力行為はあった」私は言った。「ただ、もみ合いになったかどうかはわからない。まだ充分調べられていないから。テントの設営がすんだら、もっといろいろなことがわかるでしょう」

「どうするのが一番いいか、相談してました。天井のあるテントがいいだろうってことになって、マリーノにもそう提案しました」ハロルドはいつも丁寧な言葉遣いで話す。葬儀が行われる礼拝堂の入り口で参列者を出迎えるとか、棺のショールームや安置所を案内するのが似合いそうな口調だ。「周辺に何があるかはもちろん知ってます。でも、念のため地図を確認しました」

私は顔を上げ、大学寮エリオット・ハウスの上層階に目を走らせた。明かりの灯った窓から外を眺めている人影がいくつかある。次に橋を見た。どちらの車線も絶えず車が流れている。アルミの部品がぶつかる音、バッグが土の地面を引きずられる音がした。

「解剖は今夜のうちに？」ラスティが訊く。

「ふつうなら明日の朝まで待つところ。でも、今回はふつうじゃないから」私は応じた。

「アンを呼び出しておいたほうがいいかなと思って」ラスティは折り畳み式のフレームをまた一つ持ち上げた。大きくて扱いにくいが、軽量だ。ラスティのヘッドランプは、ギリシャ神話の一つ目の巨人キュクロプスを連想させた。「もし今夜のうちに解剖するなら、いまのうちにアンに連絡しておかないと間に合わないなと」

テントのフレームが少しずつ組み上がっていく様子は、銀色のチューブでできた奇怪なストーンヘンジのようだった。

「搬送の準備ができたら、僕がバンを取ってきます」ラスティは今度は遺体の話をしている。

「どうやって積みこむ？」私は尋ねた。「現場の真ん中にバンを乗り入れるのは無理よ」

「何かを踏みつぶさずに近づけるぎりぎりまでバンで乗り入れます」ラスティが答える。「搬送のタイミングが来たら、搬送袋に入れて証拠品の封印をします。無関係の人間のカメラに撮られるのはそれだけですみますよ。ストレッチャーで運ばれていく、ふだんどおり搬送袋に入った遺体。順調に進めば、午後九時までには受け入れエリアに到着できるんじゃないかと」二人は顔を見合わせてうなずいた。

「僕からアンに連絡しておきましょうか」ハロルドが言った。

アンはCFCの主任放射線技術者だ。遺体はできるだけ早くCTスキャンにかけたい。私は連絡を頼んだ。できるだけ急いでCFCに戻ってほしいとアンに伝えてもらいたい。前倒しで手配を進めるのが賢明だろう。ハロルドに全面的に賛成だ。

「殺人事件だと思ってらっしゃるんですね」ラスティが言った。

「まだ何とも言えない」

「あえて反論するなら」ラスティが続ける。「熱中症で亡くなったという可能性はありませんか。自転車に乗っていて、めまいがして、転倒した拍子に頭を強打した。ここ最近、猛暑が原因の死者が増えてるでしょう。ほとんどはふつうじゃ考えられない死に方です」

「でも、自転車の転倒事故だと、持ち物があちこちに散らばってる理由に説明がつかないな」ハロルドが考えこむような顔で言った。

「誰が持ち物に触ったか、散らばったのがいつかによるよ」ラスティが反論した。「誰かがものを盗んでいったんだとしたら？　小型機の墜落現場でよくあるだろう？　警察の到着が少しでも遅れると、何から何まで持っていかれる」

「ここには当てはまらないだろう。ここじゃそんなことは起きない」ハロルドが陰鬱に言う。

「盗みはどこでも起きる」ラスティは黒いポリウレタンのサイドウォールをまた一枚広げた。

私は遺体の第一発見者の双子について、二人に詳しく話した。誰が何をしたか断定はできないことも。子供なら、ことの重大さを理解できないこともある。長く伸ばしたくしゃくしゃの髪にスカーフを巻き、それをクッションのようにしてヘッドランプを装着したラスティが、いつものゆっくりとした穏やかな声で言った。

「子供はものを動かしたり、くすねたりする。初めはそれがいけないことだとは知らないから」大きなパネルのフレームを組み合わせて固定した。「でもあとで怖くなって、嘘をつく。叱られたらどうしようって、急に心配になるわけです」

「邪魔にならないところで組み立てますよ」ハロルドが言った。私は台車の荷物を見て、いまとりあえず必要なものの見当をつけようとしていた。「ここで大まかに組み上げたあと、目的の場所で最後の仕上げをします。局長が遺体をざっと調べてから。僕らが現場に入っても大丈夫となったころに」

「外周に目印をつけておくわ。自転車と遺体を隠すようにテントを設営して」マリーノに頼んで、スプレー塗料でテントの設営場所をマークしておくからと付け加えた。その範囲になら地面に何を置いてもらってもかまわない。

それから、マリーノから渡されたサイズの合わない手袋と、輪ゴムで無理にサイズを合わせた巨大なシューカバーを取り、真っ赤なバイオハザードごみ袋に入れた。

必要な道具を用意し、鑑識キット——大きくて頑丈なプラスチックの工具箱——を提げた。Sサイズの紫色のニトリル手袋の箱、ソールにすべり止めが刻まれたシューカバー数組、フード付きカバーオールの袋も持った。テント建設プロジェクトはラスティとハロルドにまかせ、私はサイクリングコースをたどってふたたび広場に入った。

懐中電灯の光で足もとを照らす。この一帯はマリーノとすでに観察したとはいえ、証拠物件を踏みつけてしまわないよう注意を払った。すぐ先の地面や周囲に絶えず目を凝らした。何度か通り過ぎてもなお、証拠物件の存在に気づかないこともままあるからだ。これまでのところ、被害者の持ち物以外には何もなさそうだし、見つけたものにはもうカラーコーンの目印が置いてある。公園に新しい証拠物件はない。ごみくずもいくつか目に留まったが、しばらく前から放置されているようだ。

自分の息づかい、砂の浮いた地面を踏む自分の足音がやけに大きく聞こえる。広場に入ると、今度は靴と草がこすれる乾いた音に変わった。橋の上を行き交う車の気配も途切れることがない。ジョン・F・ケネディ・ストリートからも、トラックや自家用車のタイヤの音、オートバイの甲高いエンジン音が聞こえていた。空気は熱く、重たく、そよとも動かない。前方の暗闇から人影が現れ、まっすぐこちらに向かってこようとしていることに気づいて、私は歩く速度を落とした。少し前に見た女性の制服警官が、目的ありげな足取りで近づいてきた。

「ドクター・スカーペッタ？」上ずった声だった。息を切らしているようにも聞こえる。私から一メートルくらい離れたところで立ち止まり、懐中電灯の光を地面に向けた。「探していないものにかぎって見つかってしまうものですよね」半袖の紺色の制服のシャツの胸で光を反射している金属のネームプレートには、〈N・E・フランダーズ〉とあった。

「よくあることよ」私は応じた。「何を見つけたの？」

「先生たちの様子を確かめようとして――何か入り用のものがないか訊きに行こうとしたら」制服警官はラスティとハロルドのほうに視線をやった。「何かあることに気づいたんです。大したことじゃないとは思いますけど、ちょっと奇妙なので。あの茂みで誰か吐いたみたい。つい最近のことなのは確かです」彼女は背後を振り返って指さした。「サイクリングコース沿いの木立の奥。自転車や遺体からそう遠くないところ」

「そういえばバークレイ刑事がちらっと言ってた。双子のどちらかが嘔吐したみたいだって」私は言った。フランダーズ巡査はこのことを知らないらしいという気がした。バークレイが情報を共有しなかったからだ。「通報を受けて駆けつけたとき、双子の一人が茂みの奥から出てくるところだった、吐いたのかと思ったと話してた」

「ええ、誰かが吐いたのは間違いなさそうです」

「私に見てもらいたいということなら、喜んで調べるわ。ちょうどそっちに行くところだったし」

「ライトをつけられるまであとどのくらいかかりそうですか」

テントの設置にはさほど時間がかからないだろうと私は言った。それさえ終われば、できるだけ短時間のうちに遺体をＣＦＣに搬送する。

「こんなこと言っていいかどうかわかりませんけど、あわただしい場所の真ん中に亡くなった人を放っておくというのはどうかという気がして」

「証拠物件を損なってしまうほうが、亡くなった人にとっては大損害だと思うわ」私は言った。

「せめて何かで覆ってあげるとか。シーツか何かで」

「あいにくそれもできないの。証拠物件、とりわけ微細証拠物件を移動したり紛失したりというリスクは冒せないから。レンズを使って遺体の隅々まで調べる前に、上から何かで覆ってしまったら、何がだいなしになるかわかったものじゃないわ」

「まあ、たしかに、もともとかなり長い時間あそこに放置されてるわけですよね。その時間があと三十分くらい延びたところで、何も変わらないかもしれない」フランダーズ巡査は納得したように言った。

「長時間ここに放置されていると思うのはどうして？」

「バークレイがそう言ってましたから」

「根拠のない話を広めないほうがいいわ」私は言った。フランダーズ巡査は懐中電灯の光を私が持っているものに向けた。

「何か持ちましょうか。この暑いなか、重いものを運ぶのはたいへんでしょう」

「いえ、大丈夫よ。市警の人たちも、水が飲みたかったり、ちょっと涼みたくなったりしたら、CFCのトレーラーにどうぞ」

「なかで誰か死んでたりしないなら」フランダーズ巡査が冗談めかして言った。

「CFCでは、職員が休憩したり、飲食したり、仕事をしたりするのと同じ車輌で遺体を搬送することはないから安心して。遺体を搬送するときは専用のバンを呼ぶの」私は説明した。フランダーズ巡査の大きな顔は、きれいでも魅力的でもない。

私の母が〝平凡〟と呼ぶような顔立ちだ。〝平凡〟な女、これといった特徴がない外見の女は、〝醜い〟女よりも惨めだ。母ならそう言うだろう。そのような心ない発言の真意を尋ねると、きわめて筋の通った返事がくる。少なくとも視野の狭い母の頭の中では筋が通っているのだろうし、母と共通した価値観の持ち主である妹のドロシーについてもそれは同じだ。美人は、その必要がないからまったく努力をしない。醜い女は、言うまでもなく、必死に努力する。

そのどちらでもない平凡な女――それは多くの場合〝頭のいい女〟と同義だ――は、努力の必要があるのに、そのことに気づかないか、気づいていても努力を怠る。したがって平凡な女は、教養と魅力という二つのカテゴリーにおいて、それぞれ一着と最下位という特徴を持つ。それは母なりの奇妙な〝ウサギとカメ〟なのだろう。ただ、そこに教訓はないし、本当の勝者はいない。

N・E・フランダーズ巡査は、平凡そのもの、ドロシーならけなすばかりで褒め言葉など一つも発しないような女性だ。年齢はおそらく四十代なかばから後半くらい。胸と腰のあいだの距離が極端にせまく、制服の黒革のユーティリティベルトとローライズのスラックスのせいで、その体形が目立ってしまっている。肩に届くかどうかのボブスタイルにした濃い茶色の髪を耳にかけている。制服の開襟シャツの襟元から白いTシャツがのぞいていた。

「こっちです」巡査は身ぶりで私を誘導した。「雑巾か、布きれか、タオルか、わかりませんけど、私が見たところ、誰かがその上に吐いたようです。一メートルくらいの距離までしか近づいてませんし、もちろん、手は触れていません」

足もとを照らしながら歩いた。自転車を迂回し、サイクリングコースと川のあいだを埋める木立のすぐ手前で立ち止まった。少し前にバークレイが指さしたシャクナゲの茂みだ。フランダーズ巡査の懐中電灯が濃い暗闇の奥を探るように動く。証拠物件を目で確認するより先に臭いが漂ってきた。

「そこです」巡査の懐中電灯の光が、地面近くの枝に引っかかった丸めた布切れのようなものを照らし出した。

私は鑑識キットを下ろし、身をかがめて懐中電灯の光をそこに向けた。巡査が発見したものは、ぼろきれでもタオルでもなかった。シャツだ。オフホワイトかベージュのシャツ。日付の断片とシルクスクリーン印刷された顔の一部が見てとれた。自転車の女性がサラ・バレリスのコンサートの記念品らしきベージュのタンクトップを着ていたことを思い出した。

「写真はまだ撮影していないのよね」私は鑑識キットの留め具をはずした。

「ええ、まだです。懐中電灯を持って歩いていて偶然見つけたばかりですから。ちょうどそこに先生がいらっしゃるのが見えたので」

「マリーノに来てもらわないと」私は片足ずつ持ち上げ、パンプスの上からすべり止め付きのシューカバーを履いた。素足で履いているパンプスはまだ湿ってべたついている。

両手に手袋をはめた。サイズの小さなものだから、今回はきちんとフィットした。透明ビニールの証拠袋の口を開いておき、滅菌済みの使い捨てピンセットを用意した。ふつうなら、ビニールの袋に入れるのは完全に乾いた証拠物件だけだと巡査に説明する。血液や吐瀉物を含めた体液は、バクテリアや真菌の増殖によって分解と腐敗が進み、その結果、ＤＮＡなどの証拠物件が失われてしまう。

そういった事情をフランダーズ巡査に説明していると、姿が見える前にマリーノの足音が聞こえた。シューカバーに覆われた大きな足がサイクリングコースをたどって近づいてくる。

「どうした？」暗闇にマリーノの声が轟く。私は新たな発見を彼に見せた。「被害者のものだって考える根拠は？」マリーノは私に向かって尋ねた。私が少し前に話したことについて彼が触れずにいることに安堵した。

このタンクトップに見覚えがあるかとマリーノは尋ねない。今日、私が二度会ったときの自転車の女性の外見や服装について、覚えていることを話せと迫ったりはしなかった。

「タンクトップよ。湿ってる。どうやら嘔吐物にまみれてるようなの」私は言った。「つい最近、ここに置かれたものだと思う。この暑さだもの、どんなものだってすぐ乾いてしまうでしょうから」

写真を撮り始めたマリーノに私は説明した。汚れがひどすぎて、紙袋に入れられない。ビニール袋に収めておくが、それは仮の処置で、トレーラーでまっすぐＣＦＣに届けてもらうようにする。すべての証拠物件が適切に保存されるよう手配する。付着している証拠物を残らず集めたあと、タンクトップはドライキャビネットに吊しておく。今後このタンクトップをどう扱うか、事細かに説明した。それから鼻と口を医療用マスクで覆った。

「あんたには双子のお守りを頼みたい」マリーノはフランダーズ巡査に言った。「あの子たちに誰も近づけないでくれ。あんたもあの二人に何も訊くなよ。ただそばについてるだけでいい。先生と俺もあとですぐ行くから」

巡査が立ち去り、私はマリーノにマスクを渡した。マリーノはマスクをつけて写真撮影を再開した。

「くそ」マリーノが不満げにつぶやく。動き回る彼の足もとから、低木の葉がこすれ合う音や小枝が折れる音がした。「いつまでたっても慣れられねえものは慣れられねえ。えい、くそ！」

「大丈夫？」

「バスで子供が吐いたときみたいだよな。一人が吐くと、全員が吐く」

「吐くなら袋に吐いて。袋、いる？」

「いらねえよ。もっとひでえ臭いだって嗅いだことがある」

私は使い捨てのピンセットをマリーノに渡した。マリーノはそれでタンクトップをつまみ、シャクナゲの茂みから引き出した。私が広げた透明なビニール袋の上にそろそろと移動する。タンクトップはサラ・バレリスのコンサートの記念品だと一目でわかった。タンクトップは破れていた。コットン地にいくつか裂け目ができている。しかし血痕はない。襲われたとき、あるいは怪我をしたとき、被害者がこれを着ていたのなら、血痕が付着しているのが自然だろう。

マリーノと私は短時間そのことを議論した。辻褄が合わないからだ。

「タンクトップがどうして脱げるかな」マリーノはまだ茂みのあちこちをつついている。「それに、血がついてないわけだろ」

「きちんと調べる必要があるわ。ここでは調べられないけれど」

「あの双子が脱がしたとしか考えられないよな。このタンクトップがほしくなって、脱がせたとか」

「そうだとしたら、裂け目があるのはなぜ？　どうして破れたの？」私はビニール袋のジッパーを指ではさんで閉めた。

「そもそも破れてなかったとは言い切れないわけだよな」マリーノが言った。

自転車の女性のタンクトップが破れていたという記憶はなかった。とはいえ、よく見たわけではない。あの時点では、捜査報告書の必要項目を事前に埋めるみたいに、彼女のことを事細かに観察する理由はなかった。

「ラボで分析すればわかるでしょう」私は言った。

「いまここで確実に言えるのは、タンクトップに複数の裂け目があることと、嘔吐物だらけだということだけ」

「けど、なんでだ？　なんでこの茂みにあった？　答えは一つだ。タンクトップが自分で歩いてここに来たわけじゃねえってことだよ。このあたりの枯れ葉や地面はかなり乱れてる」

マリーノは双子の姉妹のほうに視線をやった。フランダーズ巡査の背中が見えた。彼女の懐中電灯の光が揺れ動きながら双子に近づいていく。

「行こうぜ」マリーノは低木の茂みから出て広場に立った。「いったい何をしたのか、本人たちに訊いてみよう」

19

私はケイ・スカーペッタと自己紹介した。その名を聞いて、双子の姉妹は何の反応も示さなかった。

医師だとは言わなかった。〝ミズ〟とも〝ミセス〟とも言わなかった。私は刑事かもしれないし、児童福祉事務所の職員かもしれない。マリーノのガールフレンドと言っても通るだろう。双子が私をどう思っているのか、自分たちが偶然に見つけた死体について話したいと言って私が現れた理由をどう解釈しているのか、表情からは読み取れない。

「気分はどう？」私は鑑識ケースを地面に下ろして微笑んだ。

「大丈夫」

二人とも頬が紅潮して疲れた様子だったが、エアコンの効いた車で待っていたらどうかと何度言われても、そのたびに断っているらしい。真っ暗で暑い屋外で立って待たされることを気にしていない。もしかしたら、と私は思った。他人に気にかけてもらうことが嬉しいのかもしれない。毎日毎日、からかわれたり、無視されたりしているのではないか。この二人が限度を超えて仲間はずれにされたりいじめられたりしているとしても、驚きはなかった。

「この人はきみらに訊きたいことがあるんだとさ」マリーノが二人に向かい、私を紹介するかのように言った。「話がすんだら、どこか涼しいところで冷たいものを飲んだり、夜食を食べたりしよう。本物の警察署がどんなところか、見てみたいだろう？」

「いいよ」一人が答えた。

「テレビカメラはどこ？」もう一人が訊く。「まだテレビでやってないのはどうして？いつもならテレビでやるよね！」

「いまはまだテレビカメラもレポーターも来てもらいたくないんだよ」マリーノが言った。

「でも、どうして来てないの？」

「俺が責任者だからだよ」マリーノは断言した。「さっきまで一緒にいた女性警官、な？　フランダーズ巡査がパトカーに乗っけてくれるぞ。おじさんが働いてる警察署に連れてってくれるんだ」

「叱られるの？」

「どうして叱られると思う？」マリーノは訊いた。

「人が死んだから」

「誰かが何か悪いことをしたから」

いま一緒にここまで歩いたとき、マリーノから説明を受けた。双子の姉妹は十四歳だ。名前はアニヤとエニヤ、姓はルーメージ。不用品《ルメージ》でなくて幸運だったと思わずにはいられない。この二人には酷な名前だ。そうでなくてもからかわれがちだろうから。私はまた励ますような思いやりに満ちた視線を二人に向けた。うんざりするような暑さのなか、面倒に巻きこまれているのはあなたたちだけじゃない、私たちも一緒なのだと伝えるような視線。もちろんそれはあながち嘘ではない。

「遺体を見つけたとき、あなたたち二人はどこにいたのかしら」わからなくて困っている、二人の助けが必要だというような調子で、私は尋ねた。

「あそこ」ピンク色の服を着たアニヤが指さした。私たちの背後の木立の方角、ラスティとハロルドがテントのフレームを組んでいるあたりだ。

「じゃあ、林の中を歩いてたのね。サイクリングコース沿いにこの広場に向かってた」私は言った。

「そうだよ。そしたらね、自転車が倒れてるのが見えたの」

「次に女の人が見えた」

「ジョン・F・ケネディ・ストリートから公園に入ったとき、誰か見かけなかった？何か聞こえなかったかしら。あなたたちが見つけた時点で、あの女の人はどのくらいあそこにいたのか知りたいの」

公園を突っ切ってここに来るまでのあいだ、とくに何も聞こえなかった、誰も見なかったと二人は答えた。誰かの話し声も聞こえなかったし、悲鳴や、助けを求める声も聞かなかった。二人の説明を聞きながら、私は、ついさっきのマリーノと私のように、サイクリングコース沿いを歩いている二人の姿を思い浮かべた。

広場まで来たところで自転車を見つけ、初めは事故で転倒したのだろうと思ったという。そのころには公園はほぼ真っ暗になっていて、近くにはほかに誰もいなかった。二人の知るかぎり、公園は〝動物がいるだけで〟無人だった。リスか、もしかしたらシカがいたと二人は言った。自転車と女性の遺体を見つけたのは何時ごろだったかと尋ねたが、二人は黙って首を振った。時刻はわからない。

「それからどうしたの？　そのあと何があったか、正確に教えてもらえるかしら」私は言った。二人は許可を求めるようにそろってマリーノを見上げた。マリーノがうなずく。「あの女の人にどのくらいまで近づいた？」私は尋ねた。

「話してやれ。大丈夫だから」マリーノが促す。「この人はお医者さんなんだ。助けようとしてるんだよ」

しかし、それはあまり適切な発言ではなかったようだ。双子の姉妹は遺体のほうをじっと見つめた。医者の手当てはすでに手遅れではないかというように。

「私は警察に協力してる医師なの」私は〝監察医〟〝検屍官〟〝法病理学者〟といった専

門用語を使わずに説明した。「あなたたちが見つけた人に何が起きたのか、それを解明する必要があるのよ。彼女が怪我して亡くなった理由を分析するのが私の仕事」

「自転車で転んだんでしょ」黄色い服のエニヤが言った。「それか、誰かに飛びかかられた。暗くてよく見えなかったから。前が見えないとき、ゆっくり走るでしょ？　そうしたら悪い人が待ち伏せしてて、つかまった」

「暗すぎる」もう一人が言った。

「自転車で公園を走るには暗すぎる？」私は二人の思考の筋道に合わせた。二人がうなずく。

「だったら、きみらはどうして公園を通ろうと思った？」マリーノが訊いた。「公園は真っ暗だろうって、心配にならなかったのか」

「だって、いつも通ってるから」

「いつもじゃないよ」ピンク色の服のアニヤが反論した。「いつもは暗くなったら通らない。でも、お店でピザが出てくるのが遅かったから」

「ソーセージのトッピングなんか頼むからでしょ。あたしはソーセージなんかいらないって言ったのに」

「だって食べたかったんだもん」

「公園に着いたときはもう暗かったんだな。二人だけで公園を歩くのは怖くなかったのか？」マリーノが訊く。二人はうなずいた。

「車には気をつけてる。公園の中なら車は通らない。車が多いところは歩かないようにってママに言われてる」

「でも、雨の日はここには来ない」

「ここを通り抜けるのは、ときどき。冬とか、川のそばは寒すぎるときは来ない」

「暑い日がほとんど」

「具合が悪いとき、ママは何か食べてきなさいってお金をくれるの」

「今日は具合が悪い」

「すごく疲れてる」

「寝てて、起きたくないって言ってる」

私は二人の顔を見比べるようにしながら聞いていた。アニヤからエニヤへ。もしかしたらエニヤからアニヤだったかもしれない。二人とも引き紐のついたストレッチ素材のショートパンツに、裾がチューリップのような形になったTシャツを着ている。私は質問を続けた。それに対する二人の答えは、バークレイの話と一致していた。遺体のそばに近づきはしたが、手を触れてはいない。話しているあいだもずっと、二人の目はあたりを忙しく飛び回っていた。ケンブリッジ市警に通報したあと、どのくらいの時間ここで待っていたかと尋ねたが、二人は答えなかった。私のほうを見ようとせずにいる。

　私はエニヤ、黄色い服のほうの少女に、電話したのはあなたなのと訊いた。するとエニヤは違うと首を振った。

「じゃあ、あなたかしら？」私はピンク色の服のアニヤに訊いた。

「違う」アニヤは勢いよく首を振った。そして二人はそろって私を見つめた。

「電話を見せてもらえるかな」マリーノが言った。「どっちかが携帯電話を持ってるんだろ？　二人ともかな？」すると双子は、二人とも持っていないと言った。「とすると、二人のどっちも警察に電話してねえってことか？」マリーノが訊く。「よせよ。誰かが電話したはずだろ。二人とも電話してねえんじゃ、警察がこうして来てるのがおかしいよな？」

「あたしは警察に電話してない」のろのろして不明瞭な独特の口調でエニヤが答えた。

　明らかな嘘と思しき主張を二人は貫いた。その様子を見ているうち、私の心に疑いが忍びこんだ。そして真相はこうだったのではないかと思いついた。

　公園に人が倒れているという緊急通報がケンブリッジ市警にあったことは厳然たる事実だ。つまり、この二人は電話を使ったことになる。しかし携帯電話を所有していないのであれば、別の誰かの電話を使ったということになるだろう。

　その推測に、サイクリングコースに倒れた自転車をさっと見た際に知った事実を加味した。ハンドルバーに携帯電話ホルダーはあったが、携帯電話はなかった。私が考えているとおり、今日会った自転車の女性がエリサ・ヴァンダースティールだとするなら、自転車でクインシー・ストリートを横断してハーヴァード・ヤードに向かう前に、自分のｉＰｈｏｎｅをホルダーに固定していた。あのあと、ｉＰｈｏｎｅはどうしたのか。その答えがわかったかもしれない。それが当たっているなら、アニヤとエニヤが自分たちは携帯電話を持っていないと言い張るわけにも説明がつく。

二人は本当に携帯電話を持っていないのだ――少なくとも自分のものは。警察に通報したのは自分たちではないと二人は言っている。たしかに、この二人は通報していないのかもしれない。通報するのに使おうとした電話が二人の所有物ではないとすれば――その携帯電話にロックがかかっていて、解除のためのパスコードを知らないのだとすれば――通報はできなかったかもしれない。ケンブリッジ市警本部に電話をかけることは絶対にできなかっただろう。ロックを解除できなければ、九一一に助けを求めることさえできない。緊急時にどうしたら九一一に電話をかけることができるか、誰かに教えられていなければ、この二人もおそらく知らなかっただろう。

私は黄色い服のエニヤに話してみることにした。まずはｉＰｈｏｎｅが何か知っているかを尋ねた。エニヤは知っていると答えた。母親が使っているらしく、ロック画面を左から右にスワイプすれば、パスコードを入力する画面に切り替わることは理解しているようだった。その入力画面の左下に〈緊急〉という文字がある。その文字に触れると、それぞれの国の三桁の緊急番号を入力できるキーパッドが表示される。アメリカ国内なら〈911〉だ。

つまりエニヤとアニヤは、ケンブリッジ市警の代表番号に電話したわけではないことになる。二人のいずれかが〈緊急〉を押して〈911〉を入力したあと、〈発信〉をタップしたのだ。ピンク色の服のアニヤ——黄色のエニヤではなく——が、そのとおりの手順を踏んだと認めた。

「そんなやり方、よく知ってたな」マリーノは感心したように言った。

「ママに教わった」二人が声をそろえた。

「緊急事態に備えて、お母さんが持ってる電話の使い方を教えてくれたのね？」私は確認した。二人はうなずいた。

「救急車を呼ばなくちゃいけないときに備えて」アニヤが付け加える。

「そのつもりで電話したの？　救急車を呼ぼうと思った？」私は尋ねた。二人はそのつもりだったと答えた。

「とすると、警察を呼ぼうと思ったわけじゃないんだな」マリーノが質問を引き継いだ。「救急車を呼んだつもりだったなら、警察が来るとは思わなかったわけだ。警察を呼んだつもりじゃなかったんだな」

警察に連絡しようとしたわけではない。警察を呼ぶつもりはなかったと二人は答えた。女の人を助けたいと思ったが、警察は誰のことも助けない。警察は誰かをトラブルに巻きこみたいときに呼ぶ相手だ。

「意地悪な人がいたときとか」アニヤが言った。「牢屋に入れなくちゃいけないから」

携帯電話の件、そして電話をかけた相手について、私たちを欺こうという意図はこの二人にはない。マリーノも私も、口に出すまでもなくそう理解した。二人の理解力に限界があることは明らかだ。それに、緊急事態はかならずしも犯罪を意味しない。緊急事態が起きたら、救急車を呼ぶ。犯罪が起きたら、警察を呼ぶ。つまり、発見直後は被害者が死んでいるとは思っていなかったのかもしれないということだろう。女性が誰かに襲われたとは、その時点では思っていなかった。遺体の女性は事故を起こしたのだと考え、救急車を呼ぼうとした。日ごろ母親にそう教えられていたから、そのとおりのことをした。

「警察を呼んだつもりはなかったわけだ」マリーノは確かめるように言った。「救急車を呼ぼうとしたんだな」

「そうだよ」

「あの女の人は生きてると思ったか？」満足のいく答えが返ってくるまで、マリーノは何度でも同じ質問を繰り返すだろう。

「ぜんぜん動かなかった」

「いやな臭いもしてた」ピンク色の服のアニヤは鼻に皺を寄せた。

「どんな?」私は訊いた。

「ママのヘアドライヤーが壊れたときみたい」

「何か臭いがしてて、お母さんのヘアドライヤーを想像したわけね?」私はそんな奇妙な臭いの話はいま初めて聞いたというふりをして、その謎めいた答えを解明しようと試みた。

バークレイから似たようなことをすでに聞いていることは、伏せておく。

「熱くなりすぎたとき」エニヤが言った。

「電気みたいな臭い?」私は故障した照明を想像して訊いた。

「誰かがあの女の人に悪いことをしたみたいだと思ったとしたら、警察に連絡してたかな」マリーノが尋ねた。短い間があったあと、二人はそろって首を振った。

二人は肩をすくめ、わからないと答えた。マリーノは広場の方角を指さし、自転車や地面に倒れた女性に最初に気づいたとき、とっさにどう思ったか覚えているかと訊いた。すると二人は、初めは事故を起こしたのだと思ったと繰り返した。

「だから助けようとしたわけだ」マリーノは言い、二人がうなずく。「怪我をしてるのがわかったから」二人がまたうなずく。

「もっと怪我をしちゃったらいけないと思った」

「別の自転車に轢《ひ》かれちゃったり」ピンク色の服のアニヤがすかさず付け加える。二人の連携はスムーズそのものだ。

「サイクリングコースの真ん中で倒れてたら、あとから来た自転車に轢かれちまうかもしれねえよな」マリーノもすかさず言った。「だから、女の人をちょっと動かしてやったりしたのかな。轢かれちまわないように」彼はそう尋ね、二人はうなずいた。

ただそれだけのことだった。

「なんで吐いちまった？」マリーノがどちらにともなく訊いた。どちらが吐いたのかわからない。

「気持ち悪くなったから」エニヤが答えた。

「口を拭いたタンクトップは？」マリーノはぐいぐいと話を先に進めた。「きみらが発見したときはまだ、女の人はタンクトップを着てたか？」この二人が遺体からタンクトップを脱がせたのではないかと考えているのだ。しかし二人は首を振って否定した。後ろめたそうな様子はない。

怯えた様子、不安げな様子は完全に消えていた。

「その茂みに何かいたの。びっくりして、吐きそうになった」アニヤが言った。

「ふむ」マリーノは額に皺を寄せた。「いましがた俺たちが見たのと同じ茂みかな」

「何かなと思ってのぞいただけ。そしたらそこにいたの」眼鏡の奥のアニヤの目はふいに見開かれた。「蹴られそうになって、きゃーって叫んじゃった」

「誰だったと思う?」マリーノは、アニヤの話におかしなところなどないというような口調で訊いた。

「シカかな」

「あの女の人も、そこを通り過ぎようとして同じものを聞いたのかも。びっくりして転んじゃったのかもしれない」

「本当にシカがいるのが見えた?」私は訊いた。

「音が聞こえたの」アニヤが興奮した声で言った。「逃げていく音が聞こえた」

「同じ音が聞こえたか?」マリーノはエニヤに訊いた。

「あたしも聞いたよ!」エニヤは叫んだ。まさに周囲が自分たちの話を聞きたがっていることに気づいた子供といった調子だった。「暗いなかを逃げていく音が聞こえたの。ちょうどそのとき警察の人が来た」

「こういうことでいいか?」マリーノが言った。「何かが逃げていくような音が茂みの奥から聞こえた。そこにバークレイ刑事が現れた。茂みの奥で物音が聞こえたあと、バークレイ刑事が来るまで、何分くらいあった?」

「一分」エニヤが答えた。

「わからない」アニヤが横から言った。

「〝一分〟と〝わからない〟か？」マリーノは二人を見比べるようにした。「どっちだろうな」

「一分よりは長かったかも。よくわからない」

「びっくりした。そこに警察の人が来た。ねえ、あたしたち、叱られるの？」エニヤはまた不安げな顔に戻っている。

「なんで叱られると思うんだ？」マリーノが訊いた。

「わからないけど」

「ふむ」マリーノは口を閉ざし、何か不吉なことを考えているようなわざとらしい表情を作った。「ちょっと待て。ちょっと待てよ。俺にまだ話してないことがあるんじゃねえか？　話したら叱られそうだからって黙ってることが何かねえか？」

二人の表情から察するに、その答えは〝イエス〟だ。犯行現場に干渉したうえに、おそらく、死者から奪った高価な携帯電話を持ち去ろうとしている。初めは借りるだけのつもりだったのだとしても、いまは返すつもりがないようだ。携帯電話の行方について、より合理的な説明はほかに考えつかない。しかし、責任を問われることはないと言っていいだろうし、責任を問うべきでもないだろう。悪いことだという認識が当人たちにあるかどうか疑問だからだ。

そのとき、まるで私の思考を読み取ったかのように、エニヤが足もとの草の上に置いてあったバックパックを拾い上げた。小さなハート柄の黄色のバックパックだ。アニヤのものと色違いだ。エニヤは前面のポケットからアイスブルーのケースに入ったiPhoneを取り出した。自転車の女性がハンドルバーのホルダーにセットしていたものにそっくりだ。

マリーノは携帯電話に手を触れなかった。驚いたそぶりも見せない。もちろん、疑わしげな表情も批判的な態度も示さなかった。証拠物件用の茶色い紙袋の口を開けて、エニヤの前に差し出し、ここに携帯電話を入れてくれと言った。

「おかげで助かったよ」マリーノは二人に言った。このことを知ったら、バークレイ刑事は腹の中で怒りをたぎらせることだろう。「俺にはまだわからねえことが一つあるんだがな」マリーノは二人の顔を見ながら続けた。

「どんなこと？」

「どうしてきみらが持ってたかってことさ。どこで見つけた？」

ピンク色の服のアニヤがどこか誇らしげな様子で、〝ハンドルバー〟に携帯電話があるのを見て〝借りた〟と言った。

「助けを呼ぶのに携帯電話を借りたのか。そいつは名案だったな」マリーノが言い、二人はそろってうれしそうな顔をした。

マリーノは続けて、二人のバックパックの中をちょっと見せてもらってもいいかなと言った。参考になりそうなものがまだあるかもしれない。

「いいよ」エニヤは言い、マリーノの手を取った。

そしてその手を頬に押し当てた。愛しい相手にするように。

こうして広場を一人で横切るのは、この四十分で二度目だ。公園の外周に沿って走るサイクリングコースを歩く。暗がりから予備のディーゼル発電機の低い音が聞こえていた。

20

一分、また一分と時間が経過するごとに、私の苛立ちは募った。当初の予定では、いまごろとっくにCFC本部に戻っているはずだったのに、実際にはまだほとんど仕事に取りかかれていない。いまごろは遺体をCTスキャンにかけているはずだった。いまごろはもう、解剖に必要な器具を用意しているはずだった。

本来なら、被害者に何が起きたのか、大方の見当はついているはずだったのに、実際には何もわかっていない。そのうえ、過剰なくらい用心深く行動していると疲れる。軽率なことは何一つできず、ひとことたりとも言えない。懐中電灯の光を向ける先、足を下ろす場所をいちいち考えなくてはならない。神経がすり減ってしまう。この暑さではなおさらだ。

もう午後九時三十分になる。なのに、テントの設営にはまだまだ時間がかかりそうだ。静かでエアコンの効いた快適なトレーラーに引きこもるのではなく、これ見よがしに現場をうろうろしていることもできる。しかし、いますぐ私に手伝えそうなことは何もないし、長年の経験から学んだ教訓の一つは、自分のペースを守ることだ。誰かの役に立ちたいなら、水分をきちんと取り、熱中症に用心し、計画と戦略に沿って物事を進めなくてはならない。

ＣＦＣの移動式司令本部は、小型のヨットくらいのサイズがあり、大馬力の牽引車に接続されている。左右のドアにはＣＦＣと州の紋章が描かれている。トレーラー部分に窓はない。しかし、内部は明るくて涼しい。ラウンジと作戦司令本部が合体したような造りで、現場に最初に駆けつけた職員はもちろん、必須の現場要員が休憩したり、仕事をこなしたり、ビデオ会議に参加したり、パソコンを使ったりできる。またラボに分析に出す証拠物件を安全に保管しておける。私が少し前にいったんここに立ち寄ったときは、水を飲み、着替えをし、湿ったタンクトップを収めたビニール袋を証拠物件用の小型冷蔵庫に入れるためだった。

いままたここに来たのは、また少し水分をとり、ファカルティ・クラブで食べそこねたディナーを思い描いたりせずにプロテインバーでエネルギー補給をしておくためだ。私は空腹で疲れていた。ルーシーからの連絡もまだない。さっきビデオ電話をかけてきたときは、私は話ができる状況ではなかったのに、おかまいなしに一方的に言いたいことを言った。ところが、私に少し時間の余裕ができたいまは、こちらから連絡しても一向につかまらない。エリサ・ヴァンダースティールについて、自分で調べてみるしかなさそうだ。私はワークステーションの前に陣取った。

パソコンにログインし、まずは氏名でネット検索をした。何一つ見つからない。ただの一ページも検索に引っかからなかった。私は落ち着かない気持ちになった。〈ヴァンダースティール〉という姓と、居住地の〈ロンドン、メイフェア〉を組み合わせて検索してみたが、やはり結果は同じだった。奇妙だ。いまの時代、ネット上でまったく言及されずにいることのほうが難しいだろう。しかし私の検索のしかたが間違っていないとすれば、エリサ・ヴァンダースティールはまるでこの世に存在しないかに思える。

SNSもいっさい利用していないようだった。インスタグラム、フェイスブック、ツイッターを検索したが、見つからない。若年層にはきわめて珍しいことだ。アメリカン・レパートリー劇場でレシピを壁にテープで貼っていた女性は、人見知りだったり内向的だったりするようには見えなかった。しかし、それに大きな意味があるわけでもないだろう。自信に満ち、社交的ではあるが、私生活をオープンにしたがらない人々もいる。それにもしかしたら、過去に何かトラブルがあって、目立たないようにしていたのかもしれない。検索キーワードをさらに追加してみたが、やはり何も出てこなかった。

私の不安はいや増した。

バークレイ刑事から見せられたイギリスの運転免許証の顔写真を思い浮かべた。住所はメイフェアのサウスオードリー・ストリートだった。アメリカ大使館のすぐ近くだ。だが、番地まではよく見なかった。思い出せる範囲で検索してみたが、何も引っかからない。ただ、私の通り一遍の調査で何もわからなくても、幸いなことに、エリサ・ヴァンダースティールに関してこれで行き止まりというわけではない。

私はルーシーではない。情報処理にかけてルーシーにはまったく及ばない。二人きりで話ができしだい、調査を始めてもらおう。携帯電話をまたチェックした。いくつかのアプリのアイコンに表示された数字を見るかぎり、新たな着信もメールもなかった。目下最優先と私が見なす情報は届いていない。ルーシーは無事なのだろうか。今日これまでに起きたことを思うと、ルーシーの精神状態は簡単に想像できる。何を考えているか、手に取るようにわかる。

より正確に言うなら、ルーシーの思考に影を落としているのが誰か、いまルーシーの思考を猛スピードで浸食しつつあるのが誰か、私にはわかる。うっかり禁酒を破るのに似ていた。敵は――強敵は、気を抜くと中毒症状を起こさせる。ルーシーは用心深いとは言えない。これまでもずっとそうだった。用心などできない。ルーシーの本質に関わる部分だからだ。二十年も前にルーシーの心身を冒した、人間の形をしたウィルスのこととなると、ルーシーは、マリーノやベントンや私が経験したことがないくらいの激情に揺り動かされ、猜疑心の塊になる。

そろそろ暑さのなかに戻って、テント設営の進行具合を確かめたほうがいい。設営は思っていたより手間がかかりそうだ。設営範囲をスプレー塗料で描くだけでも焦れったく、頭痛がしてきそうな作業だった。ライトのスイッチを入れれば、全体が明るく照らし出されてしまい、好奇の視線やカメラのレンズから現場を守ることができないからだ。複数の懐中電灯の光が動き回っていても、現場はかなり暗い。地面は凹凸だらけで、背の高い茂みやベンチ、街灯柱など、設営の邪魔になるものも多かった。

とりあえず設営を始めてみたものの、うまくいかずに中断していた。再開はしたが、想定を超えた困難が発覚した。まず、マリーノが最初に描いたオレンジ色の輪郭を、黒い塗料で消す必要があった。次に現場をもう一度計測して、証拠物件を踏みつけるような形でテントが設営されないよう、範囲を再検討した。しかし、二度目の試みも苦戦を強いられていた。私がそんなことを考えている間も、マリーノとラスティとハロルドはまだ設営に四苦八苦していた。完成にはもう少し時間がかかるだろう。

自転車、遺体、そしてできるだけ多くの遺留品を守りつつ、茂みや木立を避け、現場にダメージを与えないようテントを設営するのは、土木工学的な難題と言えそうだった。このまましばらくその難題が解決できないようなら、何らかの代替手段を考えなくてはならないだろう。すでに時間がかかりすぎている。まるで計画どおりに進んでいない。そろそろ誰かから文句が出るころだ。たとえばトム・バークレイから。

マリーノは双子の姉妹を警察署に送り届ける役割をバークレイにまかせるわけにはいかないと判断した。おかげで自信過剰で鼻につく刑事はまだ現場にいて、表向きは監視などしていないふりを装いながら、私の行動をいちいち監視している。よりよい刑事になるために私から学ぼうという心がけかもしれない。あるいは、私が何か失敗するのを待っているのかもしれない。

だがおそらく、バークレイはバークレイらしく振る舞っているだけのことだろう。口の軽い刑事は、ぴかぴか光るものを見つけると巣に持ち帰らずにはいられないカササギのように、ゴシップの種を探しているのだ。情報は彼の通貨であり、たとえ本人に悪意はないとしても、彼のような人々は危険な存在だ。

私はダイヤモンドプレートの床にボルト留めされた椅子から立ち上がった。素足に触れる鏡のように磨き抜かれた床はひんやりとしていた。

シルクのブラウス、スカート、スーツのジャケットを脱ぎ、青緑色のスクラブの上下に着替えたが、残念なことに、傷だらけで湿ったパンプスはこのまま履いているしかない。このトレーラーの収納棚には、サハラ砂漠以外のあらゆる環境——この夏のケンブリッジ市はまるでサハラ砂漠のようだ——に適した現場用の衣類がそろっている。しかし大まかな話、ＣＦＣは酷暑を想定した物資をそろえてはいない。ニューイングランド地方に熱波が来襲することはめったにないからだ。

靴の感触が不快だからといって、ここにあるものに履き替えるわけにはいかない。このトレーラーに常備されているものは、腰まである釣り用のゴムの防水ズボンや防水の消防用長靴などで、いずれもフリーサイズだ。キャビネットの扉を開けると、未使用のすべり止め付きシューカバーがあった。湿ったパンプスにふたたび足を入れた。薄い革のライニングの糊がはがれ、フィルムのように足の裏に張りついてきた。上からシューカバーを履く。カバーオールや手袋はまだ着けずにおいた。携帯電話をチェックした。新しい着信もメールもなかった。

協力を頼みたいということはルーシーにすでに知らせてある。しかし詳細は伝えていなかった。疑念をメールの文面や留守電のメッセージという形にしたくない。私の携帯電話を使った通信は安全だとどれほど力説されても、やはり抵抗がある。このところ携帯電話にどんなものが届いているかを思うとなおさらだ。ルーシーは、電子的な痕跡に関して私以上に用心深い。ルーシーはいま何をしているのだろう。CFCのラボやパーソナル・イマージョン・シアター（PIT）で仕事をしているのだろうか。

もしかしたら、ジャネットやデジと一緒にいるのかもしれない。三人の顔を思い浮かべる。一風変わった家族だ。ジャネットは環境問題専門の弁護士だ。元FBI捜査官で、ルーシーとのつきあいは、大学時代やクワンティコのFBIアカデミー時代までさかのぼる。二人は一緒におとなになったようなものだった。姪のルーシーのパートナーとして、ジャネット以上の人物はいないだろう。私にルーシーの代わりに決める権利があるのなら、何度選択を迫られてもジャネットを選ぶ。思いやり深く、頭がよくて、心優しい——去年の秋に亡くなったお姉さんのナタリーもそうだった。

ジャネットとルーシーはデジのための理想的な家庭を作り上げた。私たち全員が一つの大きな家族だ。補い合い、支え合うための土台。もし二人に引き取られていなかったら、デジはひとりぼっちになっていた。それは大きな損失でもあっただろう。愛さずにいられないかわいらしい少年。妹のドロシーは、『くまのプーさん』のクリストファー・ロビンそのままだと言う。きらきら輝く青い瞳。明るい茶色のくしゃくしゃした髪は、ところどころ日に焼けて金色になっている。

九歳のデジの成長は速い。手足はいっそうすらりと伸び、顔の輪郭はますます凛々しい線を描こうとしている。頭の回転が速く、怖いもの知らずで、おそろしいほど利口だ。ついにライバル出現ねと、私はルーシーをからかったりしている。誰もが憧れるような家族だ。そんなことを考えていると、思い出したくないことを思い出してしまった。ディナーが突然中止になる前にベントンがちらりと話していたことだ。

ベントンは、ドロシーとマリーノは一時のお遊び以上の関係にあるのかもしれないと言った。私が北東部に職住を移してもう何年もたつが、その間、一度だって遊びに来たことなどなかったドロシーが、今夜来ようとしている。マリーノはデジを釣りに連れていき、野球を教え、ビールの味を覚えさせたりして、固いきずなを育みつつある。私の思考は、あまり深追いしたくない方角へと向かいかけている。

ドロシーがデジと一緒にいるところを想像すると、腹が立つとまでは言わないが、不愉快だった。娘のルーシーの面倒さえ見なかった、利己的な妹。異性に依存することしか頭にない、私のたった一人の妹、できたばかりの恋人が迎えに来たとたんに娘のことなどきれいさっぱり忘れた妹。なのにいまドロシーが言うことといえば、デジがどうした、デジがこうしたと、それればかりだ。子供——それも男の子——を育て、世話をすることが楽しくてたまらないとでもいうみたいに。恥知らずもいいところ、偽善のきわみだ。妹のことを考えているのに耐えられなくなった。私は頭を空っぽにした。

飛行機がさらに遅れているということがなければ、ドロシーはそろそろローガン国際空港に到着するだろう。おそらくルーシーとジャネットとデジはいまごろ空港に向かっているに違いない。ルーシーから折り返しの電話がないのはそのせいだと、私は自分に言い聞かせた。乗りこなすのが難しいスーパーカーのどれか、あるいは装甲車みたいなSUVのどれかを運転するのに忙しいからだ。とはいえ、私の夫を含めて、誰が何をしているかなど、わからない。ワシントンDCからベントンに宛ててかかってきた電話の用件が何だったのか、私はまったく知らない。ベントンが今どこにいるのか、それもまったくわからない。

　せっかくのディナー・デートがこんなことになるなんて、まだ信じられない。私は犬たちの様子を確かめるのに使っている携帯電話のセキュリティカメラ・アプリを起動した。少し前に確認したとき、ソックとテスラはリビングルームにいた。いま見ると、キッチンの形状記憶フォームのベッドで眠っていた。録画を少しさかのぼり、ドッグ・シッターのペイジがキッチンに入ってくる場面を再生した。ベントンがペイジに連絡して、急用ができた、帰宅は何時になるかわからないと伝えてくれたらしい。

　今夜は泊まりこむつもりなのだろう、ペイジはパジャマのズボンとTシャツ、裸足にノーブラという格好だった。ペイジが一階のゲストルームに滞在するのを私はあまり好ましく思っていない。口に出して言おうとは思わないが、不快に思っていることは事実で、おそらく私は手前勝手な人間なのだろう。家に他人を泊めるのはどうしても嫌いなのだが、テスラを預かっているあいだはしかたがない。しつけが必要だし、ほかの犬と接する機会も必要だ。それに長時間、人間が不在の環境に置いておくことはできない。

　録画の中のペイジが浄水器を通した水をピッチャーから二匹のボウルに注ぐ。ペイジはルーシーとジャネットの友人で、堂々たる体格をしている。競泳で鍛えた上半身はみごとで、女性の筋肉とは信じがたいほどだ。ステロイドを使っているのだろうかと思ったこともある。ジムで長時間の筋力トレーニングをしたり、海軍でネイビーシールズの選抜訓練の一つ、基礎水中爆破訓練（ＢＵＤ）を受けたりといったことだけで、あれだけの筋肉をつけられるとはとうてい思えないからだ。

　背が高く、筋骨たくましく、黒っぽい茶色の巻き毛をしたペイジは、犬たちといると、優しい巨人といったふうに見える。思いやり深くて頼りがいのあるリーダー。レース場で保護された年寄りのグレイハウンドのソックと、子供たちから虐待され、遺棄されたイングリッシュブルドッグのテスラに、ペイジはこれ以上ないくらいの思いやりとぬくもりを与えてくれている。

「さあ、トイレの時間よ。それがすんだら、おねんね前のおやつにしましょう」ペイジがテスラとソックに声をかけた。

　爪が床を叩くかちかちという音が聞こえて、二頭は勝手口へと走り出した。

　ＬＥＤ電球に照らされたエアコンの冷風の雲のなかを歩く。私はミニキッチンの前で立ち止まった。コーヒーメーカー、小型冷蔵庫、電子レンジ、ラミネート加工を施したカウンターが備わっている。

　空になったミネラルウォーターのボトルを資源ごみ入れに放りこみ、車内を見回した。ワークステーション、機材のケース、鑑識用具、工具などの備品をしまってある、薄い抽斗が何段も重なったキャビネット。このあと必要になりそうなものを忘れていないだろうか。大丈夫、なさそうだ。ハロルドとラスティは手順を心得ている。ここに来る途中で、自分の鑑識ケースなど必要な品物を二人に渡しておいた。私が行くころには、テントの下にすべて用意してくれているだろう。何もかもがあるべき状態で私を待っているはずだ。

しかし、どことなく落ち着かない。神経が張り詰めている。考えなくてはならないことが多すぎる。あの若い女性と二度目に会ったときのことを考えた。文字どおり夕日に向かって自転車を漕ぎ出した彼女は、あのあと命を落とし、いままさに私の患者になろうとしている。私と別れたあとどこへ行ったのか、この公園に入ったのが何時だったのか、私は知らない。しかし七時半にはあたりは真っ暗になっていただろう。

七時半ごろまでに殺害されたのだとすれば、彼女の遺体は、ハーヴァード大学の学生寮など人の大勢いる建物に囲まれた市営の公園の真ん中に、二時間も放置されていることになる。理想的な条件が整っていれば、いまから一時間前には遺体を公園から運び出せていたはずだ。

時間がかかりすぎている。しかし、驚くことではない。私たちが望んでいるようにてきぱきと物事が運ぶことのほうが珍しいし、難しい変死事件の場合には、計算どおりに進む事項のほうが少ないと想定しておくべきだ。しかし、世界はかつてほど寛容ではなくなっている。私はいまから批判を予期して心の準備を始めている。

かならず誰かが言うに決まっている。私はしかるべき敬意を示さなかったと。軽率にも、誰からも見える場所に死者を長時間にわたって放置したと。私は無情で他人の気持ちを理解できない。怠慢だ。誰かのブログにそう書かれているのを目にすることになるだろう。ユーチューブで聞くことになるだろう。いつも決まってそうなのだから。

21

最新のニュースフィードをスクロールした。これまでのところ、気になるものはない。

市警やCFCの職員が、ハーヴァード大キャンパスのはずれで発生した自転車事故や傷害事件を調査しているというニュースは見当たらなかった。ケンブリッジ市内の公園で死体が発見されたとか、マリーノに電話をかけてきた自称インターポールの捜査官が口にしたように、川沿いで〝事件〟が発生したというニュースもない。

心配したほうがいいと思わせるものは何一つなかったが、ベントンから聞いたとおり、テロ警戒レベルが引き上げられたという報道はあった。『ワシントン・ポスト』紙が今日、ウェブサイトに掲載した記事にざっと目を通してみた。

……交通の中心地や観光客が多く集まるスポット、スポーツ競技会やコンサートなど大規模イベントの開催地などに差し迫ったテロの脅威があるとして、国土安全保障省は、アメリカ全土を対象に警戒を呼びかけている。とくに、ワシントンDCおよびボストンとその周辺地域で、テロ計画が進行している恐れがあるという。情報機関がインターネット上で傍受した具体的な通信を根拠としたもので、過激化した国内育ちのテロリストや組織が、予告なく攻撃を……

警戒レベルが〈やや高い〉から〈高い〉に引き上げられるのは、テロ攻撃の脅威が確定的かつ差し迫っていると判断された場合であり、私は空港のセキュリティはどうなっているだろうかと考えた。強化されているのは間違いないだろう——とくにボストンでは。妹の飛行機が遅れている理由はそれかもしれない。フロリダ州フォートローダーデールの運輸保安局がパンクしかけている理由、空港ターミナルから歩道にまで乗客の待ち列が伸びている理由はきっとそれだ。ただし妹のドロシーは〝私のようなファーストクラスの乗客は〟別だとルーシーに言ってきていた。ルーシーはその文言をそのままなに転送した。

その後どうしたのか、ドロシー本人からは何も連絡がない。到着が遅れそうだとか、もう飛行機に乗っているとか、姉に伝えるべきだとは考えないのだ。おかげで私は又聞きで情報を得るしかないし、又聞きの情報も当てにならない。しかしそれは大した問題ではないのだろう。空港に迎えに行くのは私ではなくなったのだから。深い失望に襲われて胸がうずいた。そこには悲しみもほんのわずかに混じっていた。

たった一人の妹に、私は心のどこかでいま以上のものを期待している。昔からそうだった。長年の確執を経てもまだ妹に期待するのは、むなしいだけでなく、馬鹿げてもいる。そろそろ観念すべきだろう。ドロシーはここまでまったく変わらなかったのに、私はまだそれ以上のものを望んでいる。そう思うと、アインシュタインの言葉とされる有名な文句が頭に浮かぶ――〝狂気とはすなわち、同じことを際限なく繰り返しながら、違う結果を期待することである〟。

ドロシーの行動は予測可能だ。同じことを繰り返すが、そのたびに違う結果を期待するのではなく、その前に他人の都合を顧みずにしたことと同じ結果を次も期待する。そう考えると、正気なのは妹のほうなのかもしれないと気づいて、私は少し悲しくなる。携帯電話に届いたメッセージやアラートを点検するうち、ジョン・ブリッグス大将から連絡があったらしいことを知り、私は愕然とした。数分前にブリッグス大将の自宅の番号から電話がかかっていたのに、なぜか私は気づかなかったようだ。

ブリッグス大将の電話番号にはすべて特別の着信音を割り当てているし、携帯電話の着信音はいつもオンにしてある。いまもオンになっている。しかし着信音は鳴らなかった。なぜだろう。私たちの通信環境はここでも万全だ。万全のはずだ。ルーシーは、レンジエクステンダーや受信ブースター、リピーターなど、通信環境を改善するための機器をCFCの全車輛に導入している。まさか、私のスマートフォンに何か不具合が起きているのだろうか。これは街の販売店やネットショップで購入できるスマートフォンではない。ルーシーによれば、事実上〝ハッキング絶対不可能〟なスマートフォンだ。だが、絶対不可能ではないのかもしれない。ハッキングを試みる人物が誰なのかによるのかもしれない。

ルーシーは、一般には販売されていない特殊なアプリや暗号化ソフトを開発し、CFCのコンピューターや無線機、電話などの通信機器を、現時点で可能なかぎり安全に使えるようあらゆる手を尽くしている。しかし、絶対に信頼できるものなどこの世に存在しない。私は〈再生〉の三角形をタップした。米軍監察医務局長にしてアメリカの医療情報収集のリーダー、私の友人で元指導者でもあるジョン・ブリッグスの声が再生されるものと思った。

ところが電話をかけてきたのは、ブリッグス大将の奥さんだった。何かよくないニュースがあるのだろうと即座に確信した。いまより古風な時代に生まれ育った典型的な軍人の妻であるルースは人生の大半を尊敬すべき人物である夫のジョンに捧げてきた。新たな辞令が下るたび、夫に従って引っ越しを繰り返し、細々したやっかいごとを代わって解決し、夫が仕事に専念できるよう気遣った。その陰で、戦争で荒廃した地獄のような土地に派遣された夫が負傷しませんように、誘拐されたり殺されたりしませんようにと祈り続けた。

イラク、アフガニスタン、シリア、トルコ、カメルーン、イエメン。それが本当に夫の行き先なのかどうか、ルースには知るすべがない。何も教えられないままのことも少なくなく、軍用ジェット機に乗りこむ夫を見送るたび、あるいは夫が貨物機で帰還するたびに、もう二度と会えないのかもしれないと思いながら過ごす苦しみを味わってきた。ブリッグスはルースの人生そのものだ。誰かと夫を接触させたくないとルースが思えば、その人物は彼に接触できない。それは私も同じだ。そのときどきの状況にもよるが、ブリッグスが私と直接連絡を取りたくないと考えれば、私に連絡してくるのはルースだ。

だから、ルースの瞑想や三角測量をするような回りくどい話に慣れてはいる。それでも、ときどき焦れったくなることもある。しかし数分前に私の留守電にメッセージを残したルースの声は、かすれていて冷静とはほど遠かった。泣いているのか、酒に酔っているのか、体調が悪いのか、あるいはその三つ全部なのか。もう一度頭に戻って再生した。もう一度。ときどき一時停止し、声の抑揚に神経を集中して、ルースの身に何か起きたのか、こうして電話をかけてくることになった理由に動揺しているだけのことなのか、聞き取ろうとした。用件が何か、わかったような気がした。そうなるのではないかと思っていた。

「ケイ？　ルース・ブリッグスよ」ヴァージニア州出身者らしいゆっくりとした話し方だった。疲れて朦朧としているようにも聞こえた。「電話に出てもらえないかしら。ねえ、いるんでしょう？」泣いているような声だった。「もしもし？　ケイ？」咳払い。「聞こえる？　お忙しいんでしょうね。でも、お願いだから電話に出て。このメッセージを聞いたら、折り返し電話をください。あなたの耳に入れておきたいことが……」

声がくぐもっている。まもなく言葉をのみこんだかのように声が途切れて、ほとんど聞き取れなくなった。何かを手に持っているのだろうか。顔にティッシュか何かを当てているのかもしれない。電話機から顔を背けたような声だった。

「もう少しだけこの番号のところにいるけれど……ご存じのとおり、いろいろとすましておかなくてはいけないことがあって、とても信じられない……」ルースの声は震えた。「……できるだけ急いで電話をください」酒に酔ったような調子で、私がとうに知っている電話番号を告げた。

そこで留守電のメッセージは唐突に終わっていた。

私の推測どおりのことであれば、ルースが狼狽する理由はない。しかたのないことだし、〝ドタキャン〟と言うほど直前の連絡でもない。

もともと私は、ブリッグスと私がケネディ・スクールのステージに上がる予定時刻の寸前になって電話がかかってくるかもしれないと覚悟していた。しかし、大ざっぱに二十四時間前に連絡をもらえたわけだし、何度も予告されていたことだった。ブリッグスは当初から、明日の夜の講演を欠席せざるをえなくなるかもしれないと言っていた。すべては国防総省《ペンタゴン》と航空宇宙局《NASA》のご機嫌しだいだ、いまのうちから謝っておくよと話していた。その懸念が現実になっただけのことだろう。

おそらくルースが電話してきたのは、明日の夜の講演は私一人で行うことになると伝えるためだ。ブリッグスがパネリストとして登壇することはできなくなったと。つまり、ステージに立つのは私一人だけであり、パネルディスカッションではなくなるということだ。しかし私一人でも何とかなるだろう。そこでふと思った。いまこの移動式司令本部から外に出ると、木立に守られたケネディ・スクールの煉瓦造りの堂々たる建物がちょうど見えるはずだ。

ケネディ・スクールはこの公園のすぐ隣にある。何もかもがなぜかつながっていて、しかもどこかなじみがあるもののような気がし始めた。庭園を歩いていたつもりなのに、そこは複雑に入り組んだ迷路であることにふと気づいたかのような。その迷路の広さはわからない。どこにつながっているのか、脱出するにはどうしたらいいのか、それもわからない。

ブリッグスがなぜ欠席することになったのか、本人と話をするまではわからないだろう。しかし、連絡が取れるかどうかは怪しい。急にどこかへ派遣されたのかもしれない。ブリッグスは誰かの、とりわけ私の期待を裏切ることを嫌う。勇敢な軍人のくせに、悪いニュースを伝えなくてはならないとなると、敵前逃亡する。ブリッグスとルースの自宅番号にかけてみた。応答はない。呼び出し音の合間に、かちり、かちりという奇妙な音が聞こえた。

「ルース？　ケイです。電話をいただいたのに、出られなくてごめんなさい」私は留守電にメッセージを残した。自分の声が反響して聞こえる。私が二人いて、互いに相手の言葉を繰り返しているかのようだった。「なぜか着信音が鳴らなくて。いま屋外の現場を検証中なの。電波の状況がよくなかったり、手が離せなかったりするかもしれないけれど、懲りずにまた電話をいただけませんか」

次にハロルドとラスティに、遺体搬送用のバンをもう手配したかどうか問い合わせるメッセージを送った。しばらく待たせることになるかもしれないが、急いで手配してこちらに向かってもらってほしい。

〈了解、ボス。こちらは苦戦中。やむなし。ＡＬＡＰで涼んでてください〉。〝ＡＬＡＰ〟というのは、ラスティ流の〝できるだけ長く〟の略語だ。返信の末尾に、赤い困り顔の絵文字が添えられていた。

トレーラーの右側、ミニキッチンの奥から急な階段を下りると、外に出られる。タイベックのシューカバーに包まれたパンプスが金属のステップを踏む、重い音が響いた。下りきったところでドアを開けた。外の熱気のなかに足を踏み出すなり、車のＨＩＤへッドランプのまぶしい光に直撃されて、視界が真っ白になった。大馬力エンジンのしわがれたようなうなりが聞こえた。ハイオクガソリンの排気の臭いがする。ＣＦＣの移動式司令本部のディーゼル発電機のものではありえない。次の瞬間、すべての音と光が消えた。

「誰？」忍び寄る恐怖に頭皮が粟だった。草が揺れる音、誰かのすばやい足音。「誰かいるの？　誰？」

夜の闇の奥から誰かのすらりとした輪郭が現れたかと思うと、まるで幽霊のようにすっとこちらに近づいてきた。

「ケイおばさん、あたし。そんなにびっくりしないで」ルーシーの声だった。しかし、もう遅い。

アドレナリンが体内を駆け巡り始めていた。あわてて懐中電灯のスイッチを入れた。ルーシーの目にまともに当たらないよう、光を地面に向けた。しかし、馬鹿みたいだと思って、すぐにまたスイッチをオフにした。怒りが湧いた。

「やめてよ、ルーシー！」心臓が胸の中を飛び回っている。思考は怯えた鳥の群れのように取り散らかっていた。「こそこそ近づくような真似をしないで」鼓動が全身に轟いている。「まったく。銃を持ってなくてよかったわよ」

「そうね、銃がなくてよかった。とくにこのタイミングでは」

「あなたを撃つところだったわよ。冗談ではなく」

「これはジョークじゃないし、こそこそ近づいたりもしてない」ルーシーの視線はせわしなく周囲をうかがっている。私たちのほかにも誰かいるとでもいうようだった。「たったいまそこに車を駐めたところ。そうしたらちょうど、おばさんが出てくるのが見えた。おばさんを捜しに来たの」

「どうして？」私はゆっくりと深呼吸をした。熱を帯びた空気はほとんど肺に入っていかない。

「無事でよかった」ルーシーは私を見つめたあと、通りの方角を振り返った。それから今度は、いまにも誰か襲ってくるのではと警戒しているように周囲に視線を走らせた。

「〝とくにこのタイミングでは〟ってどういう意味？　何があったの？」何かあったのは確かだ。ルーシーは殺気のようなものを発散していた。

「何度か留守電にメッセージを残してくれたでしょう」ルーシーが言った。張り詰めた声、攻撃的な硬さのある声だった。「だから来たの。なかで話さない？」

こういうルーシーは何度も見たことがある。この態度が何を意味するか、見当がつく。「直接会って話をしたいとは言ってないわ。簡単な質問が一つあるだけだもの。電話してくれればそれですんだのに。ある人の名前を調べてもらいたかっただけ――」

「ここは暑すぎる」ルーシーがさえぎった。私の声が聞こえていないかのようだった。

「いったいどうしたの？」

「いま起きてること。いやな感じがするの」私をじっと見つめ返しているルーシーの彫りの深い目は、陰になって見えない。唇はきつく結ばれている。

「人が亡くなった。たしかに、喜べるようなことじゃない。それはいま起きてるほかのことについても同じよね」ルーシーが言いたいのはそんなことではないとわかってはいる。

「いやな感じがするの」ルーシーは繰り返した。視線がまた忙しく飛び回った。「ずっと話したいと思ってたんだけど。おばさんが知らないことがいろいろあるのよ。いろいろ混乱してる」暗闇で聞くルーシーの低い声は険しかった。私の胸の奥で、言葉で言い表しがたいいくつもの感情が渦を巻いた。

失望。落胆。殺意に発展しそうな激しい怒りが冷えて固まり、化石になったような麻痺感。私の心はますます鈍感になっている。とりわけここ何年かで加速した。オオカミ少年のたとえ話のとおりだ。ルーシーが実際に〝オオカミが来た〟と叫ぶわけではないが、特定の何かが気がかりでしかたがないようなとき、私にはすぐにそうとわかる。

ルーシーは決して興奮しやすいたちではない。見境のない行動に出たり、性急な判断を下したり、不安げなそぶりや怯えた様子を見せたり、声を荒らげたりすることはない。しかし私の目をごまかすことはできない。ルーシーがばらばらに壊れてしまいそうになっていれば、私にはかならずわかる。たとえばいまがそうだ。何事もないままではすまない。いつもそうだ。ルーシーがこういう状態になっているとき、私には必ずその理由がわかる。より正確に言うなら、誰が原因なのか、おおよその察しがつく。

「何が混乱してるの、ルーシー?」その答えを予期して心の準備を固めながら、私は尋ねた。目が暗闇にまた慣れてきていた。

ルーシーが何と答えるか、聞くまでもなくわかるような気がした。音声変換ソフトを使ってかけたのであろう九一一への通報にルーシーがどう反応するか、私には予想できたはずだ。そしてもう一つの偽電話、インターポールの捜査官を装った電話のことも知っているなら、ルーシーは自分の揺るぎない世界観が裏づけられたと思っていることだろう。疑う余地のない自分の原罪として受け入れている価値観。ルーシーは、あらゆる恐怖と屈辱は、ただ一つの悪意に満ちた源から生まれ来るものと信じている。

まるでこの世の悪はそれ一つしか存在しないというように。命を脅かす敵、病根はたった一つしかないかのように。それが唯一の真実であるかのように。

「車に入らない? 何か飲みたいし」ルーシーの顔はすぐ目の前にある。ルーシーが息を吐くと、シナモンの香りがした。エスカーダの男性向けコロンのスパイシーな香りもほのかに漂っていた。

ルーシーは、監視の目を意識しているかのように振る舞った。ここまで尾行されたのではないかと心配なのかもしれない。私はルーシーの肩越しに、CFCのトレーラーの後ろに駐まっている車の輪郭に目を凝らした。ルーシーは愛車のフェラーリFFを冗談めかして〝ファミリーカー〟と呼ぶ。バックシートと荷物を積めるトランクが備わっているからだ。

暗くて、色までは見分けられない。フェラーリで来ているなら、〝ツール・ド・フランス〟という色名の鮮やかなブルーの車体に、格子状のステッチが入った革《クオイオ》——レーシングイエローのイタリアンレザー——の内装という組み合わせのはずだ。しかし、ルーシーは、やはり大馬力のほかの車で乗りつけたのかもしれない。アストンマーティンかマセラティ、マクラーレン、あるいはフェラーリの別のモデルで来たのかもしれない。

ルーシーは天才だ。私は天才という言葉を軽々しく使わない。親しみを表現するために使うこともない。天才という言葉は、姪を溺愛する伯母の誇張ではなく、十歳でソフトウェアを開発し、コンピューターを部品から組み立て、さまざまな発明について特許を取得していた人物にふさわしい形容だ。ルーシーは飲酒や投票ができる年齢になる前に、検索エンジンなど革新的なテクノロジーが生み出した利益で莫大な資産を築いていた。

〝若き億万長者〟のリストに十代にして名を連ねる一方で、突飛な行動を好み、ヘリコプターやオートバイ、モーターボート、ジェット機など、スピードの出る乗り物に熱中した。ルーシーに操縦できない乗り物はないと言っていい。芝の上に影のように静かに駐まっている、ゆるやかに傾斜した長いフロントノーズを持つ四輪駆動のフェラーリFFを見つめた。今朝、ルーシーはその車でCFCに出勤した。なぜそう断言できるかと言えば、私が上階の自分のオフィスで、デスクに複数並んだPC用ディスプレイに向かっているとき、CFCの監視カメラがフェラーリをとらえたからだ。

ディスプレイの一つに映し出されたルーシーの価格四十万ドルの〝ファミリーカー〟は、本来は救急車などの車輛が遺体を搬入したり引き取ったりするために用意されている搬出入ベイに乗り入れた。警察車輛でさえ、そこに駐めるのは遠慮してもらっている。私は監視カメラの映像を見ながら、ルーシーが高価な移動の道具に土埃や雨などの汚れがつかないよう搬出入ベイに駐車することがあるのを思い出し、苦々しい気持ちで見守った。身勝手な行動だし、職員の一部から不満の声も出ている。しかし、いま私の頭を占めている考えは、それではない。ルーシーが着ているフライトスーツだ。

今朝、監視カメラがとらえたルーシー、六百五十馬力のV12エンジンを積んだエレクトリックブルーのクーペ車から降り立ったルーシーは、ダメージの入ったジーンズにルーズフィットのTシャツ、足もとはスニーカーという服装だった。コーヒーの大きなカップを片手に持ち、ミリタリー風の黒いバックパックを肩にかけていた。バックパックは大容量の上に仕切りがたくさんついていて、ルーシーの携帯用オフィス兼武器庫といった風情だ。

いま振り返れば、あのバックパックはルーシーがヘリコプターでどこか行くとき、かならず持っているものだ。あのあとどこかの時点で、フライトスーツに着替えたのだろう。軽量な防炎素材ノーメックス地で作られ、左の胸ポケットにCFCの紋章が赤と青の糸で刺繍されたフライトスーツ。気が向いたとき、気が向いた場所にツインエンジンのヘリコプターで飛ぶのは、ルーシーにとって日常の一部だ。

だが、今夜はもう時刻が遅い。外は真っ暗だ。高温警報が出されるような猛暑のなか、難しい変死事件が発生した。ルーシーの母親は飛行機でボストンに向かっている。ルーシーがどういうつもりでいるのか、私には理解できない。

「着替えたのね、どうしてかしら」私はさりげなく訊いた。ルーシーは下を向いてフライトスーツを見つめた。自分が何を着ているか忘れたとでもいうみたいだった。「ヘリコプターでどこか行くの？　それとも、どこかから帰ってきたところ？」

そんなはずはないことはわかっている。今日は気温がじりじりと上昇を続け、最高は三十八度を突破し、湿度も七十パーセントを超えた。気温と湿度が高くなると、ヘリコプターはそれに比例して効率の悪い乗り物になる。それにルーシーは天候に神経質だ。

積載量、トルク、エンジン温度を計算に入れなくてはならない。私は今日、自分が何度ルーシーと顔を合わせただろうかと記憶をたどった。

ＣＦＣの会議、エレベーターの中。ほかに、ブライスを捜しているとき休憩室でも会った。最後に顔を見たのはおそらく午後四時ごろ、私がＣＦＣ副局長のドクター・ゼナーと一緒に解剖室を出てＰＩＴの前を通りかかったときだった。

ルーシーはＰＩＴにいて、プロジェクターを棚に戻しているところだった。三人で少し立ち話をした。そのときルーシーはフライトスーツを着ていなかった。

22

ルーシーは無頓着な様子で、コーヒーをこぼしてしまったから着替えただけだと答えた。

何かをはぐらかそうとしているのだとすぐにわかった。その態度は、ローズゴールド色の髪のように特徴的で、凛として美しい顔にすっと通った鼻筋のように明白だ。私は携帯電話をチェックした。時間はじりじりと過ぎていっているのに、ハロルドやラスティからテント設営に関する報告がないことを痛切に意識した。

ふだんのルーシーなら、様子を見てこようかと自分から申し出ているだろう。技術的なことは得意なのだ。手伝えることがあるかもしれない。しかしルーシーは何も言わず、どこにも行こうとせずにいる。何らかの思惑があること、予告なく現れたのには理由があることは明らかだ。どのみち、ここでテント設営完了の報告を待つしかない。もどかしい気持ちを抑えつけ、数秒ごとに携帯電話を確認しながら、ルーシーの話を聞くことにしようと私は思った。

ラスティとハロルドを急かしたくない。少し前にこちらから尋ねたときのマリーノの悪趣味な表現を借りるなら、〝どうにかしておっ立てようと悪戦苦闘して〟くれているところをたびたび邪魔したくなかった。かといって、こうして外の暗がりに突っ立ってルーシーと話をしている場合でもないだろう。本当なら広場に戻り、自分の目で状況を確かめるべきだ。誰かが熱中症で倒れかけていたりしないか、何か必要なものがないか確認しておきたい。それに噂にも用心しなくてはならない。

日没後のデスヴァレーのような場所で部下を働かせておいて、自分はエアコンの効いたところでのんびり待っていた、両足をテーブルに乗せてくつろいでいたなどという醜悪な噂話が広まってしまっては困る。一軒家が買えるような価格のフェラーリで現場に乗りつけた自分の姪と、仲よくおしゃべりをして時間をつぶしていたと言われたくない。私の母はいまでも何かにつけて〝見かけがすべて〟と言う。この時代、それがいかに正しいか、母自身も気づいていないだろう。

多くの人は――とりわけ警察官は、よほどのことがないかぎり、他人の能力や信用性を疑問視することはない。しかし、誠実な人間であるか否かは、些細なきっかけで疑われる。人としての良識となればなおさらだ。私は適格か、それとも怠慢かという話がちらりとでも出たとたん、陪審はそれを否定的に受け止める可能性がある。それどころか、どんな小さな話であっても否定的に拡大解釈されかねない。

「ルーシー、車に戻るより現場の様子を確認しに……」私はそう言いかけたが、ルーシーがすっと近づいてきて私の腕に手を置いた。どこにも行かせないという圧力を感じた。

「何か飲みながらちょっと涼まない？」ルーシーは言った。提案というより、命令のような口調だった。

私は周囲を見回した。少し遠くでいくつもの懐中電灯の光が闇を探るように動き回っている。振り返ると、たくさんの車のヘッドライトがジョン・F・ケネディ・ストリートを宝石のようにきらめかせている。頭上の橋の交通も途切れることなく続いていた。周辺に駐まった警察車輛の数は増え続けている。車内は空っぽだ。私たちの会話が聞こえる範囲には誰もいない。

しかし、ルーシーが敵はすぐそこまで迫っていると感じていることは確かだ。私が何を言おうと、その認識が大きく変わることはない。心的外傷後ストレス障害《PTSD》を発症した人に似ている。心配するようなことは何もないと何度繰り返したところで、本人は納得しない。何を言われようと悪夢を見るだろうし、恐怖から解放されることもない。何か楽しいことを考えよう、楽しい夢が見られるといいねと言ったところで、何の助けにもならない。

ルーシーが若いころ体験した情熱、成功、災難、恋愛は、その後の行動様式に影響を与えた。とりわけ鮮明に刻みこまれているのは、クワンティコでの経験だ。それは十代後半の最良の時期でもあり、最悪の時期でもあった。私の賛成と助言に後押しされて、ルーシーはあまり人の通らない道を歩み、モンスターと正面衝突することになった。その衝突は地殻変動を起こした。私がまるで予期していなかった事態だった。ルーシーは変わり、私も変わった。変わらずにすむ人などいない。

心に受けた傷は、ディスクエラーのように、運が悪ければ回復不可能な欠陥になりかねない。ルーシーの過敏すぎる反応は、ルーシー自身の認識が事実と食い違っていることが原因であることもしばしばで、見ているとはらはらする。たいがいのとき、私はとくに何も言わずにおく。ルーシーの視野が晴れるのを黙って待つ。しかし最近は、視野が曇っていることが多いように思える。何を信じるべきか、確信を持てない場面が増えている。何が現実か。どれが現実と食い違っているのか。ルーシー自身も見きわめがつかないことがあるらしい。怪物じみたサイコパス、キャリー・グレセンをこの世から消し去ることが私にできるものなら、そうしたい。

キャリー・グレセンは、私が実の娘のように育てた姪の人生から心の平和を完全に奪い去ったが、私にはそれをどうすることもできない。努力はした。ルーシーが深いダメージを負ったことを心の底から悲しんでもいる。私がルーシーの母親なら、母親失格だ。母親なら、ルーシーを守り抜くことが何より大切な役割だったのに。

それについてもキャリー・グレセンを許せない。そして、自分は彼女を抹殺してしまいたいと本気で望んでいるのだと痛感するのは、いまのような瞬間だ。完全に、永遠に、彼女の存在を消し去りたい。　伝染病を根絶するように。　害悪の源を断ち切るように。

「わかった」私は当たり障りのない返事をしてルーシーの要望を聞き入れた。いまここにいるのが私たち二人だけではない場合を考え、重要なことは何一つ表情にも言葉にも出さない。「暑さから逃れて水分補給をするのはいいけど、短時間ですませましょう。あなたもおそらく知ってると思うけれど、現場の準備に思いがけず時間がかかってしまっているから」

「マーフィーの法則ね」

「準備ができしだい、急いで行かなくちゃ」

「〝待てば海路の〟って言うし」ルーシーは決まり文句を口にした。何者かが私たちを見張っていると考え、わざとその人物に聞こえるように言っているのだ。

スパイ、尾行、のぞき、盗み見、詐称、ハッキング、中傷、詮索。このところ私の耳に入る話はそんなものばかりだという気がする。キャリーは本当に近くの暗闇にひそんでいて、私たちの言動の一つひとつを監視しているのかもしれない。

キャリーのことを考えれば考えるほど、怒りがいっそう激しく沸き立つ。私はルーシーにそれ以上何も言わない。無言のまま、トレーラーのサイドドアに取りつけられたキーパッドに自分のアクセスコードを入力した。

「用心して」シナモンの香りのする姪の息が私の耳をかすめた。いま私が入力した数字や記号を見分けられる倍率の望遠レンズが世の中にはあることを思い出す。

かなりの距離があっても、データを盗むことができるありとあらゆる種類の読み取り機が出回っていることは知っている。キャリーがそういった機器はもちろん、さまざまな装置に精通していることは私も忘れていない。何度も警告されてうんざりしかけている。ルーシーが描く危険な未来図に加え、マリーノも、恐怖をあおるような仮説を無限に繰り出してくる。私はそれにも耐えなくてはならない。マリーノは、私はこれこれこういう突飛な理由から、これこれこんな方法で尾行やストーキングをされているかもしれないと一方的に仮説を並べ立てる。

「いつだって気をつけてるわ」私はアルミのドアを開けた。「隙なんか絶対にないとは言わないけれど、軽率な行動は慎んでる」私はそう言ってトレーラーの中に入った。冷たい空気が肌を刺す。

ルーシーも続けて入ってくると、ドアを閉めた。「全車輛のロックを指紋認証方式に入れ替えたほうがいいっていうあたしの意見は、いまも変わってないの」

「知ってるわ。それが非現実的じゃなくなる日もいつか来るでしょう」車内はエアコンが効いていてありがたいが、凍えてしまいそうだ。

「装甲車なら安心なのに。装甲車にすべきよね」

「ますます非現実的だわ。ジャネットとデジは無事？」トレーラーの金属板に囲まれた階段室に入ったところで、初めてその話題を出した。階段室は防弾仕様ではないが、少なくとも会話を盗み聞きされる心配はない。

「ローガン国際空港周辺を車でぐるぐる回ってる。ナノ秒より長く車を停めていられる場所がないから」ルーシーはドアハンドルをもう一度ぐいと引っ張り、ドアがきちんと閉まっていることを再度確認した。「いまから行くのなんていくら何でも早すぎるって言ったんだけど、ジャネットはさっさと空港に出発しちゃったの。どうしてかわからない。ママの飛行機の着陸はまだまだ先なのに」

「飛行機が遅れてる理由に心当たりは？」私は階段を上り始めた。

ルーシーはすぐ後ろをついてきた。「遅延の一つ目の理由はフォートローダーデール空港。ママが並んでたのと同じゲートで、持ち主が不明の荷物が見つかったから。そのせいで出発が一時間以上遅れたうえに、誘導路でしばらく待機させられた」

「どうしてそれを知ってるの？　ドロシーが乗る飛行機のゲートで所有者不明の荷物が見つかったなんて件が、インターネット上で話題になってるとは思えないわ」

「ママがジャネットにメールで最新情報を知らせてきてるから」ルーシーは言い、姉である私は同様の好意を示してもらっていないことをいやでも思い出した。

「かといって、家に帰るわけにもいかないところまでもう来てしまっているということね」遠い昔から心にある傷が、いままたうずいていた。しかし、表情には出さなかった。「足止めを食うくらいなら、家に帰りたいでしょうに」私は付け加えた。

「そのうえニューヨーク上空が混雑してる。ここ一週間くらいずっとそうよね。熱波のせい。海霧や上昇気流という問題が頻発してる。海水温より気温のほうがずっと高いから。おかげで休航になったり、ルートを変更されたりした便も多いの。燃料の残量にもよるけど、ママの便の着陸は一番早くて十時半になりそう」

私は時計を確かめた。そろそろ十時になるところだ。

「それに荷物も待たなくちゃ」ルーシーが言う。「大量の荷物を預けたみたい」

「かなり長期間、あなたの家に滞在するつもりのようね」

「ママの電話が電池切れにならないといいんだけど。それに、ジャネットとうまく連絡が取り合えればいいんだけどね。ローガン国際空港はいま大混乱のさなかだし、ママがどんな人かはおばさんも知ってるでしょう」ルーシーが言った。私たちはうつろな足音とともに階段を上りきった。「飛行機から降りるのはいつも一番最後。預けた荷物がまだちゃんとありますようにって祈るしかない。ジャネットが手伝おうにも、なかには入れないだろうし」

「デジはずいぶん夜更かしすることになりそうね」

「道路の渋滞がひどいって、さっきから何度もメールが届いてる。州警察が交通整理をしてるらしくて、人を降ろしたり拾ったりしたらすぐ車を出すように言われるみたい」

「ドロシーが泊まりに来るのを楽しみにしてるでしょうね」私はとってつけたように言った。私たちはフォーマイカの白とステンレスの灰色に囲まれた明るい車内に入った。

「そうね、ママはデジに甘いから。ベントンとは話した？」

「いいえ。ファカルティ・クラブで話したのが最後」私は答えた。ルーシーの緑色の瞳には、私がよく知っている表情、私が恐れるようになった、遠くを見るような表情が浮かんでいた。

ルーシーの体はここにいる。しかし魂はどこか別の場所、ルーシーが決して人を受け入れようとしない心の中の、どこか遠い場所にいる。美しく、聡明なルーシー、三十代なかばだが、同年代のほかの人々と比較してさまざまな意味ではるかに若々しいルーシーは、あらゆる面で優位に立っている。いつでも期待以上の成果を上げる野心家にとって、妄想がもっとも楽な逃げ道になるとは、なんと悲しいことだろう。ルーシーのような人物はほかにいない。ルーシーの個性こそ悲劇の一部なのだ。

水が低いところに流れるように、憎悪しかない孤島のようなキャリーにどうしても引き寄せられてしまうとは、なんともったいない話なのだろう。ルーシーは自分が船長のつもりでいる。自分の運命の舵取りをしているのは自分自身だと思っている。自分には自由意志があると信じている。だが、本当にそうなのか、私にはもうわからない。

「どうして？　あなたはベントンと話したの？」私は訊いた。

「話した」ルーシーは答えた。できることなら、その呪いから解き放ってやりたい。

それでルーシーを解放できるなら、私が代わりに引き受けたっていい。ルーシーのためならどんなことでもする。どういうわけか、あの自転車の女性を思い出した。焼けるように暑い通りを横切って行ってしまう前に言っていた言葉が蘇る。

〝命まで奪わない困難は人を強くする〟

しかし、もし命を奪われてしまったら？　私たちはそれを考えるべきだ。なぜなら、キャリーが私たちを強くすることはない。もう手遅れだ。二年前、考えられるかぎり最悪のやり方で〝自分はまだ生きている〟とキャリーが知らせてきたとき、私たちは境界線を越えてしまった。あれ以来、私たちは何をしようとその努力が報われない状態に陥っている。キャリーによって活力や精神力を少しずつ削ぎ取られ、感覚を遮断されたまま、ただ手足をばたつかせている。

キャリーが姿を現すことも、私たちに何か言ってくることもない。私たちが彼女の存在を意識するのは、キャリーがそう意図したときだけだ。キャリーが天から与えられた一番の才能は、存在を疑わせる能力だ。彼女が何か忌まわしい行いをしたというのは、悪魔がそれをしたというのと変わらない。ただ、私の体には、彼女がつけた傷が現に残っている。これまでに多くの命が奪われた。

「ベントンはどうしてるだろうと思ってたわ」私の声は、内心とは裏腹に穏やかそのものだ。「マリーノからこの件で電話があったのと同じタイミングで、ワシントンDCからベントンに電話がかかってきたの。あなたの印象では、ベントンはどんな様子だった？」

「何とも言えない。あたしが連絡したとき、車に乗ってたのは確かだと思うけど」ルーシーは言った。

「誰かの車？　それとも彼の車？」私はカウンターにもたれた。ルーシーは反対側に立っている。「FBIの同僚と一緒なのかしら。何かあったのかしら。ワシントンDCのテロ警戒レベルが引き上げられたって話してた。ボストン周辺も」

「何をしてるか、誰と一緒にいるかは聞いてない」ルーシーは言った。明るい照明の下、ルーシーのパンツの右足首が少しふくらんでいることに、私はこのとき初めて気づいた。銃を隠している。

ホルスターはブーツのすぐ上にストラップで固定されていた。拳銃の種類までは判別できないが、おそらくコースPRS9ミリだろう。車にほかにどんな武器を積んでいるかわからない。高性能の拳銃があるのは間違いないだろう。ほかに何種類も積んでいるに違いない。

「ベントンが自分で運転してたのか、誰かが運転する車に乗ってたのかはわからない。でも、話しぶりからするに、一人きりじゃなかったのは確かだと思う」ルーシーは両手を後ろにやってカウンターに掌をついた。

そのままひょいとカウンターに座り、キャビネットに背中から寄りかかると、ブーツを履いた足をぶらぶらさせた。パンツの裾から拳銃の黒いホルスターがちらりとのぞいた。力強く優美な両手を膝に置く。ティファニーの飾り気のないプラチナの結婚指輪が左手の薬指にはめてある。

去年、ナタリーが亡くなったあと、ルーシーとジャネットはケープコッドで民事結婚式を挙げたが、私たちは誰も招待されなかった。ルーシーとジャネットの説明によれば、永遠の愛を裏づけるために結婚したのではない。お互いに、あるいは第三者に、愛し合っていることを示すために結婚したのではない。結婚したのはデジと正式に養子縁組みするためだ。

「ベントンに電話したのは、何か用事があったから？」私は尋ねた。「電話したのはいつ？」

「さっき。テールエンド・チャーリーの最新の音声を聞いたあと」ルーシーは答えた。

私は当惑した。

「ほかのことで手一杯というときに、いったいどうしてそんなことでベントンの邪魔をしたの？」信じがたい思いがした。

「おばさんが知らない新しい展開があったから。これまでと同じ特徴がまた繰り返されたの。よほどのことじゃなければ、おばさんの仕事の邪魔なんてしない」

ルーシーには何か私に話していないことがあるのだ。表情を見ればわかる。肌でそう感じる。それにはベントンも関わっている。ベントンは無事なのと私はもう一度尋ねた。ルーシーは、ベントンはとても忙しいのだと答えた。そこで私は、私たち全員がとても忙しいわと言った。するとルーシーは、テールエンド・チャーリーから届いた最新の音声ファイルは、いつもと同じ時刻、午後六時十二分に送信されていたと説明した。いまから三時間以上前のことだ。私の怒りは沸き立った。いまは変死事件の捜査の真っ最中だ。それに集中したいのに、なぜそんな話を持ち出すのか。

「こんな言い方は失礼かもしれないけれど」私はルーシーに言った。「いまさら新しい情報でもないでしょう、ルーシー。テールエンド・チャーリーのいたずらメールは、いつもかならず午後六時十二分に送られてきてる。あなたも何度も指摘してるように、わざと同じ時刻に送ってくるのよ。それに、当ててみましょうか。新しい音声ファイルは、まるでクッキーの型で抜いたみたいに、これまでのものと同じなんでしょうよ。違うのはメッセージの内容だけで。つまり、あらかじめ録音した音声で、長さは二分二十四秒ぴったりなんでしょう」

「224は、おばさんやママが子供のころ住んでたマイアミの家の番地よね」確固たる裏づけがあるわけではないのに、ルーシーは自分の主張を譲るつもりがない。

「224と2・24は全然別物だわ」

「記号としては同じよ」

「象徴的な意味を故意に持たせていると断定するのは早すぎると思うの」私はルーシーがむきになって言い返してこないよう、言葉を慎重に選んで反論した。「タイムスタンプは六時十二分、長さは二分二十四秒。プログラミングコードのとくに意味のない残滓にすぎないかもしれない」

「6‐12は、ケンブリッジ市警の緊急番号に嘘の通報が入った時刻とぴったり一致する」たったいま私が言ったことが聞こえていなかったかのように、ルーシーは指摘した。

「それはたしかにそうね。でも、どれも単なる偶然という可能性だって……」私は途中で言葉をのみこんだ。おそらく偶然などではないとわかっているからだ。

携帯電話をまたチェックした。ラスティやハロルドからの連絡はまだない。私はマリーノに宛ててメッセージを送った。

〈進捗はどう？〉

「聞いて、ケイおばさん」ルーシーが言った。私は携帯電話を見つめてマリーノの返信を待った。「認めたくはないけど、複数のことが同時に起きて、対応が遅れたの」

ルーシーはフライトスーツのあちこちのポケットを軽く叩き、お気に入りのシナモン味のミントの小さな缶を探し当てた。からからと小さな音を鳴らしながら蓋を開け、私に差し出す。私はルーシーの言葉の選択について考えた。〝複数の〟。一つではないということだ。私には話すつもりのないことがほかにあるのだ。私はミントを一つもらった。スパイシーな甘さが鼻腔を駆け上がり、涙がにじんだ。

「三時間前におばさんと話したときは、九一一の通報の件で頭がいっぱいだった」ルーシーはミントの缶をカーゴポケットの一つに戻し、ポケットの蓋のボタンをかけ直した。「いったいどういうことなのか突き止めようとしてて、それに完全に気を取られてたの。電話をかけたのは誰か、動機は何か。全部のことをいっぺんにやるのは無理」

「さすがのあなたでも無理なのね」私はミントの粒を口の反対側に押しやり、水を一口飲んだ。

ルーシーは説明を続けた。今日の夕方、私たちは複数の戦線に同時に攻撃を受けた。またその言葉が出た。

〝複数〟

「故意にタイミングを合わせてる。これは同一人物、または同一の集団による関連した攻撃だと思うの。ということは、今後も攻撃が続く可能性がありそう」ルーシーは付け加えた。

しかし本当に問題なのは、何が起きたか、次に何が起きるかではない。どうやって起きるか、なぜ起きるかでもない。攻撃してきているのは誰かが問題だ。異常な行為のすべての黒幕はただ一人の邪悪な操り人形師だと決めつけるのは、思いこみもいいところだし危険だ——私は初めからずっとそう言い続けている。

キャリー・グレセンについて、私は無知ではない。キャリーの邪悪な気質、危険な能力は、じかに触れて知っている。キャリーに体を傷つけられ、彼女の手にかかって死にかけるのがどういうものか、彼女の犯行現場を検証し、彼女の犠牲者を解剖するのがどういうものか、私は知っている。

私にとってキャリーは抽象的な概念ではないのだ。不幸にも、彼女は単なるホラーシヨーではない。私はそのときちょうど携帯電話に届いたメッセージを確認した。マリーノからだった。

〈こっちはクソだ。とりあえず待機しててくれ。あんたが来てもできることはねえから〉

この現場を〝クソ〟呼ばわりするなんて。そういう罰当たりな言葉を使ったことが、のちのち問題にならなければいいが。

「送られてきた音声のうち、意味がわかったのはほんの一部だけど、これまでの分よりさらにひどい内容だったって言うにとどめておく」ルーシーは、今日、テールエンド・チャーリーから届いたいやがらせメールの話を続けた。「きわどすぎて不安だし、残りの部分については何とも言えない」

「ベントンは何て言ってる？」私は訊いた。

「その件を電話で議論するつもりはなかった。ほかの人がいるところで、よりによってFBIの捜査官だらけの場所で、そんな話はできないでしょう」ルーシーは答えた。ベントンは何も言わなかったのに、なぜ彼がFBIの捜査官と一緒にいたと知っているのだろう。「ナタリーの話を持ち出すなんて絶対にできないし」ルーシーがそう付け加え、私は驚いた。

「ジャネットの話ということよね、ナタリーではなく」私はルーシーが言い間違えたのだと思った。

「ううん、ナタリーの話」ルーシーは言った。「亡くなる直前の数ヵ月のことを思い返してみれば、わかる話よ。ジャネットとあたしが頻繁にヴァージニアに通ってたころのこと。最期のころ、とくにナタリーがホスピスに移ってからは、おばさんとベントンも何度もお見舞いに行ったでしょう。そのころナタリーが話してたことをいま思い返すと、当時とまったく別の意味、胸が悪くなるような意味を持ってくる」

「私にはさっぱりわからないわ。いま起きているいろんなことのからみで、あなたとベントンがナタリーの話をする理由がわからない」かすかな不安が芽生えて胸が震えた。私は話の続きを待った。

「まだ子供だったころ、ママとよく喧嘩したでしょう。覚えてる？」ルーシーが言い、私はますます困惑した。「おばさんは本気で腹を立てて、ママにあだ名をつけた。覚えてる？」

「〝シスター・ツイスター〟。よくつねっ《ツイスト》たりしたから。ほかにもいろんな意地悪をした。髪をねじったり、引っ張ったり、寝てるあいだに短く切ったり、とにかくいろんなことをした。ただ、ママの言い分を聞くかぎりでは、卑劣ないじめっ子だったのはおばさんのほうってことになってるけど」ルーシーがそう言うのを聞いて、私は当時のことを何年ぶりかで思い出した。

「ドロシーは昔から、お話を作るのがすごく上手だった」それ以上のことを言うつもりはない。

私は成人して以来、母親のドロシーについてどんな話をルーシーに聞かせるか、過剰なくらい気を遣ってきた。

「おばさんとママが子供だったころマイアミの家でどんなことがあったか、知ってるとしたら誰と誰なのか、よく考えてみないと」ルーシーは自分が座っているカウンターの上の充電器に携帯電話を接続した。

「母とドロシーのほかにということ？　当然、私も含まれるわよね。すぐには思い浮かばないけれど、考えてみるわ」私はクローゼットの扉を開け、いま着ているスクラブの上にCFCの紺色のウィンドブレーカーを羽織った。肌寒かった。

「いくつかのできごとにつながりがあるんじゃないかな。あたしたちが思ってたよりずっと以前からつながってたんじゃないかと思うの」ルーシーは言った。「去年の夏、ナタリーが亡くなったころから。それよりもっと前から」

「たとえば？」私はウィンドブレーカーのジッパーを上げた。サイズが大きすぎて、裾はもものなかほどまで届いた。「いくつかのできごとって何？」ステンレスの冷蔵庫を開けた。この冷蔵庫は飲食物専用で、証拠物件を入れるのは禁止されている。「水がいい？　それともゲータレード？」

「最初に断っておくと、ナタリーは家族だけに見守られて亡くなったわけじゃなさそうだっていまは思ってるの。あたしたちはそのつもりでいたけど。ゲータレードがいいかな。ボトルがいい。缶じゃなくて」

「クールブルー味？　レモンライム味？」

「オレンジ味もなかったっけ？」

「ナタリーは家族だけに見守られて亡くなったわけではない？」私はオレンジ味のゲータレードを探しながら訊き返した。「誰かがスパイしてたという意味？　そんな話、いま初めて聞いたわ。あなたはまるで確かな事実みたいに言うけれど。ナタリーが理由もなく怯えてたことは私も知ってる。誰かに見られてるんじゃないかって、ひどく心配してたわね」

「心配して当然だった。あたしが言いたいのはそこなの。家族との時間が何より貴重だった最期の数週間、数日、数時間、数分を、誰かが盗み見ようとしてたんだと思う」ルーシーの緑色の瞳は怒りに燃えていた。「どこまで見られてたか、確かなことは言えない。まさか監視されてるなんて誰も思ってなかったし、とくに用心したりもしてなかったから。つまり、しるしを見逃したのかもしれないということ」

「ナタリーは不安がっていたのに、私たちはさほど真剣に取り合わなかったから」私は言った。

「そう。おかげで、ナタリーの家や、最期のころはホスピスに装置がほかにも仕掛けられてたかどうか、いまとなっては断言できない。その当時、捜さなかったから」

「ほかにも？」

「ナタリーのパソコンのほかに。具体的にはノートパソコン」ルーシーはゲータレードのボトルを受け取ってキャップを開けた。「それ以外に何を盗み見られてたのか、いまとなってはわからない。ヴァージニアに行くたびに、監視機器がないか確認してたわけじゃないから。ジャネットも確認しなかった。その必要があるとは思ってなかったの」

「でもいまは、スパイされてたと確信してるのね？」私は尋ねた。ルーシーがうなずく。「ナタリーが亡くなったちょうどそのころ？」

「おそらく亡くなる前後に。どのくらいの期間だったかは、もう確かめようがないけど」

「そんなことをするのは、かなり特殊なタイプの倒錯者だけよね」

「その条件に当てはまる人物をあたしたちは知ってる。今回は、これまでとはまったく違うことをやろうとしてるんじゃないかって気がしてしかたがないの」

キャリーが何事か企んでいると言いたいのだ。私の胸の内にさっきと同じ違和感が芽生えた。ただし、今回は先ほどよりずっと強烈だった。ほかにも何か起きたのだ。しかしルーシーは、何らかの理由から、その情報を私には明かさずにいる。私はまたベントンのことを考えた。ルーシーは少し前にベントンと話をしている。いったい何の話をしたのか、私にはまったくわからない。ベントンから口止めされているのかどうか、ルーシーは肯定も否定もしないだろう。私はこの会話のスタート地点にルーシーを誘導した。

子供のころ私がドロシーにつけたあだ名を、ナタリーが知っていたという可能性はあるかとルーシーに尋ねた。〝シスター・ツイスター〟という名前を誰かが口にし、それをナタリーが耳にした可能性はあるか。

「聞いたことがあるとしても、あたしは知らないな」ルーシーは上を向いてゲータレードを一口飲んだ。

「何年も前、キャリーやジャネット、ナタリー、あなたがまだ友人同士だった当時、キャリーがいる場でその話題が出たことは？」

「ないと思う」

「私の家族に関する、公にされていない、個人的でとても些細な事実を、名前すらわからないサイバーストーカーが知ってる理由を説明するとしたら、それくらいしか思いつかない」私は付け加えた。

「でも、シスター・ツイスター本人が教えたという可能性はあるでしょう。凶悪なつねり屋だったあたしのママから」ルーシーは言い、私はルーシーの誤りをあえて正さなかった。

ドロシーの本当の悪事は、つねったり、髪を引っ張ったりしたことではない。しかし、そのことをルーシーに話すつもりはなかった。妹がどれほど陰険で、嘘つきで、乱暴だったか、ルーシーに詳しく話したことは、これまで一度もない。ドロシーは、他人の腕や足首を片手でつかみ、もう一方の手で皮膚を反対の方向にぐいとすばやくひねった《ツイスト》。ドロシーの得意技は、そのころ〝ヘビの噛み痕〟とか、〝季節外れの日焼け〟と呼んでいたような意地悪だった。

テクニックと力を兼ね備えた人物にそれをやられると、かなり痛いし、真っ赤な痕が残る。文句を言わないほうが無難だということを、私は早い段階で学んだ。抗議したところで、日に焼けたんでしょとドロシーから言われるだけのことだ。何かのアレルギー反応じゃないのと言われることもあった。いつもどおり自分に無実の罪を着せようとしているとも言われた。私が妹を陥れようとしていると。誰かに尋ねられると、私の肌が真っ赤に腫れている理由を説明するために、ドロシーは想像力を総動員して込み入った作り話をした。

腕や足首が真っ赤に腫れたのは、私が窓際に座って本を読んでいたからだ。ドロシーはそう母に話した。あるいは、私が寝ているあいだ、腕や足首に当たるような角度で日が射しこんでいたからだとか、熱があるからだとか、何かにかぶれたせいだろうと言った。クモに咬まれたのかもしれない、ガーデニアのアレルギー、マンゴーのアレルギーなのかもしれない。私は父のように癌で〝死にかけている〟のだろうと言うこともあった。

父の病状が悪化するにつれて、ドロシーはますます大胆になった。〝パパのお気に入りの娘〟の味方をするだけの体力は父にはもうないとドロシーは考えた。だから、姉の私はもう自分を守れないだろうと決めつけた。私は決して無力ではなかった。しかし、反論はしなかったし、物理的な反撃もしなかった。

いじめっ子に対抗するもっと効果的な手段がほかにある。ある意味で私は妹に感謝している。妹の意地悪のおかげで、私は沈黙というテクニックを学んだ。他人の話を聴くことを覚え、待つことによって得られる効果を知った。父はよくこう言っていた。ア・ヴォルテ・ラ・ヴェンデッタ・エ・メリオ・マンジャータ・フレッダ。

〝復讐は、冷まして食べるほうがおいしいことも少なくない〟

「その子供じみたニックネームのことを、ドロシーがナタリーやジャネットに話したということはないかしら」私はルーシーに言った。本気で可能性を探し始めていたからだ。ドロシーはいったい誰と連絡を取り合っていたのだろう。ここ最近に限った話ではない。この何年かのことだ。

「どうかな」ルーシーは言った。「でも、その話にせよ、ほかの話にせよ、ママからキャリーに伝わるってことはまず考えられない」

「私たちはその二人は知り合いではないと思っていたけれど、そうではなかったら？　だって、絶対に知り合いではないと言い切れる？」

「あの二人は一度も顔を合わせたことがないし、ママはキャリーのことを何一つ知らない」ルーシーは譲らなかった。私はまだ押しが足りないようだ。

|著者| パトリシア・コーンウェル　マイアミ生まれ。警察記者、検屍局のコンピューター・アナリストを経て、1990年『検屍官』で小説デビュー。MWA・CWA最優秀処女長編賞を受賞して、一躍人気作家に。ケイ・スカーペッタが主人公の「検屍官」シリーズは、1990年代ミステリー界最大のベストセラー作品となった。他に、『スズメバチの巣』『サザンクロス』『女性署長ハマー』、「捜査官ガラーノ」シリーズなど。

|訳者| 池田真紀子　1966年生まれ。コーンウェル『スカーペッタ』以降の「検屍官」シリーズ、ジェフリー・ディーヴァー『ボーン・コレクター』『ゴースト・スナイパー』『スキン・コレクター』『煽動者』、E.L.ジェイムズ『フィフティ・シェイズ・オブ・グレイ』、ロバート・ガルブレイス「私立探偵コーモラン・ストライク」シリーズ、アーネスト・クライン『ゲームウォーズ』、ポーラ・ホーキンズ『ガール・オン・ザ・トレイン』など、翻訳書多数。

烙印《らくいん》(上)

パトリシア・コーンウェル｜池田真紀子《いけだまきこ》 訳

講談社文庫

定価はカバーに
表示してあります

2018年12月14日第1刷発行

発行者──渡瀬昌彦
発行所──株式会社　講談社
東京都文京区音羽2-12-21　〒112-8001
電話　出版　(03) 5395-3510
　　　販売　(03) 5395-5817
　　　業務　(03) 5395-3615

デザイン─菊地信義
本文データ制作─講談社デジタル製作
印刷───大日本印刷株式会社
製本───大日本印刷株式会社

Printed in Japan

ISBN978-4-06-293816-7

講談社文庫刊行の辞

二十一世紀の到来を目睫に望みながら、われわれはいま、人類史上かつて例を見ない巨大な転換期をむかえようとしている。

世界も、日本も、激動の予兆に対する期待とおののきを内に蔵して、未知の時代に歩み入ろうとしている。このときにあたり、創業の人野間清治の「ナショナル・エデュケイター」への志を現代に甦らせようと意図して、われわれはここに古今の文芸作品はいうまでもなく、ひろく人文・社会・自然の諸科学から東西の名著を網羅する、新しい綜合文庫の発刊を決意した。

激動の転換期はまた断絶の時代である。われわれは戦後二十五年間の出版文化のありかたへの深い反省をこめて、この断絶の時代にあえて人間的な持続を求めようとする。いたずらに浮薄な商業主義のあだ花を追い求めることなく、長期にわたって良書に生命をあたえようとつとめるところにしか、今後の出版文化の真の繁栄はあり得ないと信じるからである。

同時にわれわれはこの綜合文庫の刊行を通じて、人文・社会・自然の諸科学が、結局人間の学にほかならないことを立証しようと願っている。かつて知識とは、「汝自身を知る」ことにつきていた。現代社会の瑣末な情報の氾濫のなかから、力強い知識の源泉を掘り起し、技術文明のただなかに、生きた人間の姿を復活させること。それこそわれわれの切なる希求である。

われわれは権威に盲従せず、俗流に媚びることなく、渾然一体となって日本の「草の根」をかたちづくる若く新しい世代の人々に、心をこめてこの新しい綜合文庫をおくり届けたい。それは知識の泉であるとともに感受性のふるさとであり、もっとも有機的に組織され、社会に開かれた万人のための大学をめざしている。大方の支援と協力を衷心より切望してやまない。

野間省一

一九七一年七月